豹変御曹司のキスは突然に

Sorami & Sakujiro

青井千寿

Chizu Aoi

EB

エタニティ文庫

目次

豹変御曹司（ひょうへんおんぞうし）のキスは突然に

第一章　偽りの体は二つのキスで暴かれる

「美しい容姿に美しい名前。その上、仕事はできて会社仲間にも慕われる。まったく花園は完璧な女だな」

あれは入社三年目の夏。ビールで少し饒舌になった〝彼〟は、そう言って私を誉めた。

それ以来、彼の〝完璧〟でいたくて、私は背伸びし続けている。

だけどつま先が痺れるほど背伸びをしても、どんなに〝完璧〟な女性を装ってみても、心のどこかでは分かっていた。

偽物の自分では、満たされることなんてないってことを。

◇

社員食堂に向かう足を止めたのは、窓の向こうに秋空を見たから。

澄んだ青に、白砂を撒いたような雲。その様は仕事で行き詰まった脳を心地よく癒す。

スマホで時間を確認し、午後の予定を思い返す。営業に出るのは午後二時だから、時間には余裕がある。昼休みぐらい外の空気を吸おうと私は会社のエントランスに向かって歩き出した。

『株式会社ソーション』本社ビルから外に出ると、昼食時のオフィス街は制服に身を包んだOLで賑（にぎ）わっている。

株式会社ソーションは、化粧品製造販売を行う、国内でも有数の大企業だ。その業務内容ゆえに、女性社員は全体の約六十パーセント以上。〝美〟を商売にしている以上、会社は社員に対し、ファッションをはじめトータルでの美意識の高さを求めている。働く者達もその姿勢に共感し、ほとんどが一定レベルの美意識を保持していた。

華美にならず、上品で清潔感のあるスタイル。総合職が勤務時に着用するスーツも、それをベースにすることが暗黙の了解となっている。当然、入社六年目の私、花園空美（そらみ）のクローゼットも、すっかりその手の服で埋まっていた。

まだ暑さの残る空気の中、時々利用する蕎麦屋（そばや）さんに向かうため、私はヒールでアスファルトを蹴り早足で進む。冷房の効いた室内から眺める分にはよかったが、実際歩き出してみると九月の空気はまだ暑さに蒸（む）れている。

そんな中で思い浮かぶものと言ったら、もうざる蕎麦しかなかった。

蕎麦屋さんに到着すると、予想通りそこには小さな行列ができていた。信州（しんしゅう）蕎麦が美味しいこのお店は、昼食時にはいつも込み合う。だけどその列に、児島課長率いる営業二課の面子三人が並んでいたのは予想外だった。

「花園主任！　社食だと思っていました」

営業二課の若手、入社一年目のネモモが私を見つけて元気に手を振ってきた。

ネモモこと米田桃子は、ついこの間まで女子大生だったこともあり、まだまだ初々しさを湛えている。入社当初は派手さが目立つスタイルだったが、ここ最近はファッションやメイクが清潔感溢れるものに変わってきた。彼女がこの会社の気質を理解してきた証拠である。

「ご一緒していいですか？」

私は三人に笑顔を向けて訊ねる。

「もちろん」

そう答え、穏やかな笑みを浮かべたのは児島京平課長、三十九歳。私の上司だ。年齢を重ねた渋さと垂れ目の甘さが同居した顔立ちの、営業二課が誇るイケメン課長である。

いつものように、私の胸がドキリと鳴る。午前中のミーティングでずっと顔を突き合わせていたにもかかわらず、私は秋空の下で見る課長の微笑みに思わず見惚れた。

彼はいつだって笑顔で、私はいつだってその笑顔の虜になる。が、次の瞬間、私の幸福感は一瞬にして打ち砕かれた。

「花園主任、口が開いてますよ。ぼーっとしてどうしました？」

児島課長の隣に立っていた宍戸朔次郎にからかうようにそう言われ、私は慌てて口を閉じると、すぐににっこりと笑みを浮かべる。

「暑いせいで喉が渇いて、口が開いただけ！」

「へえ、そうですか」

「そうです」

宍戸君は眼鏡を太陽に反射させながら、口の端を皮肉げに上げている。私は堪らず視線を逸らした。

居心地が悪い……いつもそう。

彼といると、裸にされて心の奥まで見透かされているような気持ちになる。

この宍戸朔次郎という人物は実にややこしい。彼は私より数ヶ月年上の二十八歳だが、一応私の部下というポジションである。なぜ一応なのかというと、彼は入社三年目でありながら、曽祖父がソーション創業者という経営者一族の一人だからだ。おまけに入社前にはアメリカでビジネスを学んでいたという典型的な御曹司。現在のところ私の方が立場は上だが、彼にはそう遠くない未来にソーションの重役の椅子が用意されているので、普通の社員とはレベルが違う。

それだけでも正直扱いにくいのに、彼は時折なぜか意地悪な口のきき方をしてくる――児島課長と私が話している時は特にだ。私はその度に彼に対して苛立ちを募らせる羽目になっていた。

「お待たせしました。四名様どうぞ」

私達は案内された小さな四人掛けのテーブルに腰を下ろし、揃ってざる蕎麦を頼む。

私は水を飲みながら、対面に座った宍戸君をこっそり見て、ため息を噛み殺した。

ソーション創業者ファミリーの一員でありながら、宍戸君ほど企業イメージとかけ離れた人物はいない。

彼の黒髪は営業職にはあるまじき長さで、襟足は肩に触れるほど長く、前髪は完全に目を覆い隠している。おまけに鼈甲模様のぶっといフレーム付きのダサ眼鏡を愛用しているので、笑っているんだか怒っているんだか――いや、目があるのかないのかさえよく分からない状態だ。

その上、彼がいつも着用しているスーツは全然サイズが合っていない。肩が落ちてだらしがないし、袖だって長すぎる。幅広すぎるズボンは、かの著名な喜劇役者のようで滑稽なのだが、営業にそんな滑稽さは求められていない。皮肉のお礼に服装について小一時間ほど説教したいぐらいだ。

が、その度に彼は御曹司様なのだと自らに言い聞かせ、言葉を呑み込まなくてはならなかった。

やがてざる蕎麦が運ばれてきて皆で啜っていると、ネモモが可愛い声で話しかけてきた。

「花園主任、朝から営業一課で噂になっていましたよ。結婚目前までいってた彼と別れたらしいって」

私は食事を進めながら、「あ～……別れたの一ヶ月も前だけど……」と〝いつものように〟適当に返事をする。同僚の前でこういうプライベートなことを訊ねてくる不躾さも、ネモモの若さにかかっては無邪気さに見えてしまうからすごい。

私がその〝破局〟について口にしたのは、二日前の飲み会でのことだった。飲み会には女四人しかいなかったのに、妙齢の女性が集う職場ではこの手の情報が広まるのは実に早い。

「え、あの副操縦士っていう彼？」

箸を止めた児島課長が、眉をひそめて小声で言った。いかにも気の毒といった表情を向けられ、少し鼓動が速まるのを感じたが、私はいい女風の作り笑いでそれを隠す。

「お休み合わないし、彼もＣＡさんと遊んでいたからこれでいいんです。ストレスになるような関係、私には向いていないんですよ。それに新しい出会いもあったから……」

「クールだな」

「クールですよね」

私の答えに児島課長とネモモが口を揃える。

私が彼らの言葉に合わせてクールに微笑んでいると、宍戸君が長い前髪の向こうからこちらを見ていた。私の態度に何かおかしいところでもあったのだろうか？

訝しがる私の思いを読み取ったように、宍戸君はかすかに笑みを浮かべて言った。

「新しい出会いってどんな男ですか？　また副操縦士？　宇宙飛行士とか？　それとも夢の国の王子様ですか？」

その言い方にまた含みを感じて気持ちがささくれ立つ。こっちは〝失恋〟しているのだから、もう少し紳士的な態度で接してもらいたいが、怒ってはこちらの負けだ。

「今度は普通の会社員の人で、まだどうするか検討中なの」

「そうですか、会社員なら僕と同じですね」

私の言葉に意味不明な答えを返して、宍戸君は再び蕎麦を啜った。

表情も変えずに淡々と食事をする様子は、ちっとも美味しそうに見えない。ホント、何を考えているのかさっぱり分からない人だ。

児島課長が場を和ませるように、ゆったりと微笑んで言った。

「ま、花園はモテるから別れても次に困らないよな。土日休みの会社員だったらデートもしやすいし、いいんじゃないか」

心に染み入る彼の笑顔から逃れるように、私は箸に視線を落としながら答える。

「はい。新しい出会いでまた新しい自分になれたらいいなって思うんです」

「新しい出会いで新しい自分か。既婚者にはそんな自由ないから羨ましい限りだな」

無理やり引っ張り出した微笑で課長の言葉を受け止めながら、私は信州蕎麦を啜った。美味しいはずなのに味がしない。

私はいつものように、児島課長の左手の薬指に嵌るシンプルなプラチナリングに視線を彷徨わせる。時々磨いているのか、それは結婚五年目にもかかわらず、まだ眩しいほどに輝いている。

その輝きに魅入られたようにぼんやりしていると、私の思考に宍戸君の声が割って入ってきた。

「花園主任、また口が開いてますよ」

そう言った彼の声色は威圧的なほどに冷たい。私はその声を無視して、気まずさを振り払うように蕎麦を口に運んだ。ここで何か言い返しでもしたら、上司としてあるまじき発言をしてしまいそうな気がする。これでも社内では〝クールなビジネスウーマン〟〝素敵な上司〟で通っているのだ。それに、無駄に大きなバックを持つこの男に反抗するのは得策ではない。

なのに宍戸君はまだ絡んでくる。

「僕もぜひ新しい花園主任を拝見してみたいです。本当に新しい出会いで新しい自分になれたらいいですね」

「……ご覧にいれられるよう努力します」

もう何なの。こんな時に限って彼は営業らしい、とてもいい笑みを浮かべている。宍戸君が言葉を発する度に嫌みったらしく聞こえてしまうのは、私だけ？

ただ、正直に言えばこのおぼっちゃん、仕事はしっかりとできているし、ミーティングで時々ハッとするような発言をしたりと、侮れない部分も多くあるのだ。油断していたら足元をすくわれる気がして、いつもソワソワしてしまう。

そして、一緒にいればいるほど私の〝内面〟を覗かれてしまいそうで……

できることなら一緒に働きたくない人間、ナンバー1。

だけど私は〝素敵な上司〟として我慢するしかないのだ。

彼は二十五歳で中途入社した時から、将来の道が決まっている。三年ほど営業職を経験した後はマーケティング部へと異動し、時期を見て役員入り。

噂によると宍戸君の父親である現社長と、兄にあたる長男の宍戸洋太郎常務が経営方針の違いで揉めているらしく、その仲裁役にと周りの重役達が次男の宍戸朔次郎を中途入社させたのだという。

こんな人間が仲裁役になれるかどうか大いに疑問なのだが、末永くこの会社でお世話になるためには、この宍戸君とも仲良くやっていくことが必須である。

ダサ眼鏡でも、喜劇役者スーツでも、性格に問題ありでも、一応上司として当たり障りなく仕事を共にし、彼がめでたくマーケティング部へ移る日には、満面の笑みで営業部から蹴り出したい。

この日の終業後、軽い残業を終えて帰宅しようとしていた私は、立ち寄った社内のパウダールームで経理部の女性陣に声をかけられた。

化粧品会社ということで、トイレの隣にはパウダールームが併設されている。休憩時間や終業後は女性達の溜まり場となりがちだった。

「花園主任、私達、七時半から研究所と合コンなんです。でも人数足りなくなっちゃって……もし今晩空いていたら、来てもらえませんか？」

顔見知りの女性社員が愛想よく言う。彼女は恐らく二十代半ばだろう。入社三年目あたりのこの年齢層が一番プレ婚活——つまり婚活の前段階、結婚を視野に入れた男性を捕まえるのに忙しい。

化粧品の研究開発を行っている研究所は口下手な理系男子ばかりだが、医療関係の資格を保持している者が多く、給料もいい。まさしく未婚の女性社員に狙われやすい部署である。

彼女としては自分より若い子は誘いたくないので、私ぐらいが適任と考え声をかけたのだろう。

通常なら美味しい合コンのお誘いではあるが、私はにっこり微笑んで答える。

「誰かに聞いたんでしょ？　私が彼と別れたって」

「男達が噂してましたよ。フリーになったらしいって。花園主任を狙ってる男性社員は多いですから」

「お世辞はありがたく受け取っておくけど、私、社内恋愛は避けているから今回はパスするね。それにこれからデートだし」

私は時間を気にするそぶりでスマホを取り出し、ディスプレイをタップする。だけど私の目はディスプレイなど見ずに、スマホケースに無理やり取り付けた古い携帯ストラップの先を見ていた。

〝彼〟がくれた携帯ストラップ。貰った時には三つ付いていたクリスタルは、いつの間にか残り一つになっている。後の二つは失くしてしまった。今では会社を出る直前に、いつもこうして最後の一つがそこにあるか確認するのが私の日課のようになっていた。

「花園主任、もう次いるんですか？」

探りを入れてきた甲高い声に対し、私は上品な笑顔で肯定してみせる。

そしてこれ以上詮索される前に、颯爽とパウダールームを後にした。

一年間付き合ったちょっと浮気性の副操縦士。その前は一コ下の広告代理店勤務。あの時は、彼のマザコンが原因で別れたんだっけ。次の彼氏はどんな男にしよう。マンションの部屋で一人、私は自社の新製品であるマニキュアの蓋を開けながら考える。

今回の商品はマニキュア独特のきつい匂いがしないのが特徴らしい。鼻を近付けてみると確かにそれほど強い匂いではなかった。

塗りやすさを確認しながら、私は足の爪にそれを塗っていく。

手の爪は数日前にネイルサロンでフレンチネイルにしたばかりだ。ネイルも営業先での商品紹介に使えるので、私は自社製品をサロンに持ち込んでプロに仕上げてもらうようにしている。

ただし仕事中に見せることのないペディキュアは、いつも自分でしていた。

私の足は長年ハイヒールを履き続けた影響で、足の小指と薬指の爪が割れて醜い。その上、親指以外はハンマートゥで変形しており、人様の目に晒すのも恥ずかしい状態だ。

——美しい容姿に美しい名前。その上、仕事はできて会社仲間にも慕われる。まったく花園は完璧な女だな。

私はこの三年間、何度も記憶から引っ張り出した言葉を思い出す。

完璧な女？

「完璧なんかじゃない……」

私は、たくさんのぬいぐるみ達に囲まれて座る〝じゃむじゃむ〟に向かって呟いた。じゃむじゃむは一メートル大の巨大な熊のぬいぐるみ。私に彼氏がいるとすれば、このじゃむじゃむだけだ。

そう、本当は副操縦士の彼氏なんていない。だから別れてもいない。その前の彼氏も、次の彼氏も、全部、全部、ぜーんぶ、嘘っぱちだ。当然、私は正真正銘の処女。

〝クールなビジネスウーマン〟の正体なんて、こんなもの。

会社ではそこそこのポジションにいて、アラサー。容姿も出来るだけ綺麗に見えるよう整えている。そんな女、適度に彼氏がいることにしといた方が周りも納得してくれる。もしかして処女なのかなんて勘ぐられたら、恥ずかしさと情けなさで出社拒否にでもなりかねない。

改めて考えてみれば、私はとことん恋愛体質ではないと思う。

合コンは好きじゃないし、その上、なかなか恋に落ちることもない。ただし一度落ちれば一気にズドーンと落下して、浮上することができない。

このじゃむじゃむにしても、高校生の時に友人グループから誕生日プレゼントとして貰ったものなのだが、そのグループの中に好きな男の子がいたからこそ後生大事にしてきたのだ。

そして、この古い携帯ストラップも同じだ。

ストラップ部分は千切れて短くなり、装飾のクリスタルは一つとなり、それでもスマホケースに無理やり穴を開けて使っている。これは、入社一年目のホワイトデーに、〝彼〟が義理チョコのお返しにとくれたものだった。私にとってそのチョコは、〝義理〟のフリをしたものだったのだけれど。

営業部第二課、児島京平課長……

高校以来、恋した相手が既婚者だなんて、自分が嫌になる。

私の入社当時、彼はまだ独身で、決して要領がよい方ではなかった私を辛抱強く育ててくれた。私が失敗した時は、一緒に営業先で頭を下げてくれたことだってある。

彼に迷惑をかけたくないと必死に仕事を覚え、彼に認められる度に仕事が楽しくなった。

やがて自分が児島課長に恋していると気が付いたのと、彼がソーションの受付嬢と婚約していると知ったのはほぼ同時だった。

片想いにも到達しないような、出来損(できそこ)ないの恋。

行き所のない恋は誰にも知られることなく私の心で腐り、その間に児島課長は宝石のように輝く美しい花嫁を手に入れた。彼のスマホの壁紙が奥さんとのツーショット写真であることも知っているし、最近はお子さんを欲しがっていることも耳にしている。

ラブラブな夫婦の間に割り込んで、どうこうしたいわけでは断じてない。だから私は、いつだって児島課長の前では架空の彼氏の話をして、架空の素敵な恋愛を楽しんでみせている。

——まったく花園は完璧な女だな。

入社三年目、営業として大きな仕事も狙えるようになった私にそう言った彼は、私の本当の姿など知る由もない。本当の私は、いい歳しながらも処女で、歪んだ片想いを捨て切れない重たい女だ。

——新しい出会いで新しい自分になれたらいいですね。

突然、宍戸君の淡々とした声色が耳底から響いてきて、私はびくりと体を震わせる。

私の何を知っていてあんな口をきくの？　何で私が言われたくないことばかり口にするの？

もう！　宍戸朔次郎、だいっ嫌い！

「あ……」

ふと私は、あと二週間ほどすれば自分の誕生日であることを思い出し、思わずため息を吐き出した。

もうすぐ二十八歳。

新しい出会い、新しい自分、か……

二十八歳の私は、何か変わることができるのだろうか？

それともやっぱり歳だけ重ねて、中身は何も変わらないまま？

「あ、宍戸君、待って。そのミストスプレーに試供品貼り付けるから」

私は宍戸君が陳列しようとしていたスプレータイプの化粧水を取り上げて、その瓶に美容液の小さなサンプルを貼り付けていく。

普段はお腹の中で悪態を吐いていても、仕事ではあくまで〝素敵な上司〟でいたい。

「このタイプの化粧水は秋になったら一時的に売り上げが落ちるでしょ。本格的な冬が来たら、肌が乾燥するからまた売り上げも回復するけど、その間のフォローと冬商品の売り込みを兼ねて試供品をプラスするの。女性って小さなオマケに釣られちゃうから、こうすると結構商品が動くんだよね」

「そうですね。ありがとうございます」

彼は素直に同意すると、試供品付きのミストスプレーを受け取って棚に並べていった。

近日中に宍戸君の担当地域に新しくドラッグストアがオープンするので、今日は彼と二人でオープン準備の応援に来ていた。新店への応援は、販売企業との信頼関係を築く大切な仕事だ。

私の現在のメイン業務は、百貨店などに派遣する美容部員の取り纏めなのだけど、今日の仕事はドラッグストア担当である宍戸君のフォロー。以前は私が担当だったが、宍戸君に丸々引き継いでもう二年半になっていた。ドラッグストアでの仕事は久々だ。とはいえ、仕事の要領は心得ている。

「花園主任、そこの棚の日焼け止めのところに夏ポップをお願いします」

私が秋冬用のスイングポップを棚に取り付けていると、宍戸君が夏用のポップを差し出しながら言う。見れば、ヤシの木のイラストと共に『陽射しと戦え！』とのアオリ文句が書いてあった。

九月中旬にこれはないんじゃない？　と訝る私に、彼は淡々と説明し始める。

「新店オープン後しばらくは、天候を見てポップを変更するようにしてるんで、とりあえず今はそれ付けといて下さい。今の時期、夏の初めに買った日焼け止めがなくなるから、買い足す人が多いんです。それに、他社も夏商品の売り場を縮小してきますから狙い目です」

眼鏡の向こうで無表情に言われ、私は言い返すのを止めた。

鋭い。言われてみればその通りだ。こんなことに気付かないなんて、上司として面目ない。

マニュアル通りに動くなら誰でもできる。ユーザーの動きや天候の変化を読んだ柔軟な営業力が大切——そう彼に教えたのは私ではなかったか。

宍戸君は淡々と仕事をこなしているように見えて、その裏で繊細な思考を張り巡らせている。こうやって二人で仕事をしていると、悔しいけれど感心することも多い。

私はこっそり宍戸君を窺い見る。ジャケットの肩部分が体からずり落ち、相変わらずだらしない。

けれど不思議だ。宍戸君はこれだけ繊細な仕事ができるのに、どうして服装や髪型にここまで無頓着になれるのだろう？　単に服装センスが壊滅的なだけ？

わざとダサく装うはずはないし……一緒にいればいるほど釈然としない気持ちになる。

「花園主任、その脚立、不安定なので上段は僕がやります」

一番上の棚に在庫を並べようと小さな脚立を持ち出してきた私を見て、宍戸君が言った。

脚立を立ててみれば、確かにグラついている。

「大丈夫。そんな高い場所じゃないし、少しだけだから」

彼の申し出を断って私は脚立に上った。

今日は搬入時に台車の車輪が外れるというトラブルに見舞われていた。そのため、宍戸君が「僕が持ちます」「僕が運びます」と言って力仕事を買って出てくれていたのだ。

彼はいつもの淡々とした態度だったが、このままではさすがに上司として立場がない。

彼の普段の態度がアレなだけにできれば頼りたくないと、無意識につまらない意地を張ってしまったのかもしれない。

脚立に上り、上の棚に商品を置こうと手を伸ばした途端、足元が大きく揺れた。

慌てて足を踏ん張ったけれど、不安定なヒールが小さな足場を踏み外す。

「きゃっ！」

体が宙に放り出されると同時に、足元で大きな音がして脚立が倒れた。

スローモーションのように自分の体が床に吸い込まれていく。私は硬いフロアに打ち付けられるのを覚悟した。

が、私が背中から着地したのは、柔らかく弾力のある場所だった。

それが宍戸君の胴体だと気が付いたのは、目を開いた瞬間、眼鏡の奥にある彼の瞳と出会ったから。顔は思い切りしかめられているのに、レンズの奥にある瞳はどこか私を心配してくれているようにも見えた。

「ご！　ごめん、ごめんなさい！」

彼の腕が、守るようにそっと私の腰に添えられている。

私は恥ずかしさで頭がいっぱいになり、慌てて立ち上がる。宍戸君、私から少し離れた場所にいたはずだけど……もしかして咄嗟に駆けつけてくれたのだろうか？

「……怪我はありませんか？」

「し、宍戸君こそ……私、重たかったでしょ」

男性の存在をこんなに近くに感じたせいか、私の心臓は羞恥で高鳴っていた。

「重さはともかく、もう一回受け止めるのは遠慮したいので、その仕事は大人しく僕に任せて下さい」

「ごめんね……」

羽根のように軽い体重でないことは分かっているので、私はもう一度彼に謝罪する。

宍戸君は「もう謝らなくていいです」と素っ気なく言い、床に散らばってしまった商品を拾ってくれた。

小さく背伸びをして棚の最上部に在庫を並べていく宍戸君を見ていると、案外身長が高いんだと今さらながらに思う。

「あの、ありがとう。助けてくれて」

謝罪はしたけれどお礼がまだなことに気が付いた私は、乱れた服装を整え、改めて言った。

だけどもう宍戸君はこちらを見向きもしない。

「意地を張らず、たまには素直に僕の言うことも聞いて下さい」

背中でぶっきらぼうに言った彼の言葉に、またしても反論ができなかった。

商品陳列の作業が終了したのはそれから一時間ほど経ってから。窓の外の景色はすっかり夜へと変わっている。久々の作業で体はジワジワと疲労し始めていた。

「私の方はこれで完了かな。宍戸君は？」

「はい、僕も完了しました。後は店長のところに挨拶に行って終了です」

空（から）になった段ボールを片付けて作業終了を確認した私達は、二人で新店の店長のもとに向かう。

だが、その後ドラッグストアを出たのは、さらに一時間も経ってからだった。

開店準備に追われドロドロに疲れている店長を見て、宍戸君がトイレットペーパーの積み上げや大量のゴミ捨てなどを手伝い始めたからだ。彼は私に対し、これも力仕事だから手伝わなくていいと言ったけれど、上司としてはそういうわけにもいかない。

結局遅くまで宍戸君に付き合い、営業車の助手席に乗り込んだ時にはぐったりとへばってしまっていた。

もう夜の八時を超えているので直帰でいいだろうと判断し、私は宍戸君に駅に近いところまで送ってほしいと頼む。申し訳ないが、宍戸君には会社に車を返しておいてもらおう。

滑（なめ）らかに走り出した車の中で、私は思わず深く息を吐き出し愚痴（ぐち）ってしまう。

「あそこまでしなくてもよかったのに……トイレットペーパーとかドリンクとか、他社製品なんだから」

「あの店舗、企業直営ですから店長も事業本部の社員なんです。本部に顔売っとくと、後々仕事がしやすいんで」

上司の不服に、宍戸君は車を運転しながら淡々と言った。

何というか……やっぱり仕事に対する嗅覚が優れていると認めざるを得ない。確かに本部の社員に気に入られると、全店舗共通キャンペーンやチラシ連動企画の提案も了承してもらいやすい。そんな企画が通れば、動く金額も大きいので、大金星になるのは間違いない。

それにしたって、彼のだらしない身なりはどうなのだろうと思うけれど。

そんなことを考えつつ、私は背もたれに体を預ける。

夜の街並みに黄色やオレンジの明かりが瞬くのを眺めながら、晩ご飯は何にしようと食べ物のことばかり考える。お腹は相当減っている。もう作るのも面倒くさいからコンビニにでも寄って帰ろうかなんて考えていると、車は大通りを逸れて脇道に入っていった。明らかに近くの駅とは別の方向。

あれ？　と思っている間に、宍戸君は慣れた様子で小さな路地を抜け、コインパーキングに営業車を停める。

「晩飯食いましょう。この近くに旨い店があります」

そう一言だけ告げ、彼は車を降りて歩き出した。

ちょっと待って！　誰もOKなんてしてない！

……とツッコミを入れたいところだけど、疲れているわ空腹だわで声が出ない。

宍戸朔太郎、嫌味っぽいだけでなく超マイペースというか……自分勝手！

普通『晩飯一緒にどうですか？』とか『何が食べたいですか？』とか、打診するのが先ではないだろうか？　仮にも私は先輩だ。今のところ上司だ。後々は立場が逆転するとはいえ。

けれど、空腹で反論もままならない私には、彼の背中を追いかけるしか選択肢はなかった。

程なくして彼が扉をくぐったのは、一軒の古い居酒屋だった。お洒落感の欠片もない、うらぶれた個人経営の居酒屋。一部上場企業の創業者ファミリーが女を連れてくるところとは思えない。

「ここは牛すじ煮込みが旨いです。ビールに合います」

勝手に二人掛けのテーブルに陣取った宍戸君は無表情にそう言うと、店員に自分用の親子丼を注文する。今日の運転手は彼だから、アルコールではなくご飯物なのだろう。

「飲みたかったら、車は私が会社に返しておくよ」

「僕が運転します」

　私の提案を、彼は無愛想な一言で却下した。

　上司として気を使ったつもりなのに、もう！

　ここはアルコールの力を借りて苛立つ気持ちを落ち着け、お腹を満たして幸せにならねばと、私は牛すじ煮込みと大根サラダ、生ビールを頼んだ。

　運ばれてきたビールを乾杯することなく、一人勢いよく飲み始める。ビール一杯で酔う体質ではないけれど、空きっ腹にアルコールが沁みていくのが分かった。

　気持ちが落ち着いてくると、この居酒屋は古いけれど、決して寂れてはいないことに気付く。こんな小さな路地裏にあるのに、席は常連客らしき人達で埋まっているし、厨房から次々と運ばれていくお料理はどれもこれも美味しそうだ。

「宍戸君もこういう庶民的なところで食事するんだね……あ、美味しい」

　ちょうど運ばれてきた牛すじ煮込みを口に運んだ私は、トロリと口の中で溶けていくお肉の美味しさに唸った。しっかりと味の浸み込んだ牛すじ煮込みは、ビールと一緒に食べると止まらなくなる。宍戸君の前に運ばれてきた親子丼も、卵の絶妙な半熟加減がすごく美味しそうだ。

　思わず唾を呑み込んだ時、宍戸君が白い歯を見せて笑った。食い意地の張っているのを見られてしまった。私は慌ててビールを飲んで恥ずかしさを紛らわせる。

「この店、なかなか旨いでしょ？　……花園主任の彼氏はもっと高級な店に連れていってくれるのかも知れませんが……宇宙飛行士だか会社員だかでしたっけ？」

俯いて親子丼を口に運びながら宍戸君が言った。

また意地悪な口のきき方だったので、私は少しムッとする。

『私は寛大な上司、素敵な上司』と自分に言い聞かせながら、再びビールを喉に流し込む。

「元彼は宇宙飛行士じゃなくて副操縦士ね。ま、確かにこういう場所はデートではなかなか来ないけどね」

「ま、僕も花園主任をデートに連れてきたつもりはありませんけどね」

そう言って宍戸君は、顔を上げてこちらを見据えた。

「……あと、そういう嘘、いつかバレますよ」

もう一口と流し込もうとしたビールが、喉のあたりで止まった。

声が出ない。ビールが上手く飲み込めず気泡が口の中で不快に弾け、背中からは冷や汗が噴出する。

「花園主任、二年半一緒に仕事をしているんです。あなたの視線が誰を追ってるのかぐらい分かります。気を付けた方がいいですよ」

「なに……言ってるの」

やっと絞り出した声は掠れていた。眼鏡の奥からは強く厳しい視線が放たれ、私を捉えて離さない。ビールどころか、もう水一滴も喉を通らないほどに私は動揺していた。

落ち着け、落ち着け。ボロを出すな。

彼に本当の自分を見せるわけにはいかない。剥がれそうになるメッキを必死でかき集め、私はクールな花園空美を蘇らせようと試みる。

だけど全てを透かし見るような彼の瞳を前にすると、そんな努力も空回りするだけだった。余裕の笑みで否定してやろうと思うのに、私の口角はビクッと小さく痙攣するだけで上手く笑えない。

ぐるぐる、ぐるぐる、酔ったわけでもないのに、頭の中で宍戸君の言葉が廻る。

――あなたの視線が誰を追ってるのかぐらい分かります。

心臓がわし掴みされたように痛む。

入社以来、私の心をこんなに鋭く暴こうとする人間なんていなかった。みんな彼氏ぐらい当然いるだろうと思い、疑うことはなかったのに。

「なに、言ってるの」

息も絶え絶えに同じ言葉を吐き出したが、やっぱり続きの言葉が出てこない。

よりによって社長の息子に知られるなんて……

この男には管理職を吹き飛ばすぐらいの力はある。

何もやましいことはないけれど、いや、だからこそ変な疑惑を持たれて、児島課長に迷惑をかけるわけにはいかなかった。

そう思った次の瞬間、眼鏡の下にある唇が薄く弧を描いた。

「あ〜……花園主任。カマかけた程度でそんなに動揺するぐらいなら、くだらない嘘なんかついちゃダメですよ。……大当たりみたいですね」

そう言った彼の顔が酷く蠱惑的に見えて、私はドキリとする。

何よ突然。普段は笑顔なんて見せないくせに。

「児島課長ですよね。止めた方がいいですよ。不倫なんて女が得することは何もない」

「そんなんじゃない！」

私は反射的に立ち上がり、怒鳴っていた。

居酒屋に満ちていた和やかなざわめきがピタリと止まり、いくつもの視線がこちらに向けられる。私は慌てて座り直し、眼鏡の奥で鋭く光る彼の目を睨みつけた。思いのほか大きな目が眼鏡越しに私を見つめている。

私はできるだけ平静な顔で声を絞り出す。自分のプライドより、いつも優しい笑顔をくれる課長を守る方が大事だ。

「不倫とか、そんなんじゃない。児島課長には何も関係ないことだから……頼むから……」

私の言葉に反応して、宍戸君の表情がニヤリと歪む。

「頼むから黙っとけ？　……頼み事はタダじゃ無理ですよ」

伸びてきた彼の腕が私の手を掴んだ。次の瞬間、強い力で引き寄せられ、私は否応なしにテーブルの上に上半身を乗り出す羽目になる。

何もかもが一瞬の出来事。私は反射的に体を強張らせたが、宍戸君は腕を離してくれない。

「宍戸く……」

「ったく……そんな顔をされると……」

腰を浮かせた彼の体が近付いてくる。小さなテーブルがガタッと音を立て、空になっていたグラスが揺れた。

彼の眼鏡がどんどん近付いてきて、その奥にある瞳が私の視線とぶつかる。

その直後、私は宍戸君に唇を奪われていた。

私は抵抗するのも息をするのも忘れて、ただ一方的なキスを受け止める。

今、私の唇を塞ぐ温かく柔らかい感触が彼の唇だなんて信じられない。他人の体温が自分の唇に浸透していく感覚に、私はただ圧倒されていた。

やがてチュッと唇を吸われ、私は魔法が解けたように自分の置かれた状況に気が付いた。慌てて首を捻って唇を離し、無我夢中で彼の腕を振り払う。強く握られていると思った腕は、あっけないほど簡単に解放された。私はへなへなと椅子に座り込む。

キス……キスされた。

そう理解した時、私は再び飛び上がるように立ち上がり、即座に踵(きびす)を返して走り出していた。

客の注目を背中に集めながら、私は居酒屋を飛び出す。

彼から逃げなければという焦りに突き動かされ、私は夢中で来た道を戻った。パンプスが打楽器のように鳴り響き、私の心臓もそれと同じほどに打ち鳴らされる。息苦しくて倒れてしまいそうだ。

パーキングに停めた車の前まで来て、車の鍵を持っていないことに気付いた私は、自分の愚(おろ)かさにがっくりと膝をつきそうになる。ここに戻ってきてどうしようというのだ。

「あぁ～！　もう、バカ」

一人自分を罵(ののし)り、私は車の前で地団太(じだんだ)を踏む。おまけに財布とスマホは持っているが、他の荷物は車の中に残したままだ。一体どこに向かえばいいのかと、混乱した頭で周囲を見回してみるが、見えるのは夜の闇ばかり。私は途方に暮れてしまう。

そうしているうちに地面を蹴る音が近付いてきた。宍戸君が追いかけてきたのだ。

彼は私の姿を確認すると立ち止まり、ふぅ、と息を吐き出して長い前髪をかき上げる。闇の中では彼の表情はよく見えない。ただ、柔らかそうな髪が夜風にそよぎ、前髪の間から夜の闇を反射する眼鏡が私を映しているのが分かった。

「……送ります」

彼はそう言って車のロックを解除した。

「一人で帰る」

「……一人で帰れるんですか？　ここがどこかも分かっていないでしょう？　……すみません。失礼なことをしたのは謝罪します。きちんと家まで送るので乗って下さい」

そう言った宍戸君の声は、いつもの淡々としたものだ。そう、さっきのキスなど、なかったみたいに。

彼は助手席のドアを開け、私が乗り込むのを辛抱強く待っていた。

少し冷静になった私は、大人しく助手席に乗り込んだ。

キスぐらい……ううん、キスなんて何年ぶりだろう。

夜風が唇の表面を撫でたと同時に、私は宍戸君の唇の感触を思い出す。

自分の下から追い出したいと思っていた男の唇はうろたえてしまうほどに柔らかくて、あんな強引なキスなのにどこまでも優しくて……ああ、もう！

あのキスの瞬間、何か不思議な力に囚われた気分だった。私は抵抗できなかった自分を思い出し、再び一人悔しがる。

そんな私の葛藤など知らない宍戸君は、私の住んでいる街の方角を確認すると、サイドブレーキを解除して無言で車を走らせ始めた。

しばらく行くと、窓の外に見慣れた景色が映り始める。もうすぐ家も近いと思うと、次第に高ぶっていた感情も凪いできた。すると改めて、先ほどの居酒屋での彼の言葉が気になり始めた。彼はきっと、私と児島課長との関係を誤解している。

私は一つ息を吐き出して、背筋を伸ばす。一度剥がれてしまったメッキで自分を包み隠すかのように気持ちを入れ替えた。

「宍戸君、誤解されたら困るからもう一度言っておくけど……児島課長とは本当に何もないの」

私が前を向いたままそう言っても、宍戸君は黙っていた。彼もまた、ただ真っ直ぐに前を向いて運転している。

車はヘッドライトに浮かび上がる道を滑らかに走り続けていた。いつもはぴったり額に張り付いている彼の長い前髪が、少し乱れている。きっとさっき走ったからだろう。

宍戸君が道路標識に視線をやり、ウインカーを出して右折する。

「どのあたりで停めたらいいですか？」

「駅前で降ろして。そこから近いから」

彼は無言のまま駅前に向かって車を走らせる。やっぱり何を考えているのか分からない。私は二人の間にある静寂に、焦燥感をかき立てられた。

沈黙に耐えられなくて、私は何かを取り繕うように話し始めていた。

「児島課長は仕事で色々お世話になっている、尊敬する上司なの。それ以上でも以下でもない。宍戸君だって児島課長が部下思いの上司だって分かってるでしょ？　そんな児島課長に特別な感情なんて……」

「児島課長、児島課長ってうるさいですよ。運転に差し支えるので黙っていて下さい」

そう言った次の瞬間、感情のなかった宍戸君の表情が揺れ、苛立ちが表れる。

「……だいたい今さら何言っても遅いんだよ」

宍戸君はゆっくりと駅前の駐車場に車を停め、サイドブレーキをかける。そして眼鏡を外すと、ダッシュボードの上に乱暴に投げた。

「……そうだろうなとは思ってたけど……カマかけたら見事に動揺して……」

「え？」

「クールに振る舞っているつもりかもしれないけど……隙だらけだ」

先ほど私を真っ直ぐに見据えた大きな目が、再び前髪の間から見え隠れしていた。

その長い睫に縁取られた瞳は、夜の光を反射させながら冴え冴えと澄み渡っている。

綺麗な二重。そのすぐ上にはキリッと上がった眉があった。

いつもの宍戸君とは違う声色と、普段しっかりと見ることはない彼の目。それらに囚われた私は、どこか危険な空気を感じながらも視線を離せない。

「今も隙だらけ。こっちは我慢してるのに、そんな顔をされたら襲ってくれって言ってるようなもんだ」

あ、と思った時には、私の肩はシートに押さえつけられていた。

宍戸君の顔が迫ってくる。そのあまりに綺麗な瞳に魅入(みい)られて、私は動けない。

キスされる。そう悟った時、私は何を思ったのかバカみたいに目を閉じていた。

すると、私の肩を押さえる力が一瞬ぎゅっと強まり、その後ふっと弱まった。

思わず目を開けた私は、鼻先に迫った彼の大きな瞳と出会う。

その黒目がギラリと光り、彼の顔に傲慢(ごうまん)な微笑が浮かぶ。私はやはりその顔から視線が離せない。

「ほら、隙だらけだって言っただろ」

宍戸君は笑みを湛(たた)えた唇で私の唇を奪う。

襲うというにはあまりにも優しいキス。意地悪な瞳で仕掛けられた、二度目のキス。

重なり合った部分だけが敏感になってしまったかのように、私は彼の唇の温度や繊細な皺(しわ)、吸い込まれていきそうな柔らかさをまざまざと感じる。

車内で自分の心臓の音だけが大きく鳴り響く。けれど、その高鳴りは次第に警告音に変わっていった。

いけない。このままじゃ完全に囚われてしまう。

体を捻って逃れようと試みた瞬間、そうはさせないとでも言うように彼のぬるりとした舌先が入ってきた。強気なキスが、脳を支配していた甘い薄霧を振り払う。

「な！　なんでっ！　な、なに」

また、またキスされた。そして私、またボーッとしてされるがまま……バカ、私、バカ！

宍戸君の大きな目が私の視線を絡め取る。私は顔が火照ってくるのを感じながら、感情を見せない目の前の男に怒りを覚えていた。

彼の腕から逃れた私は、思い切り彼の頬を張り倒す。

バチンッ！　乾いた音と、手のひらの痛み。

勢い余って放った私の平手打ちには、遠慮なんてなかった。

「あ～……俺、やっぱ嫌われてんなぁ」

宍戸君は小さく呟くと、薄笑いを浮かべる。

私はそんな彼の視線から逃れるように車から降り、走り出していた。

二度のキス。

マンションの自分の部屋に戻った私は、洗面所で化粧を落としながら鏡に映る自分の唇を眺める。

たかがキス。高校生がふざけてするような、他愛もないキス。

気にしないでおこうと思うのに、私はいつまでも自分の唇から目を離せずにいた。

宍戸君の黒目がちの大きな目が、脳裏から消えない。

眼鏡越しではなく、初めて直接見た彼の瞳。透明感のあるその瞳は、反射鏡みたいに輝き、その向こうにある感情を隠そうとしているようにも見えた。

私は洗面所から出ると、いつものごとくじゃむじゃむの腕を引っ張って抱きかかえる。

幼児が毛布を抱いて安心するのと同じで、私もいつだってモフモフな毛並みで癒される。

「キス……」

私は独りごちながら、自分の唇を人差し指でなぞった。

キスなんて、大学時代のコンパで酔っ払った知らない学生に冗談半分でされて以来だ。

その時のキスは、唇を離した途端に忘れてしまうようなものだったけれど、宍戸君の唇の感触はまだ私の唇の上にある。

私は蘇ってきた感触に、思わず足をバタバタさせてしまう。

全然好きじゃない男性に突然キスをされたのに、そのまま受け入れてしまった自分が情けなく恥ずかしい。二度目なんてキスされるのが分かっていたのに、目を瞑ってしまった。あれではキスを待っていたみたいじゃないか。

——そんなことない。あんな男、大嫌い。

そう自分に言い聞かせる私を、じゃむじゃむのプラスチックの目が白けたように見ていて、思わず目を逸らした。

だいたい宍戸君だって、私と同じ気持ちのはずだ。二年半一緒に仕事をしてきて、意地悪を言われたことなら何度もあるけれど、好意を感じたことなどない。きっと嫌がらせだ。そうに違いない。

同い年なのにあれこれ指示する女上司をちょっとからかってやろうとか、そんなものなのだろう。そうでなければ、ただのキス魔とか？

けれど、あの強い眼差し……微笑を湛えた唇で……

「だぁ！」

また思い出しかけて、私は思わずじゃむじゃむのお腹にパンチを入れてしまった。

とんだ八つ当たりで、じゃむじゃむゴメンなさい——そう素直にぬいぐるみに謝ったところで、私は宍戸君に思いっきり平手打ちを食らわせてしまったことを思い出す。

男性とのお付き合いの経験すらない私なので、どんなに考えてみたところでその真意などよく分からないが、百パーセント嫌がらせだったとしても、やっぱり暴力はよくなかった。

しかも相手は勤め先の御曹司様。児島課長への想いまで知られてしまっているのだから、歯を食いしばってでもキスの一つや二つ、我慢しなければいけなかったのだ。

じゃむじゃむのお腹に顔を押し付けモフモフしていたら、また宍戸君の大きな瞳が脳裏に蘇ってくる。

怖いぐらいに深く澄んだ夜のような黒目、視線の鋭さを緩和させる長い睫。

私はその記憶を打ち払うように、じゃむじゃむのお腹にボッフンボッフン頭突きした。

うう……また八つ当たり。

よし、とりあえずキスのことはきっぱり忘れて、宍戸君に暴力を振るったことを謝罪しよう。

そう決めたはずなのに、目を瞑る度にまた彼の唇の感触を思い出す。

この夜、じゃむじゃむは私に何度もボッフンボッフンされたのだった。

◇

謝らなければならないと思いつつも結局何も言えず、何事もなかったかのように一週間が過ぎた。私は、宍戸君と目を合わせることさえできずにいる。仕事中もできる限り目を逸らしている始末だ。

彼と目を合わせてしまうと、きっと私は長い前髪の奥に隠されている大きな瞳を意識してしまうだろう。でも、そんなこと気付かれたら、キス一つで惚れたなんて誤解されかねない。

そんなのはまっぴらごめんだ。いくら私が彼氏いない歴＝年齢でも、最後にキスをしたのが六年前で、しかもそれが名前も知らない相手だったとしてもだ。

あんな傲慢男、百回キスをされても土下座で告白されても好きになるもんか。

そう自分に強く言い聞かせ、私は指を叩きつけるようにパソコンのキーボードを打っていく。すると、デスクに見慣れた大きな手が伸びてきて、ひょいとそこにあった書類を掴んだ。

「花園、お客様アンケートの要望内容、エクセルで纏めてるのか？　そこまでしなくても一通り目を通して、ファイリングするだけでいいぞ」

アンケート用紙とパソコンのモニターを見比べてそう言ってきたのは、児島課長だ。

ソーションでは美容部員が百貨店のカウンセリングコーナーで接客する際に、お客様アンケートを実施している。現在百貨店の美容部員の取り纏めをしている私にとって、アンケート用紙の回収・チェックも仕事の一つだった。

児島課長は優しい顔で、私に向かって穏やかに微笑む。

課長はいつもこんな感じ。空に浮かぶ雲のようなフワフワした笑みを絶やさない人だ。

「纏めたってほどじゃないんですが……最後の〝その他ご要望〟の欄の内容を並べてい

くと、お客様のニーズがリアルに出てくる気がするんですよね。ＢＢクリームが爆発的に流行(はや)って以降、オールインワンコスメを求める声っていうのはすごく高くて……薬用リップにグロスの効果を加えて、さらに何かもう一つ付加価値を付けた商品があれば売れるんじゃないかな、なんて考えているんです。学生がポケットに忍ばせて気軽に使えて、なおかつ友達に見せたくなるような可愛いパッケージだと、受けると思うんです」

「薬用リップグロスか。花園は入社の時、マーケティング課に配属希望だったもんな。そういう着眼点はさすがだと思うよ。そのアイディア温めておけよ」

児島課長の笑顔は時に優しすぎて、受け止めることができない。私の視線は半ば無意識に彼の左手の薬指に向かった。

冷たく光るプラチナの結婚指輪。

――児島課長ですよね。止めた方がいいですよ。

耳の奥から声が聞こえた気がした。

ギュッと胸が締め付けられるように痛み、私は反射的に宍戸君のデスクに目を向ける。彼はそこで電話をかけていたが、一瞬眼鏡の奥から鋭い視線をこちらに向けてきた。

私はばつが悪くて目を逸(そ)らす。

怒ってる？　宍戸君、君は私に勝手にキスまでしておいて、怒っている？　確かに私も叩いちゃったし、しかもまだ謝ってないしで、怒られる要素を色々と持ち合わせてはいるのだけれど。

「ああそうだ。一ヶ月ほど先に美容部員に向けての合同カンファレンスが仙台であるだろ。興味があったら、一日出張になるけど一緒に来るか？　担当地域以外の美容部員と会えるから、色々参考になる意見も聞けるだろう」

「え、あ、はい」

「じゃあ出張二名で申請出しておくから、予定に入れておいて」

課長はそう言いながら、自分のデスクへと戻っていった。

彼の広い背中を見送りながら、私は冷静でいようと努める。営業職なので出張は多いが、課長と二人で出張なんて初めてだった。情けないことに顔が火照ってくるのが分かる。気持ちを落ち着かせようとデスクから離れ、今日の営業に持っていくサンプルを取りに倉庫へと向かった。

一人になって、大バカな自分を叱咤してこよう。

宍戸君に気付かれて忠告までされているのに、まだ私は課長に声をかけられると少女のように顔を赤らめてしまう。もういい加減に気持ちの整理をつけたかった。誰にも言えない、実ることのない、やましいだけの恋なんて、痛み以外得るものはない。

備品倉庫に足を踏み入れ、私は段ボールの中から必要なテスターを取り出していく。

頭を仕事モードに切り替えようと意識しているのに、気が付けばまた児島課長の優しい笑顔を思い出す。それとセットで蘇るのは、宍戸君の冷たい視線。

何度目かのため息を吐き出した時、私は背後でドアの開く音を聞いた。

振り向くと、宍戸君だった。

今一番顔を合わせたくない人物の登場に、思わず体が硬直する。

相変わらず前髪で顔が半分隠れて、表情は分からない。彼は「お疲れ様です」と静かに言った。

倉庫でばったり鉢合わせなんて珍しい……っていうか鉢合わせなのだろうか？　そんなに人の出入りのある部屋ではないので、このタイミングでバッタリとなると、どうも追いかけてこられた気がしないでもない。被害妄想？　自意識過剰？

「児島課長と出張ですか？　嬉しそうですね」

うん、被害妄想でも自意識過剰でもなかった。どうやら彼は、私に嫌味を言いたくてここまで追いかけてきたようだ。

「別に嬉しそうになんてしてません。仕事だから。宍戸君こそ何？　それが言いたくて倉庫まで追いかけてきたの？」

私は顔が引きつりそうになるのを抑え、淡々と返す。

「そんなに暇人ではないです、と言いたいところですが……この間の一件以来、花園主任が随分僕を避けているようなので、ちょっと二人で話をしたいと思い……」

そう言いながら一歩踏み出した宍戸君に怯み、私は思わず一歩下がる。

また一歩下がると、彼は二歩踏み出してきた。

一歩一歩距離を詰められるごとに、眼鏡で隠されている彼の瞳が視界に入ってくる。

顔、赤くなるな。心臓、鎮まれ。落ち着け、私！

私は自分を叱咤し、ギュッと唇を噛み締めて立ち止まると、彼にしっかりと向き直る。

きっとこのキス魔は、どんな横暴を通しても誰かに殴られた経験などないのだろう。

それでこれほどまでにお怒りなのだ。二人きりのいい機会だから、今さっさと謝罪してしまおう。

「あの、宍戸君」

私はクールな主任の仮面をしっかりとかぶり直し、出来るだけ冷静に話しかけた。

「はい」

「ごめんなさい……叩いちゃったこと」

「痛かったですね。思いっきり叩かれたので」

「暴力を振るったのは……悪かったと思ってるの」

眼鏡の向こうに綺麗な瞳があるのを知っている私は、いけないと思いつつも、彼の瞳を探してしまう。私の視線を遮るように、宍戸君の指先が眼鏡を少し持ち上げた。

顔の角度が変わったその一瞬だけ、彼と直接視線が交わる。やっぱり綺麗な目だ。

そう感じた瞬間、もう彼の顔と相対する余裕などなくなっていた。私は何も言えずに目を伏せる。

彼の唇の感触を思い出す。ふわりと柔らかくて、陽射しを集めたような温かさ。

無意識に唇を動かしてしまっている自分に気付き、慌てて歯でそれを押さえ込んだ。

見られていませんようにとこっそり宍戸君を窺うと、また眼鏡の奥の大きな瞳と視線が交わった。

「キスは秘密の代償です。児島課長との関係は誰にも言いませんよ」

「だから！　児島課長とは本当に何もなくって……ただ私が想ってるだけだから……」

「……そうですか」

宍戸君はそれ以上何も言わない。

言うべきことを言い終えた私は、その沈黙に耐えられず逃れるように部屋を出ようとした。

ドアノブに手をかけた時、金属製のドアがガチャンと激しく音を立てて、私の目の前で揺れる。

反射的に振り向こうとすると、宍戸君がドアに手をついていた。私は中途半端に後ろを振り向きかけたまま、ドアと宍戸君の胸の間で、呆然と体を小さくする。

これが噂の壁ドンか。いや、この場合ドアドン？　ドアガチャン？

いやいや、そんなことどうだっていい。今現在重要なのは、迫ってくる宍戸君の顔をどうやって避けるかだ。

ああ、でも……こうやって近くで見るとやっぱりよく分かる。眼鏡の奥に隠されている綺麗な瞳。形のいい薄い唇。この唇が見た目以上に柔らかで優しいことを私はもう知っていて……

「〝想ってる〟――そうやってポロポロと本音を言ってしまうところがムカつくんです」

「あ……」

「……ムカついて……我慢できなくなる」

宍戸君の低い声が耳のすぐ近くで響いた。唇が耳朶に触れそうなほど近い。彼の息遣いまではっきりと聞き取れる。

我慢できなくなるってどういうこと？　何をする気なの？

言いようのない息苦しさを感じながら、彼の唇を意識してしまう自分がいた。私の心臓の音は、最大限に高まっている。

大きく吐き出された宍戸君の息が私のこめかみを撫でる。続いて、押し殺した声が私の鼓膜を揺らした。

「……飯、奢って下さい」

「え？」

「殴ったことを詫びるなら奢って下さい」

「……」

宍戸君は私から体を離すと口角を持ち上げ、どこか切なげに笑った。

あまりに拍子抜けな要求に腰が抜けそうになった私は、ドアに体を預けながら唖然と彼を見返す。

キスされると思った。そして私、また……抵抗できなかった？

そんな自分が情けない。それでも彼の眼鏡の奥にあるミステリアスな瞳につい魅入ってしまう。

高く鳴り続ける自分の鼓動を聞きながら、私は懸命にそれを否定しようとする。

ドキドキなんてしてない。きっと彼は私をからかっているだけ……そんな男にドキドキなんて……

私が唇を噛みしめていると、宍戸君はさらに追い討ちをかけてきた。

「今晩、花園主任が彼氏と行くようなお洒落なレストランにでも連れていって下さい。七時半、角のコンビニ前でいいですか？」

いつの間にか食事に行くことが決定してしまったらしい。

「……宍戸君は、そうやって何でも自分の思い通りにしながら生きてきたの？」

「思い通りになったことなんて、何一つありませんよ。……ただ思い通りにすることを諦めるつもりもないので努力はします。少々ずるい方法であっても」

彼は不思議な笑みと共に意味深なことを言う。その顔が仕掛けた罠の出来に満足しているハンターのようにも見えた。

ここで彼に従うのは、罠に飛び込んでいくようなものなのかもしれない。でも今の私にノーと言える権限はなかった。あまりに大きな弱みを握られてしまっている。

私は覚悟を決めると、気弱になりそうな自分を叱咤して、また余裕のある〝クールなビジネスウーマン〟になってみせる。

「じゃあ角のコンビニ前に七時半。美味しそうなレストラン、調べておくね」

精一杯の威厳を背中に漂わせ、私は今度こそ備品倉庫から退出した。

九月二十六日。今日は私の二十八回目の誕生日。

誰かにお祝いしてもらおうなんて思っていなかったけれど、こんな風に宍戸君と食事に行くことになるなんて。

平静を装いオフィスに戻る私は、運命の夜が訪れようとしていることにまだ気が付いていなかった。


七時半、時間ぴったりに待ち合わせ場所に到着すると、宍戸君は既にそこで待っていた。会社帰りなので、私はソーションらしい上品さを意識したＯＬスタイル、宍戸君は残念ながらいつもの大きすぎるスーツ姿である。

「お疲れ様です」と同僚らしく挨拶を交わし、私は彼の先に立って歩き始めた。

向かっているイタリアンレストランは私のお気に入り。同席者が誰であれ、誕生日くらいは美味しく食事がしたい。

やがて会社からほど近いレストランに到着する。予約を入れてあったおかげで、すぐに席に通された。

やってきたウェイターにドリンクのオーダーを訊ねられ、私はワインリストに目を通す。まずはある程度アルコールを入れて、雰囲気を和ませようという目論見だ。

「ワインを飲むなら、ボトルにしましょうか。僕も飲みたいので」

宍戸君にそう声をかけられ、私はさらにリストを睨む。が、いくら見ても何が一番いい選択なのか判断ができなかった。いつもならグラスで好きなのを選ぶけど、このおぼっちゃんが満足するものと考えると迷う。

私はいっそ任せてしまおうと、彼にリストを差し出す。

「花園主任に特にこだわりがないようなら、リストの中に僕の好きなイタリアワインがあるのでそれをおすすめします。トレッビアーノ種の白ワインで、クセが少なく飲みやすい。ピザやパスタにも合います」

ワインリストを見ながら静かに言う彼は、どこか品さえ感じられた。居酒屋で牛すじ煮込みをオーダーしていた彼も宍戸君なら、的確なワインをさらりと選ぶのも宍戸君なのだ。二人でいればいるほど、〝ダサい部下〟という彼のイメージが崩れていく。

「ワイン好きなんだね」

ワインに続いて料理もオーダーし終えた私は、まだ何もないテーブルの上に訪れた沈黙を埋めようと何気なくそう言った。

「ワインも好きですが……今はもっと興味のあることがあります。時々興味以上の感情が湧くこともありますが」

しばらく黙ったあと、宍戸君は一人呟くように答える。

彼の前髪の間から眼鏡が覗いていた。

ふとその眼鏡が、何かを守る兜のように見えた。私がベーシックで清潔感のあるスーツを、営業二課主任としての鎧にしているように。

そんなことを考えているうちに、私はいつの間にか彼の眼鏡から視線を逸らせなくなっていた。彼が少し首の角度を変えた瞬間に、それまで光を反射していた眼鏡がクリアになり、大きな瞳と目が合う。

私は慌てて視線を逸らした。恥ずかしさを隠すように別の話題を切り出す。機会があったら、いつか宍戸君の耳に入れておきたかった話だ。

「宍戸君、あの……昨日、美容部員との打ち合わせで百貨店回りをしていたんだけど……久々に前担当していたドラッグストアの店長さんを見かけたから、ご挨拶をしたの。そうしたらね……」

話し始めたところでウェイターがやってきて、ワインを注いでいく。

素敵なレストランで向かい合う男女。その間にはワインで満たされた一組の美しいワイングラス。このシチュエーションで、それを触れ合わさずにいられる者はどれだけいるだろうか？

私も思わずグラスを取り、「お疲れ様」と告げて宍戸君の方にそれを傾けた。

彼のグラスが近付いてきて小さく触れると、それは風鈴のような音色を奏でる。長く響く心地よい音は、張り詰めていた私の神経を解してくれるようだった。

その音が店のざわめきに溶けて消えるのを最後まで聞いていた私は、「いい音したね」と宍戸君に笑顔を向けた。すると彼もふっと白い歯を見せながら笑う。

その笑顔は真っ直ぐで、いつものような皮肉っぽさがなくて……うっかり見惚れそうになり、私はグイとワインを飲んでそれを誤魔化した。

「それで？」

宍戸君は私のグラスにワインを注ぎ足しながら問う。

「え？」

「ドラッグストアの店長に会ったっていう話の続きです」

「あっそうそう。顔見知りの店長さんだったからご挨拶したんだけどね、彼、宍戸君のこと、すごく褒めてたよ。宍戸君にドライシャンプーやらボディーローションやらの店頭陳列を提案してもらってよかったって。あそこ、病院に行く時の通り道だから、お見舞いに行く人達にそういう需要があるんだね」

「ああ……病院から離れてるんで気が付きにくいんです。病院はホテルと同じで乾燥するので、本格的な秋冬商戦になったらあの店はもう少し伸びると思います。次回営業で訪ねる時は、マッサージオイルなんかも提案するつもりです。寝たきりの患者さんに需要が見込めるので」

その時ウェイターがピザを運んできて、ピザカッターで切り分けてくれる。

私がお気に入りの、半熟卵の載ったピザ・ビスマルク。刃が勢いよく生地を滑ると、黄身がとろりとチーズの上に流れた。

「……宍戸君はよく見てるね。あのお店が病院までの通り道にあるなんて、私が担当していた時には気が付かなかった……やっぱり宍戸君は営業の才能があるよね」

お世辞でもなんでもない。今の彼の話を聞いて、本当にそう思ったのだ。もしかしたら、もう酔いが回ってきているのかもしれない。でも、今は素直に彼の仕事を認めたい気分だった。

ピザを切り分け終えたウェイターが下がり、私は蕩(とろ)けるチーズとその上で光る黄身を眺める。異なる黄色の輝きがそれぞれ溶ける純金のように美味(おい)しそうだ。

ふっと視線を感じて顔を上げると、前髪の間からこちらを凝視(ぎょうし)している大きな瞳に出会った。彼が見ているのは麗(うるわ)しのピザではない。紛れもなく私だ。

慌てて視線を逸(そ)らしたけれど……食べたくてウズウズしている卑(いや)しい表情を見られてしまった。その証拠に、宍戸君は切り分けられたピザを手で示し、微笑と共に「どうぞ」と促(うなが)してくる。

「……ではお先にいただきます」

私は一言断ると、チーズが糸を引くピザを遠慮なく取り分け、手掴みで素早く口に運んだ。

「あ、あっふい」

口腔(こうこう)にへばりつくチーズの熱さにハフハフしていると、流れる黄身が口から垂れ落ちそうになって、私は慌ててそれを舐め取る。

熱いけど美味しい！　美味しいけど熱い！

至福の時間を楽しんでいると、また彼の視線を感じた。

「宍戸君食べないの？　熱いけど美味しいよ。猫舌とか？」

「いただきますよ。とても食欲をそそられる光景です」

いつものように淡々と話す宍戸君だったが、口元に薄ら（うっすら）と浮かぶ笑みは、どこか危険な香りがする。

どきりとしたけれど、きっとお腹が空（す）いているのだと自分に言い聞かせ、ピザを彼のお皿に取り分けてあげた。

宍戸君の選んでくれたワインは飲みやすくて、気が付くとグラスの中のそれは随分減っていた。お酒には弱くないけれど、頭が少しふわふわしてきた気がする。

「……宍戸君って謎だね」

「……そうですか？」

酔いが私を饒舌（じょうぜつ）にし、心に繋ぎ止めてあった言葉まで口から出ていってしまう。

「私、宍戸君のこと見くびってたと思う……児島課長のことなんて……絶対誰にも気付かれないと思っていたのに。ううん、気付かれないように、彼氏が欠かさずいるみたいな嘘ついてたのに……宍戸君のその度の入ってない眼鏡は、何か特別なものでも見えるの？」

ピザを咀嚼（そしゃく）していた宍戸君の口の動きが一瞬止まった。けれどすぐに落ち着いた様子でワイングラスを手に取り、グイッと薄金の液体を飲み干す。大きく張り出した喉仏（のどぼとけ）が上下に動いた。

「特別なものなんて見えませんよ」

ワイングラスから口を離した宍戸君は静かにそう言い、眼鏡の奥から挑戦的に私を見据える。

否定しなかった。やっぱり彼の眼鏡は伊達だったのだ。

この間、彼が眼鏡をダッシュボードの上に放り投げた時、私はそのレンズの内側から見える歪みのない光景に目を留めた。以来この眼鏡には度が入っていないのではないかと気になっていたのだ。

なぜ？　ストレートに訊ねたいが、宍戸君のことだ。どうせ素直に答えてなんてくれないだろう。

「……僕には特別なものなんて見えません。ただ、仕事上でもよく感じますが、人間の視線というのは雄弁です。エンドユーザーの視線の先にあるのは自身の欲求を満たすもの……。花園主任、あなたも同じです。どんなに綺麗に装って上品ぶったところで、その視線は飾れない」

その言葉に、私は胸を突かれた。

宍戸君はそれを知ってか知らずか、メニューを一瞥して「追加していいですか？」と了承を求めてくる。私は頷きながらも、今の言葉を胸の中で反芻していた。

他の人には気付かれていないだろうが、洞察力のある宍戸君にはきっと丸見えだったのだろう。

〝目は口ほどにものを言う〟。その言葉の通り、宍戸君から見れば、私はクールなモテる女のフリをしながら、『児島課長が好き』と喚き立てていたのと同じなのだ。今まで半ば癖のように児島課長の結婚指輪を見ていた自分が恥ずかしかった。

恥ずかしくて、惨めで、情けなくて、顔が上げられない。

「アルフレッドでいいですか？　生クリーム系のパスタです」

がっくりと肩を落とす私にも構わず、宍戸君はオーダーを決めてウェイターに注文を通す。

それからテーブルの上にある彼の長い指がコンコンコンと三回落ち着きなくタップしたかと思うと、穏やかな声が私に話しかけてきた。

「花園主任、こっちを向いて下さい。僕があなたの視線を追うのは苛めるネタを探すためじゃない。ただ……興味があったから」

「……興味が？　人間観察的な？」

「……観察だけで済むかどうかは分かりませんが」

顔を上げると、眼鏡の奥からじっと私を見つめる宍戸君の瞳と出会った。何か伝えようとしているのか、彼はそのまま私から視線を外そうとしない。

……そういえば、さっきも興味があるものがどうとか話していなかったっけ？

私は急に頬が火照ってくるのを感じて、慌ててそれを誤魔化そうと残りのワインを飲み干す。

ちょうどウェイターが大皿に載ったパスタを運んできたので、二皿に取り分け一つを彼に手渡した。

「……冷めないうちに食べよっか」

宍戸君、さっきからこっちを見すぎだ。ずっと私から視線を逸らしてくれない。目は口ほどにものを言うそうだけど、私には彼のような洞察力はないので、彼が何を語ろうとしているのか全然分からない。

私は若干食べづらさを感じたものの、生クリームのたっぷりと絡まったパスタをフォークに絡め口に運んだ。口から零れた一筋をチュルッと小さく啜ると、ソースが唇に撥ねる。

「リップグロス……」

「え？」

宍戸君の呟きに、私は再びパスタを絡め取ろうとしていた手を止めた。生クリームでつやつやと光るパスタは、フォークから滑り落ちて扱いにくい。

「旨そうなリップグロスみたいだって言ったんですよ。花園主任」

「え……」

軽く口端を上げる彼の言葉が、ソースに濡れた私の唇のことを指していると気付いて、慌ててナプキンで口元を拭う。

耳が熱い。たぶん私、顔が真っ赤だ。それをアルコールのせいにしたくて、私は宍戸君が注いでくれたばかりの冷たいワインをまた喉に流し込んだ。

一方、彼はと言えば、こんな恥ずかしいことを発言しておいて、悠々とパスタを口に運び続けている。さっきから私ばっかり慌てているようで悔しい。伊達眼鏡のこともたいして気にしていないみたいだし。

少しは反撃してやりたくて、私は背筋を伸ばし呼吸を整えると、彼としっかり向き合った。

回ってきたアルコールが、私を強くしてくれている。

「宍戸君……何で私にキスしたの？　興味あるって言ったけど、〝私に〟興味があるってこと？」

いつもの悪い癖で、突然脚を組んだりなんかしてクールな女を装う私。こうでもしないとこの男とは対峙できない。

宍戸君は口の中にあるパスタをゆっくりと時間をかけて咀嚼したあと、ワインを一口飲んで私の質問に答えた。

「あなたにとても興味があります」

思ってもいなかった強さで明言されて、私は心臓を一突きされたような感覚に陥った。

思わず組んでいた脚を解いて、両足で床を踏みしめる。

「とても興味があるから手に入れてみたい。手に入れて、自分が想像していたものと同じか、確認したい」

「かく、にん？」

宍戸君はワインに濡れた唇で妖しく微笑んだ。その唇がまるで南国の果物みたいだなんて思いながら、私はまたキスの感触を思い出していた。

やがて形のいい唇が小さく開いて、そこから白い歯が覗く。一瞬見えた彼の犬歯に、本能的に危険を察知しながらも、私はそこから目が離せなかった。

「もう一度、キスをしませんか？」

「……」

宍戸君は何を言っているのだろう？　そう思いつつも私の心臓はうるさいほどに鳴り続ける。

「花園主任、申し訳ありませんが我慢の限界です。分かりやすく言ってあげますよ。俺はあなたが欲しい」

警鐘のような自分の鼓動を聞きながら、私は不思議な眩暈を覚えていた。

自分でもどうしたいのか分からない。無言で立ち上がって一人でここを出ていこうか、それとも上司らしくお説教でもしてやろうか。

いっそ、あのキスをもう一度、唇に受け止めてしまおうか……

ワインに酔って思考が停止しているわけではなかった。

ただ本能的に、この誘いがとても大事なものであるような気がしていた。

――本当に新しい出会いで新しい自分に……

もしかして、これが自分を変えるきっかけになるのではないか。宍戸君は私の弱点を知っている。その上でこうして迫っている。そんな強引な彼なら、今までの私を吹き飛ばしてくれるんじゃないか。

そう思った時、私の唇は既に動いていた。

「……眼鏡、取ってよ。口説く時ぐらい……余計なモノ取って」

喘ぐように言った私の言葉に、宍戸君は素直に従う。

その瞬間、私は後悔した。

ああ、彼が素直な時は警戒すべきだった。

長い指が前髪を少しだけかき上げ、危険すぎる瞳を晒す。

挑戦的な笑みを浮かべて私を捕らえようとする瞳から、もう逃げることなどできはしない。

◇

タクシーに乗ってしまった……

そう、宍戸君と一緒に彼のマンションに向かうため、タクシーに乗ってしまったのだ。

自分で決めたにもかかわらず、脚も心臓も脳みそもガタガタと震えているようだった。

後部座席で宍戸君と隣り合って座りながら、私は必死に落ち着こうと自分を分析してみる。

二十八歳。一つ年齢を重ねた今日、自分を変えたかったことは間違いない。

これまで何度も行き場のない片想いなど止めてしまおうと思いながらも、児島課長の結婚指輪を恨めしげに追いかける癖から抜け出せずにいた。そんな不毛なことを繰り返す自分が大嫌いになる前に、なんとかしたかった。

この片想いにさえ終止符を打ってしまえば、まだ知らない新しい自分になれるかもしれない。

宍戸君は強引な男だけれど、今の私が必要としているのはその強引さなのだろう。

それに……宍戸君が私の秘密を掴んでしまったように、私もまた、彼の隠されている部分をもっと知りたいと感じていた。二度の強引なキスの感触は、なぜかいつまで経っても私の唇の上に留まっている。その理由を知りたい……

タクシーが宍戸君のマンションの前で停車する。同時に、私の心臓も飛び跳ねた。

キスはできても、それ以外は未経験……いや、いい歳なので男と女がどういうことをするのかは分かっている。だけど自分が実際にあんなことやこんなことをするのだと改めて想像すれば、それだけで体中の血が沸騰しそうになる。

でも、私ももう二十八歳だ。ここで引き下がるわけにはいかない。

宍戸君が求めるならば、私は成熟した一人の女性としてお相手しよう。そしてこっそり処女を捨て、児島課長への恋も忘れ……そうすればすっきりとした気持ちで新しい恋もできるかもしれない。

今の私に必要なのは気持ちをリセットしてくれる強引な力なのだ。

私は自分に強くそう言い聞かせ、宍戸君に続いてタクシーから降りる。そして一緒にマンションのエントランスをくぐった。

緊張で思考まで強張（こわば）っていたけれど、このマンションがかなり高所得者層に向けて作られているのはすぐに分かった。エントランスにはオブジェのようなソファーが置かれ、壁には巨大なモダンアートが飾られている。

宍戸君は無言でエレベーターに乗り込むと、最上階のボタンを押した。着いた階の長い廊下の先には大きな玄関扉があり、そのロックを外して私達は部屋の中へと進む。

ガチャンと音を立てて扉が閉まった瞬間、私はいつかのように壁と宍戸君の間に挟まれていた。彼の右手は私の手首を掴み、左手は私の肩を壁に縫い止めている。

「ここに来たってことは、こういうことですよ」

長い前髪の間から、熱を秘めた瞳が私を捉えていた。貫かんばかりの鋭い視線なのに、眼鏡を外した宍戸君の瞳はやっぱり綺麗だ。睫が長く、黒目は海のような深さを湛え、今にも吸い込まれそう。

思わず瞼を閉じると同時に、唇に温かさを感じた。

薄く、柔らかく、ほんの少し湿った唇。

ドアに押し付けていた彼の左手が、いつの間にか私を優しく抱いていた。

「まだ靴は脱いでいない。ここで止めるなら追いかけません」

私の頬に自分の頬を当てて、彼は呟く。耳にかかる吐息が熱い。

「……いい歳した大人の女を部屋に誘っておいて、宍戸君は尻込みするの？」

私は限界まで背伸びをして宍戸君を誘う。それでも心臓は皮膚を持ち上げんばかりに高鳴っていた。

ここで突き放されたら、私はますます自分を情けなく思うことだろう。もう最後までいってしまうしかなかった。

声が震えているのが気付かれませんようにと祈りながら、私は宍戸君を見上げる。

「怯えた目で男を煽るんですか？　……そういう女性にはそそられる」

宍戸君が小さく笑うのを見ながら、私は足を少し浮かせてパンプスを脱いだ。それを確認した宍戸君の唇がもう一度落ちてくる。

受け止めた瞬間、彼の舌が唇の奥を舐めた。彼は私の唇の形を確かめた後、上下の歯の間を抜けて私の舌を撫で上げる。ぴったりと重ね合わせた唇の奥で、二つの舌がゆるゆると絡まっていた。

口の中が熱い。宍戸君の舌に撫でられた場所が甘く発熱する。

濃く深い大人のキスは初めてだった。きっとこのキスに私は夢中になる。そんな予感がした。

私の背中に回された腕の力が強くなると同時に、舌はさらに深く口内を探ってくる。私の内側を蹂躙し、犯すような荒々しい口づけ。

それなのに気持ちいい。荒い呼吸も、舌の動きも、混ざる唾液も、もうどちらがどちらのものか分からないのに、気持ちよさだけは明確に伝わってくる。宍戸君、たぶん、キス上手だ。

「……顔、真っ赤……」

唇を離した彼にそう言われ、私はますます顔に血が上るのを感じた。

「大丈夫ですか？　部屋に上がったら悠長に仕事の話なんてしませんよ。ヤることヤらしてもらいます」

「……私、もう靴脱いだから」

私がそう言うと、彼も自分の靴を脱ぎ、無言で長い廊下を歩いていった。

彼の後について室内にお邪魔した私は、思わず息を呑む。

エントランスの雰囲気から察してはいたけれど、かなり大きな部屋。外国のコンドミニアムみたいに開放的な作りだ。その上、物が極端に少ないせいで、余計にスペースが広く感じられる。

テレビやテーブルさえなくて、目に付くのは大きなオーディオセットとその周りに無造作に重ねられたＣＤ、そして黒い革張りのソファーと、よく育ったいくつかの観葉植物だけだった。

「お家……大きいね……もしかして、ここに一人で住んでるの？」

「正しくは兄貴名義の部屋です。兄貴が最近一戸建てに引っ越したんで、一ヶ月ほど前から住まわせてもらっています」

なるほど、常務の部屋だったのか。さすが資産家一家の次男。思わず自分の１ＬＤＫの部屋と比べてしまい、羨ましいやら物悲しいやら……現実離れした空間に放り出されたせいで、一瞬自分がここに来た理由を忘れそうになった。

半強制的にそれを思い出させたのは、後ろから伸びてきた彼の指だ。

長い指は私の髪の間に潜っていくと、ヘアクリップをパチンと外してしまう。

一つに纏めていた髪が落ち、宍戸君は肩に流れたそれに唇を寄せた。

「花園主任の髪、好きです。セックスする時は下ろしておいて下さい」

〝セックス〟という生々しい言葉と命令とも取れる挑発的な口調に、私の頭にカッと血が上る。ヘアクリップを奪い返し、逃れるように彼の手を払いのけた。

にもかかわらず、宍戸君はすぐに後ろから私を抱き寄せる。彼はそのまま私の髪を撫で上げ、露になった耳殻を舌でなぞってきた。耳の付け根を舌の先でくすぐられて、体のどこかが小さく疼く。

「シャワー……使わせて……」

このまま流されてばかりでは悔しいので、せめてもの主張をしてみる。

「一緒に風呂入ります？」

「え！　あ、いえ、一人がいい」

「どうぞ、バスタオル取ってきます」

長い前髪の間から、宍戸君の鋭い視線が私を窺っていた。

私は彼からバスタオルを借りると、走り出したいのを堪えつつ、バスルームに逃げ込む。

大きなお家に似合う大きなバスルーム。落ち着かない気持ちで服を脱ぎ、熱いシャワーを浴びていると、どんどん冷静になっていく自分がいた。

私、何をやってるんだろう……間違ったことをしているのかもしれない。

でもこうでもしないと、何も変わらない自分にいずれ嫌気がさすのも分かっていた。

この体に今から宍戸君が触れるのか……と複雑な気持ちで体を洗い、シャワーを止める。

それから脱衣所で体を拭いて、当たり前のようにブラを着けようとした私は、ふと手を止めた。

……こういう状況では、バスタオル一枚で部屋に出るものなのだろうか？

たぶんそうだ。ドラマとか映画とかでも、男性がベッドで待っている時に、洋服を全部着直してバスルームから出てくる女性は見たことがない。

ノーブラノーパンで宍戸君の前に出るのか……

改めて考えてみると、ものすごく勇気のいる行動だ。

私は洗面台の鏡に映った自分を眺め、ため息をつく。

完璧を目指していたはずの私の乳房は、完璧からは程遠い。たいしてない膨らみはブラを外せば全然寄っていないし、その上にある乳首は外側を向いていて、他の女の子と比べると随分小さい。見れば見るほど、不完全な乳房だ。

とりあえずノーブラノーパンでバスルームから出ることができなくて、私は下着を着けてバスタオルを巻いてみた。

……ダメだ。バスタオルから出るブラの肩紐が間抜けすぎる。腰にバスタオルを巻いてみるというのはどうだろう？　うん、海水浴みたい。

何度かあれを脱いだりこれを着たりと悩んだ挙句、結局またきっちりと下着を着け、スカートを穿き、ブラウスを着て、ここに来た時と同じ格好でバスルームから出た。内心これで正しいものか不安だらけだが、そんな様子を見せたら処女だとバレかねない。

ここはあえて威風堂々、これが最近のスタンダードだという風に見せるべきだろう。私は腰に手を当てながら、オープンキッチンのカウンターにいた宍戸君に「お先」と微笑んで見せた。

「何か飲みますか？」

湯気が立つ体に服を着込んだ私に対し、彼はスーツのジャケットを脱ぎ、Ｙシャツのボタンを半分ほど開けたラフな格好だ。裸の胸元がちらりと見えている。

「カクテルでも作りましょうか？」

そう言いながら、彼は私の格好を見て小さく苦笑した。笑われた……せめてブラに腰巻きタオルにすべきだったのだろうか。経験がないので正解が分からない。

宍戸君はグラスに入れた飲み物を涼しげな音と共にステアすると、私に差し出してきた。

「ジントニックです。軽く飲んどいた方がいいですね。花園主任、顔が引きつってます」

「別に、引きつってなんか……」

否定しようとしたけれど、事実顔が引きつっているのを感じたので、そのまま口をつぐむ。そうして大人しくドリンクを受け取ると、恥ずかしさを誤魔化すように喉に流し込んだ。

こうやって近くでラフな宍戸君を見てみると、結構がっちりした体をしているのに驚く。あの大きすぎるスーツが普段の彼を小さく見せていたのだろう。キスをした時にも思ったけれど、私のイメージの中にこびりついている宍戸君よりも、実際の宍戸君の方が身長も高いし、体つきも男らしい。

「いつも思っていたんだけど……宍戸君のスーツってサイズ合ってないよ」

「知っていますよ」

彼はそう言って私に顔を寄せると、頬にキスをする。

「服を脱がされるのが好みですか？」

その言葉にますます私の顔は引きつっていく。彼はふと私から離れると「シャワー浴びてきます」と言って、バスルームに向かっていった。

宍戸朔次郎、謎すぎる。

目元が魅力的だろうと何だろうと、あんな暗くてダサい格好じゃ絶対女慣れしていない――そう思っていたのに、結構慣れていそうな感じだ。

言動がいつもの彼とはかけ離れていて、もう既に私の中の彼のイメージは変わってきている。

伊達眼鏡に、わざと着ているサイズの合わないスーツ……ここまで来るとさすがに私も感づく。

彼は故意に本当の自分を隠している。

バスルームからわずかに漏れてくる水音を聞きながら、改めて部屋を眺めた。

ここに引っ越して一ヶ月ほどだと言っていたから、きっとこれから物を増やしていくのだろう。

よく育った観葉植物は、前に住んでいた所から一緒に連れてきたのかもしれない。私も時々部屋に緑が欲しくて小さな観葉植物を買ってみたりするけれど、水が多すぎたり、少なすぎたりで駄目にしてしまう。彼の繊細な仕事ぶりがよく育った植物にも現れているようだった。

オーディオセットの前には写真立てが一つある。だけどそこに嵌っているのは写真ではない。

手に取って見てみると、コンサートのチケットのようだった。半券がまだもぎられていないチケット。

「SOUL・SKY。ソウル……スカイ?」

英語で書かれたアーティスト名を読んでみたが、私の知らない名前だ。しかもよく見ると、公演日は今から十年ほど前。

何か特別に思い入れのあるチケットなのだろう。

そういえば宍戸君は随分音楽が好きなようだ。テレビがないのにオーディオセットはあるし、その周囲に置かれたたくさんのCD以外にも、部屋の隅に置かれたままの段ボール箱からは、さらにびっしり詰まったCDが覗(のぞ)いていた。

本当に引っ越ししたばかりらしく、必要最低限のものだけで暮らしているといった感じだが、オープンキッチンに目を向けると、そこには意外なほどきちんと料理道具が揃っていた。

もしかして自炊派？

私は今まで知るどころか興味もなかった宍戸君のプライベートを覗きながら、手元にあるCDを手に取ってみる。男性歌手や女性歌手……どれも私の知らない洋楽ばかりだった。

「好きな歌手、ありましたか？」

CDを手にぼんやりしていると、後ろから声がかけられる。

振り返った私が目にしたのは、スエットパンツだけ穿(は)いた上半身裸の宍戸君。

だけど……そこにいたのは、私の知っている宍戸君ではなかった。私は思わず後ずさる。

シャワーで濡れた髪は無造作にかき上げられ、彼の顔を全て露出している。

瞳が魅力的なのはこの間から気が付いていたけれど、前髪という障害が取り除かれた今、その吸引力は予想以上だ。目と眉の距離が近く、眼力が強い。尖った顎は女性的にさえ見えるけれど、真っ直ぐ通った鼻筋は、力強く男性的だ。

「ジントニック、口に合いませんでした？」

長い指がほとんど減っていなかったグラスを私の手から奪う。それを飲み干す宍戸君の肢体には贅肉など一つもなく、適度な筋肉が浮き上がっていた。

「宍戸君って……本当に謎だね……」

視線をどこに向けていいのか分からないまま、私は突然現れたイケメンを前に体を硬くしていた。

そんな私に対し、彼は余裕だった。腕をぐるっと私の背中に回すと、一気に抱き寄せる。

「……次は花園主任の秘密、見せて」

囁くと、ジントニックで濡れた唇が私の上唇を摘んで吸い上げた。口の中にやってきた冷たい舌はすぐに私の舌で温められ、同じ温度となる。

ぬるぬると唾液が混じり合うにつれて、思考も蕩けていった。

ふと、彼の右手がブラウスのボタンを外しているのに気が付いて、私は反射的に体を引いた。

その瞬間が近付いてきているのを感じ、私は思わず逃げ出したくなる。だけどもう決めたのだと必死で自分を抑え込んだ。

「し、宍戸君！　電気消そう！」

「……それならベッド行きましょうか」

宍戸君とベッド。当たり前のことだけど、言葉にすると想像以上のインパクトだ。今さらながらに泣きそうになる。

こんなはずじゃなかった。ダサくて女慣れしていない同僚に抱かれる予定だったのに、蓋(ふた)を開いてみたらイケメンが出てくるなんて裏切りじゃないか。今はダサくて女慣れしていない同僚の方がリラックスできていいです。

いくら心で足掻(あが)いてみても時既(すで)に遅しだ。宍戸君はイケメンのまま私の手を引いて、悠々(ゆうゆう)と寝室に連れていく。

寝室もリビング同様、必要最低限のもの以外は何もない空間だった。広めのベッドが置かれ、そのサイドにはテーブルランプがオレンジ色の光を小さく放っている。

ベッドに隣り合って座ると、宍戸君はすぐに私のブラウスのボタンに手をかけ、さっきの続きを始めようとした。

「電気、全部消して」

「……十分暗いですよ」

「暗くないよ。そこの電気も、漏れてくる廊下の電気も、全部消して」

「……」

少しばかり無言の抵抗はあったものの、やがて彼は小さく息を吐き出し、黙って立ち上がる。そうして廊下の電気を消しドアを閉めると、テーブルランプも消してくれた。

こんな女慣れしてそうな男性の目に裸を晒す勇気はない。きっと他の女の子達と比べられて幻滅される。

彼は「マジ見えない」と呟きながらベッドに戻ってくると、座った勢いでそのまま私を押し倒した。

「暗すぎませんか？　全然見えない……手探り……」

私の上で黒い影となった宍戸君が文句を言う。それでも真っ暗闇になったベッドの上でブラウスのボタンを外し、ブラの上に手を置いてきた。そして少しの間、膨らみを探ったあと、器用にブラを外してしまう。肌に感じる男らしいゴツゴツとした長い指の感触に、私は怯えた。

彼は指を一本立てて、私の乳房の付け根を辿り、丘を上がって、頂上にそっと触れる。恥ずかしい。きっと指先で感じている。子供のように貧弱な突起を知られてしまう。

彼は手のひら全体で膨らみをゆっくりと揉みながら、先端を優しく指で挟んだ。

続いてぬるりとした温かな感触がやってくる。それで宍戸君の舌がそこを這っているのだと分かった。ぺろりと下から上に舐め上げられて、私は小さく体を震わせる。初めてそこで感じる粘膜は温かく潤っていて、甘美な弾力を備えていた。

彼の舌は乳輪に沿って円を描き、その中心にある突起を上下の唇で優しく挟んでチュッと吸い上げる。

気持ちいい……けれどそんな風に快感がざわめくにつれて、逆に萎縮してしまう自分がいた。鼓動がうるさすぎて耳を塞ぎたくなる。

「花園主任……一回、深呼吸して下さい。緊張しすぎです」

私の胸元から顔を上げた宍戸君が、ため息まじりにそう言った。暗すぎて彼の表情が見えないのが嬉しい。きっと臆病な私を笑っているに違いない。

「大丈夫、だから」

大丈夫、私は自分にもそう言い聞かせる。

早く終わらせてしまいたい。私がベッドから逃げ出してしまう前に、さっさと終わらせてほしい。

「……少しだけ電気点けさせて下さい。これじゃ誰を抱いているのか分からないし、嫌がってるのか気持ちいいのかも判断できない。綺麗な体なのにもったいないですよ」

「……綺麗だなんて知らないくせに」

　思わず吐き出すように言うと、暗闇の中で宍戸君の影が首を傾げた。彼は私の隣で肘をついて横になる。

「何で？　傷とか痣があるんですか？」

「……そんなんじゃないけど……綺麗じゃないのなんて自分が一番知ってるもん」

「どこが？」

「……胸とか……あ、そこ、とか……」

「……」

　言ってしまった。緊張に押し出されて、口から本音が溢れてしまった。今まで成熟した女として振る舞っていたのに台無しだ。恥ずかしくて私は顔を布団に押し付ける。闇が深くて私の顔が見えないのは分かっていたけれど、そうせずにはいられなかった。

　思春期を過ぎたあたりから、ずっと心に引っかかっていた、アソコに対する劣等感。

「あの……胸は触った感じ綺麗でしたよ。下は……とりあえず触らせて下さい」

「や、やだ！」

「……触らせずにセックスする気だったんですか？」

「とりあえず今はヤなの！　色とか形とか綺麗じゃないから恥ずかしい！」

　また言ってしまった。まさか自分でアソコが醜いのだと、男性に白状する日が来るとは……こんな恥ずかしい話、誰にもしたことがなかった。自分自身でさえ目を背けてきたことなのに。

「……人のと比べたことはないけど……品性に欠けるっているか……内臓っぽいというか……人様にお見せするようなものじゃないもん。絶対幻滅するよ」

「……なるほど」

暗闇で宍戸君が少し動いたと思ったら、次の瞬間、私はぎゅぅっっと息ができなくなるほど強く抱き締められた。彼の長い両腕が私の背中で交差する。その圧迫感が気持ちよくて目を閉じると、腕が上下にゆっくりと動き、私の背中を撫でてくれた。

「花園主任が想像以上のバカで、びっくりしました」

彼は耳元で囁いて、耳の形を唇でなぞる。それから顔の輪郭を辿りながらキスを滑らせ、唇に到着する。唇を重ねた瞬間、それはパズルのようにぴたりと嵌った。

侵入してくる舌を迎えながら、私は「やっぱり」と思う。

やっぱり私はこのキスに夢中になった。すごく好き……宍戸君のキス。

彼は唇を少し離すと、その距離から私に囁く。

「そんなところ、男も女も多少は醜いですよ。化粧して綺麗に装う場所じゃない……体の隅々まで綺麗でいる必要はないですよ。男はむしろ女のそんな隙に……惚れる」

闇の中で宍戸君が小さく息を吐き出したあと、もう一度唇がやってくる。

私達は長い、長いキスをした。たぶんそのキスは、愛し合う恋人達がするような、切なくて甘いキス。

腕と、唇と、舌と、呼吸。全てを限界まで密着させている。私は緊張を押し殺し、彼に応(こた)えようとぎこちなくも舌を動かし、体を押しつけた。

「ぁあ……ったく」

宍戸君はふいに小さく悪態(あくたい)を吐くと、体を動かし私を押しのける。

私はすっかり彼に体を預けていたのに気が付いて、慌てて自分で体を支えた。

「飲み物取ってきます」

彼は少し慌てたようにベッドから出ていってしまった。

……何かおかしな反応をしてしまっただろうか？

突然ぽっかり出来た空間が寂しい。静寂に耐えかねて布団の中で身を竦(すく)ませた時、リビングから音楽が聞こえてきた。優しい雨音のように控えめなピアノ、気だるくゆったりとした女性の歌声。英語で歌われるそれは私の知らない曲だったけれど、ジャズであるのは分かった。

「電気、点(つ)けます」

戻ってきた宍戸君は、そう言ってテーブルランプを点(とも)す。

私は布団で肌を隠したまま、オレンジ色の光に浮かび上がる彼を見る。すると見慣れたイメージとは違う、綺麗な顔立ちの宍戸君がいてドキリとしてしまう。

　彼はグラスに入った琥珀色の飲み物を口に運んだ。そのまま無言でベッドサイドにやってくると、骨ばった指で私の顎を持ち上げ、口づけをする。

　舌を伝って液体が口内にやってくる。喉に流れ込んだそれは、私の体を熱くした。

「……これ、強い……」

「ラムです。今晩は僕も花園主任も、もう少し酔う必要がある」

　宍戸君はもう一度口移しで私の喉にラムを送り込む。口腔に広がるラムの独特な香りを妙に艶かしく感じながら、私は肩の力が抜けていくのを感じた。

　彼が布団の中に入ってくる。彼の脚が私の脚に絡まり、スウェットパンツの柔らかな生地越しにその逞しさが伝わってきた。

　さらにぐっと体を押し付けられた。すると弾力のある硬いモノを太腿に感じ、私も反射的に体を硬くする。

「見せたくないなら布団の下に隠れていて下さい。ただ……気持ちよくなってほしい……だから触らせて」

　彼の手がやってきて、中途半端に肩に引っかかっていたブラを外す。それからお腹を撫でながら下りてくると、私の脚に張り付いていたスカートも脱がした。

「目を閉じて。俺の指がどうやって動いているのか……肌で感じ取って……」

宍戸君の口調が次第に砕け、熱を帯びたものになっていく。ショーツの端に指を引っかけてそれを引きずり下ろした彼は、そのまま私のアンダーヘアーを手のひらで包む。目を瞑ると、秘丘の間を割って入ってくる長い指の感触がまざまざと感じられた。ゆっくりとした動きは優しさに満ちていて、恐怖や不安は感じない。体が布団に覆われているのも安心できた。

彼の指先は奥に隠された襞に沿って動き、その部分を一つ一つ探っていく。その度にくすぐったいようなピリッとした感覚が体を走った。襞をかき分けるように動く宍戸君の指は、まるでそこの秘密を全て暴こうとするかのようにゆっくりと丹念に動き続ける。

彼の男らしい指の硬い感触まで感じるほどに神経を張り詰め、私は彼の愛撫を味わう。指は深い場所までは進まないが、私の潤いを探り、引き出し、ゆるゆるとかき混ぜていた。

何もかも初めてで、ただただ私はそこへの愛撫に圧倒される。二十八歳の耳年増がささやかに想像していたのとはまったく違う。他人の指が体の奥を探る感覚は妙に生々しく、とても親密だ。

そこで受ける初めての愛撫は体の奥にしまい込んでいた感覚を起こしていくようだ。最初は与えられる感触に不安の方が強かったが、ぞわぞわとした甘い疼きが腰に溜まっていく。それが明確な快感に変化するまで、宍戸君は優しく私の襞の間を指先で撫で続けた。

彼は時に上の方に指を滑らせると敏感な部分に触れる。その度に私の呼吸は乱れた。

「指で分かる。すごく綺麗だ……ほら、ここも……可愛い」

「……ぁっ」

蕾をそっと押したあと、彼の指は溝に沿って動き、膣の中に埋まっていく。指一本でもそこへの挿入には強い圧迫感がある。思わず体を硬くしたが、彼の指は入ってきたかと思うとすぐに出ていった。

「すごく素敵だ……完璧じゃないけどそれがいい……あなたの隙に、そそられる」

膣から引き抜かれた指は、蜜を纏って敏感な部分に戻ってくる。そこをくるくると小さくこねられ、私の体は心と共に跳ねた。

「……んん、ぁ」

宍戸君の指は微妙な強弱をつけてそこに振動を与え続ける。今まで眠っていた知らない感覚が、一気に引き出されていた。

「ちょっ……ぁ、宍戸、君……」

「うん？」

どこか楽しそうに答えると、彼は濡れる蕾を二つの指で軽く挟む。そしてそのまま円を描くように動く。

「あっああっ！」

私は思わず大きい声を出してしまった。快感が背筋を絶え間なく駆け上がり、呼吸が喘ぎに変わる。

「あ……っ……ん」

「こうされるの、気持ちいい？」

分かっているくせに意地悪だ。私の秘所はどんどん濡れてきていて、くちゅくちゅと淫靡な音を立てている。芯を優しくかき混ぜられるのは堪らなく気持ちよかった。

「あぁ……だ、め……」

「……だめ？　痛い？」

彼の問いかけに私は頭を左右に振る。

違う、だめなのは気持ちよすぎて自分じゃなくなってしまいそうだから。こんな恥ずかしい声を出して、脚を大きく広げて……恥ずかしいのに止まらない。もっとそうしてほしいとすら思っている。自分がとんでもなくいやらしい女のようで、私は必死にそれを隠そうと声を噛み殺した。

そんな私の様子を見下ろす宍戸君は、さらに意地悪く気持ちよすぎる愛撫を続ける。

硬くなった芯をくに、くに、と擦り上げられて私は体を仰け反らせる。口からは自分の声ではないような細く甘い喘ぎが止め処なく漏れ続けていた。

頭のてっぺんから足のつま先まで、体の隅々に甘美な快感が纏わりつく。

「……んっぁ、あぁぁ……」

「声もっと聞かせて。感じてる声、スゲー可愛い……」

彼は、くちゅ、くちゅ、といやらしい音を立てながらそこをさらにいたぶり続ける。

内腿が快感で震え、湧き上がってくる甘い疼きが私の血を沸騰させていった。

腰が自然と浮いて幾度も痙攣する。自分の体がコントロールできない。今私をコントロールしているのは紛れもなく宍戸君だ。

「ああ……っぁ……はぅ」

快楽の渦の中、ふと胸の膨らみに温かさを感じて目を開けると、宍戸君が乳房をツゥーと舐め上げていた。いつの間にか布団がはだけ、お腹の辺りまで露になっている。先ほどまでの快感で大分体をくねらせてしまったので、きっとその時に跳ね除けてしまったのだろう。

唾液で乳房を濡らしながらねっとりとそこにキスをする宍戸君を、テーブルランプが照らし出していた。なんてエッチな光景だろう。だけど同時に、彼の舌が這う胸の膨らみを綺麗だと感じていた。まさか、自分の胸に対してそんな風に感じる時が来るなんて……

乳房の先端を舌で転がされながら秘部の花芯を擦られると、二つの快感が同時に襲ってきておかしくなってしまいそうだった。

彼は乳首の根元を舌の先で押しながら、肉襞の奥に留まっていた指も同じように動かす。こり、こり、と上半身と下半身を同時に苛められ、私は何度も体をくねらせた。

「あ、っふ……んん……ぁぁ……もう……」

あんなに体を見られたくなかったはずなのに、羞恥心など飛んでしまっていた。

絶え間なくやってくる快感がそれを忘れさせてくれているのもあるが、体を愛されているという感覚が私を大胆にしている。

「恥ずかしいですか？」

視線に気が付いた宍戸君が、私の胸から顔を上げてそう訊ねた。前髪の間から覗く目が飢えた獣のように光っている。

私は手を伸ばし彼の前髪をかき上げる。額を露にした宍戸君ははにかみながら微笑んだ。こんなにエッチなのに、こんなに可愛い笑顔だなんて、罪作りだ。

「布団、取っていい？」

私が頷くのを確認してから、宍戸君は布団を床に落とす。

もう大丈夫。彼が愛撫と共に送り込んでくれた安心感が私を満たしている。

布団を剥がれると、ひんやりとした空気が火照った体に気持ちいい。

私はもう一度目を閉じて、彼の愛撫に神経を集中させた。秘所をゆっくりと刺激している長い指はすっかり私と同じ温度になって、ぴったりそこに馴染んでいる。

「いっぱい濡れてる……俺の指、感じる？　ここもこんなに硬くなって」

「ぁあっ、も、お願い……だ、んぁ」

「何のお願い？　イきたい？　もう少し我慢して。俺もずっと我慢して、やっとこうしてるんだから楽しみたい」

「……ああ、ぃ、宍戸、くん」

彼の指は動きを速めながら次第に私への刺激を強くしていく。その度に何度もぎゅっと体が内側に収縮するような切ない感覚がやってきた。解放が待ち遠しい。なのに、私が激しく乱れると宍戸君の指はすっとそこを離れていく。

胸の先端も、舐られ、吸われ、優しく甘噛みされたことで、酷く敏感になっている。彼の吐息に触れただけでぞくぞくするほどだ。胸だけじゃない。ぎりぎりで弄ばれ続ける私の体はどこもかしこも敏感になっていた。

焦れて、焦れて、私は乱れながら懇願する。それなのに宍戸君は意地悪だ。こんなに私を翻弄しておいて、その様子を楽しんでいる。

けれど、ぐちゅ、ぐちゅ、とさらに音を大きくしながらそこを摩擦されると、私は自分の手で口を押さえながらも啼き続けるしかなかった。

「……イかせてやるよ。でもその前に全部味わってからだ」

見れば、宍戸君は私の蜜に濡れた自分の中指をぺろりと舐めている。そして貪欲な悪戯の瞳で私を見下ろすと、私の脚の間にしっかり体を割り込ませてきた。

彼は私の両脚を左右に開き、指でアンダーヘアーに隠された丘を大きく広げる。私は反射的に目を閉じたが、それでも宍戸君の視線をそこに感じてしまう。

「……やっぱり綺麗だ。幻滅どころか、そそられる」

彼はそう言いながら、もう一度指先で蕾を刺激する。

次第に疼きが強くなり、もう自分でもそれが勃ち上がっているのが分かるほどだ。先端を指先でくすぐられるだけで、私はビクビクと体を揺らし続ける。

「小さいのによく感じるんだ……真っ赤に熟れてる」

宍戸君はふぅ、とそこに息を吹きかけると、指先で蕾を摘んだ。

「あっ、ゃ……ぁぁ」

そこに今度は意思を持った熱い粘膜が絡んでくる。宍戸君の舌だ。

襲われるようにやってきた羞恥心と快感で思わず目を開けると、宍戸君が私の脚の間に顔を埋めていた。私の羞恥心を舐め取るように、ジュル、ペチャ、と艶かしい音をたてながらそこに深いキスをする。漏れる水音と、私の切ない喜悦の声が、リビングから小さく聞こえてくる音楽と重なった。

芯の部分が執拗に舌先で弾かれ、彼の唾液の中で揺さぶられる。彼の唇はそこを挟んではちゅるっと吸い上げ、さらにいやらしい音を響かせた。

「あ、ダメ……ああ、んぁ……」

ぬめりをたっぷり纏う温かい舌が這い回るほどに、甘美な痺れがその一点から全身を侵食していく。

指で露出された蕾を上下左右に存分に舐め回され、甘い疼きが止まらない。

両手で秘裂を大きく広げられたままなのに、もうそれを気にする恥じらいは残っていなかった。彼の舌が激しく動くほど、私を覆っていた硬い殻はひび割れていく。

「ん……いぃ、……気持ち、いい」

声が止まらない。でも自分でも何を言っているのかは分からない——脳が快感に支配される。

いつの間にかつま先に力が入り、私の脚は空を蹴っていた。限界まで高められ、もう意識さえも飛んでしまいそうだ。

呼吸を乱し、嬌声を上げながら私は自分を解放していった。そうするしかなかった。

他にこの快感から逃れる方法が分からない。

ビリビリと私の体を感電させながら、〝それ〟は瞬く間にやってくる。

「あ！　ぃいっ……んぁ！」

何かに貫かれたような鋭い喜悦が私の体を支配した刹那、私の意思とは関係なく体が跳ねていた。

体がどこかに放り出され、浮遊するような感覚。自分の鼓動と乱れる息遣いを聞きながら、私はただ、弾け飛ばされた世界を漂っていた。何もかも真っ白な、深い霧に包まれている世界。

これが絶頂っていうのかな……すごい……こんな強い快感を宍戸君から与えられてしまうなんて……

彼が体を離しても、時折私の体には痙攣がやってきた。愛撫を受け続けた花芯はまだドクドクと大きく脈打ち、甘く疼いている。

「よかった？」

宍戸君が私の肩に「チュッ」と音を立ててキスを落とし、悪戯っぽく囁く。

彼が隣で横になる気配をぼんやりと感じながら、私はただコクコクと首を縦に振るしかなかった。

よかったどころではない。自分がこんなに快感に溺れて乱れたりするなんて、驚きだ。

だけど呼吸が落ち着くにつれ、ジワジワと羞恥心が戻ってくる。

少しの間、私は動くのも億劫でベッドに体を投げ出していたけれど、彼の視線を感じて体を小さくする。色々乱れすぎて宍戸君と顔を合わせるのも恥ずかしい。私、他の女の人より乱れてしまったりしていないだろうか？

私が一人うろたえているのを知ってか知らずか、宍戸君は長い腕を伸ばして私を抱き寄せると、耳元で優しく言う。

「あなたの体の中で、人に見せられないほど醜い場所なんてない……服の下は……人間らしさに溢れていて、可愛い」

私の体の上をスキップするように、キスが止め処なくやってきた。火照らせた顔を上げると、前髪の間から驚くほど優しい瞳が見えて、私はどきりと心臓が鳴る音を聞く。手を伸ばして彼の前髪をかき上げると、宍戸君はくすぐったそうに目を細め、お返しとばかりに私の首筋に唇を這わせた。

「綺麗な体なのにつまらないこと気にして……誰かに何か言われた?」

「別に、そういうわけじゃないけど」

彼の言葉を適当に否定した時、私の心の中で突然聞き慣れた声がした。

――美しい容姿に美しい名前、その上、仕事はできて会社仲間にも慕われる。まったく花園は完璧な女だな。

もう一度心臓がどきりと鳴ったのは、甘いトキメキのせいなどではない。この期に及んでまだ、児島課長の言葉に縛られている自分を知ったからだ。私の心臓の上にキスを落としていた宍戸君は、もしかするとそれを唇で感じたのかもしれない。

「誰のためにそんな完璧に見せる必要があ、る……」

　そう言った彼の体が、ゆっくりと強張っていくのが分かった。

　宍戸君は腕を上げると、前髪に絡ませていた私の指を静かに除ける。

　いつの間にか乾いた髪が再び目元を覆い、彼の表情は見えなくなっていた。だけど形のいい唇は固く閉じられ、もう一切のキスを拒絶しているのは感じられた。

「あぁ……なるほど……」

　彼はわずかに苛立ちのようなものを滲ませて小さく言うと、体を起こしてベッドから出る。そしてそのまま無言で寝室から出ていった。リビングから流れていたジャズがぴたりと止まり、部屋に静寂が訪れる。

　裸で一人、彼が戻ってくるのを待ち続けていたが、どうしようもない居心地の悪さに駆られて、ブラウスとショーツだけを身に着ける。明らかに先ほど出ていった時とは違う彼の雰囲気が気になって仕方がなかった。どうしたものかとしばらくベッドに腰かけて待っていたが、結局私は痺れを切らして彼を追った。

　がらんとしたリビングに、この部屋の主の姿はなかった。不安に駆られながら部屋を見回していると、ふと風を感じ、カーテンが揺れるのを見た。風が運んできたタバコの匂いが鼻腔をくすぐる。

　カーテンを少し開けてみると、宍戸君は上半身裸のままでバルコニーにいた。手すりに寄りかかり、タバコを咥えている。

「宍戸君、タバコ、吸うんだ」

「吸わないです」

いやいや、今吸っているのに、この返事は意味が分からない。

「吸ってるじゃない」

「……人間、二日酔いになるのが分かっていても酔いたい日があるように、不味くてもタバコ吸って、気分を鎮めたい時もあるんですよ」

宍戸君にとって、それが今晩の、今の瞬間なのか……

私は気持ちよくしてもらったけれど、彼は肝心なことをまだ終えていない。それなのに、もう私には見向きもしていなかった。しかも口調がまた会社と同じ敬語になっている。

恋愛オンチな私でも分かる。原因は児島課長だ。

順調に事は進んでいたのに、児島課長が私の心から出てきてしまった。宍戸君の洞察力は並外れている。私が誰のために完璧でいたかったかなど、一瞬で思い当たったに決まっている。

上半身を夜風に晒しながら闇の中に煙を吐き出す宍戸君。その背を目の前にして私は思う。

普段は皮肉ばっかり言ってきたくせに、ベッドの中ではとびきり優しかった。

そして今、彼はたぶん拗ねている。児島課長の存在に拗ねている。

それって嫉妬？　なぜ？　興味本位で誘った女でも、他の男の存在は許せなかったりするんだろうか？

なにせ恋愛分野に未熟な私だ。答えなど出せるわけがない。だけど明確に分かっていることがあった。

エッチが途中だ。

バルコニーで二人、遠くの方に光る半月を見上げる。視線を交えないまま、私は彼に訊ねた。

「宍戸君、エッチしないの？」

「何で？」

「……しませんよ」

「……花園主任、処女ですよね……」

ドキリと心臓が跳ねる。

「……」

「途中からそうかな、とは思ってましたが……あなたなら今までにいくらでも相手はいただろうに、児島課長に惚れて、大切に処女を守って……挙句の果てにこんな風に抱かれるつもりだったなんて、自暴自棄としか思えません」

「自暴自棄だなんて……」

処女バレしたショックもあったが、やけっぱちでここまで来てしまったことさえ見透(みす)かされ、私は言葉が出なかった。

最後まで隠しておきたかった私の弱さも重たさも、もう全部彼には知られてしまったのだ。酷(ひど)く辛く恥ずかしかったが、どこかすっきりとした気分でもあった。

「宍戸君……処女は重たくて抱きたくない？」

「今日のあなたは抱きたくない。隠し事をしてる……それも他の男をこっそり想ってる女なんて……。男には性欲もあるがプライドもあるんです」

月を見上げながら言ったその言葉に、私は自分が宍戸君のプライドを傷つけてしまったのだと知る。レストランであれほど私を見ていた彼の大きな目は、もうこちらを向こうとはしなかった。

宍戸君の吐き出す白い煙の行方を追いながら、私はどうしようもない孤独を感じた。

それと同時に、何だか私ばかりが責められているような気がしてきて、無性に腹が立ってくる。隠し事と言うのなら、宍戸君だって同じではないか。

「隠し事なら宍戸君にもあるよね。なんで変装してるの？　わざとでしょ？　ダサく装(よそお)って、顔隠して……普通にしてたらモテると思うよ」

「……だからですよ。僕、モテるんで」

「えぇえぇ？」

「まぁ、それだけが理由じゃないですけど……御曹司やら金持ちの息子ってだけでガッついてくる女って多いんです。勘違いして寄ってこられても、僕は牛すじ煮込みでオッケーな男ですから」

「あそこの牛すじ煮込みは美味しかったけど……宍戸君って傲慢な上にナルシスト！」

自分でモテるなんて言う彼に、思わず私は笑ってしまった。確かに前よりはモテるようになるだろうけど、アイドルじゃないんだから困るほどではないだろう。

「〝傲慢〟〝ナルシスト〟。ありがたいお言葉ですね。そんなヤローの部屋にノコノコついてきた女は誰です？」

私の方を向いた宍戸君が、タバコの煙を吐き出して言った。夜風に彼の髪がなびき、大きな瞳が露になる。突然、綺麗な目に捉えられ、私は小さく息を呑んだ。

思い出してしまった……彼がベッドの上でした数々のことを。

タバコを持つ彼の指は細くて長い。手の甲に走る筋と手首の骨が異様にセクシーに見えた。宍戸君の指がこんなに魅力的だったなんて、今の今まで知らなかった。

それにしても、私も彼も随分とくだらない嘘に塗れているものだ。

お互い嘘で自分を守らなければ生きていけないなんて、歪んでいる。

もう嘘はいらない。

「……ねぇ、宍戸君」

「はい」

「証人になってほしいの。私、今からきっぱりと児島課長への想いを捨てるから見ていて」

「え？」

宍戸君の訝しげな視線を感じながら私は一度部屋に戻ると、自分のバッグからスマホを取り出してバルコニーに戻った。そうして、タバコを消して待っていた宍戸君の目の前にそれをかざす。

部屋から漏れてくる明かりと夜の闇の間で、五年間使い続けた携帯ストラップが心細げに揺れた。千切れて短くなってしまったストラップ部分と、表面にたくさん傷のついた、たった一つの小さなクリスタル……私の宝物。

「これね。実は児島課長から唯一貰ったプレゼントなんだ。もうボロボロでずっと捨てようと思ってきたのに、できなかった。スマホを機種変更して、ストラップ穴がなくなってもケースに無理やり穴を開けて使ってきた……」

私はストラップ部分とスマホを繋ぐ細い紐を指で解こうと試みる。

今日、自分を変えたい。夜風を受ける宍戸君を見ていて、心底そう思えてきたのだ。

誘ってもらってここまで来て、ベッドにも入ったのに……二人ともそういうつもりだったのに、最後の最後で宍戸君は私を拒否した。私の中の既婚者への恋心が彼をそうさせたのだ。

こうして宍戸君と並んで立っているとよく分かる。

私がなぜここに来たのか。自分を変えたかったというだけじゃない。

彼のことが好きかどうかはともかく、私は今日、この人に一人の女として認められ、最後まで抱いてほしかったのだ。そうして背伸びばっかりして本当の自分を隠し続ける弱い自分を、誰かに知ってほしかった。本当の私でも認めてくれる人が欲しかった。

今日はそれが中途半端に終わったけれど、もうこんな情けない思いはしたくない。

今ここで、前に向かって踏み出したい。

私は指先に力を入れて頼りなくも見える細い紐をスマホから外そうとするが、シリコンケースに食い込んだそれは、頑固にそこから離れようとしない。

「待ってて」

宍戸君が私に声をかけて部屋に入っていく。すぐに戻ってきた彼の手にはハサミが握られていた。彼は私の目を見つめながら、それを私に手渡してくる。

「ありがとう」と頷いて受け取った私は、スマホとストラップを繋ぐ紐に刃を当てる。

一つ呼吸をしてハサミを閉じる。すると、わずかな手ごたえと共に、ストラップはスマホからほろりと落ちた。

手のひらの上にあるそれは、あまりにも古くみすぼらしい。だけど五年間、私の想いを閉じ込めたものだった。

さようなら。

迷いが生まれないうちに私は大きく腕を振りかぶると、バルコニーから夜空に向かって投げ放つ。

月明かりの中でクリスタルは最後の別れのように一度キラリと光ると、マンションの生垣の中に音もなく消えた。

あ……嫌だ……離したくない。

私はその瞬間、今捨ててしまったものが、自分にとっては想像以上に大切だったのだと知る。

暗闇に吸い込まれていったそれは、もうこの世に存在しないかのように消えてしまい、私は喪失感にうろたえた。

「どう、しよう……私、こんなに……」

「言うなよ、それ以上」

宍戸君の長い指が伸びてきて、私の唇に触れる。その後に彼の唇がやってきて、くだらない言葉を吐き出そうとした私の唇を塞いだ。咽るようなタバコの匂いに包まれながらも、私は宍戸君のキスに自分を預ける。

今は彼の温かさが必要だった。彼の口づけが、告白もできずに終えてしまった私の無残な恋を癒していく。その手は私の背中をゆっくりと上下に撫でてくれていた。

「ったく、こんないい女泣かせやがって……」

彼の唇は私の涙をすくい取り、もう一度私の唇にやってくる。温かい唇は優しく触れているだけで、それ以上は求めてこなかった。

「貸して」

彼はそう言うと、私が握り締めていたハサミを奪う。

「女の人がこんなに頑張っているんだから、俺もいいところ見せなきゃな」

彼は左手で自分の前髪をぎゅっと握ると、そこにハサミを入れた。

ジョキッ。月夜に切断音がやけに大きく響く。

宍戸君の切り離された前髪が彼の手の中にあった。彼の前髪はとんでもなく斜めになってしまっていたけど、しっかりと露出された目元は、そんな些細な不格好を凌駕するほどに魅力的だ。

「何か捨てるにしても、一人より二人の方が気持ちも楽だろ？」

彼はそう言うと再び部下の顔に戻り、「部屋で一緒に飲みませんか」と片手を差し出してくる。

月を背中に微笑む男性の手を、私は引き寄せられるように握っていた。

それから私達はソファーに座り、二人肩を寄せ合ってお酒を飲んだ。再びオーディオから音楽が流れ始める。テーブルには宍戸君の用意してくれたおつまみが並べられ、私達はそれを口に運びながらゆっくりとお酒を進めていった。

宍戸君はやっぱり自炊派だった。彼はキッチンに立つと、トマトを自家製ドレッシングで和えたサラダと、長とうがらしをごま油で炒めたおつまみを手際よく作ってくれたのだ。どっちもすごくシンプルなお料理なのに、お酒と交互に口にすると、止まらなくなるほど美味しい。

「宍戸君は意外がいっぱいだね」

そう言いながらビールを飲む私は、すっかりリラックスして彼に体をもたせかけている。宍戸君も右手でグラスを持ちながら、左腕で私の肩を抱いていた。恋人同士でもないのに、今はそうすることが自然に感じられる。私達の間には微妙な空気など少しもない。

「私もそれ飲みたい」

「ん？　ラムだよ」

宍戸君からグラスを受け取った私は、琥珀色の液体を勢いよく飲んでジタバタしてしまう。宍戸君が美味しそうに飲むからつい欲しくなったけれど、やっぱりきついお酒だ。

焼ける喉を冷ますように口を開けていたら、隣で宍戸君が歯を見せて笑っていた。

私はアルコールの滲む脳で、すっかり男前になってしまった彼に頬を染める。今はいくら赤くなってもほろ酔いのせいにできるので、赤くなり放題だ。

「少し飲みやすくする？」

彼はそう言うと、ソファーから立ち上がってキッチンに向かった。冷蔵庫を開けるような音がして、酔いを感じさせない足取りで戻ってきた彼の手には、カップのアイスクリーム。

「花園主任、はい、あ〜ん」

スプーンですくったアイスクリームを目の前に差し出す彼に、私はますます顔を赤く染めた。あ〜んと言った宍戸君の表情は、溶けかけたアイスクリームのように甘くて、柔らかくて……とくり、と一つ鼓動が鳴ったが最後、それは止まらなくなってしまう。

たった一晩で今まで知っていた部下のイメージがどんどん変化していき、私は次々と現れる新しい宍戸朔次郎に翻弄されていた。

スプーンを構えて待つ彼を前に、私はお酒の勢いであ〜んと口を開ける。

すぐにひんやりとしたアイスクリームが舌の上に滑り落ちてきた。その甘さを堪能する間もなく、今度は宍戸君の唇が私の唇に重ねられる。

突然やってきたキスを受け止めていると、舌で唇を押し開かれ、口内に香り高い液体がゆっくりと注がれてくる。口移しで与えられたラムは口の中でアイスクリームと一つになり、舌の上でどろどろと溶けていった。

「旨いだろ？」

はい。確かに美味しいですが……正直、心臓が痛いほど鳴って味わってる余裕がありませんでした。

「おかわりいる？」

「……は、い」

もう一度やってくるラムの芳香とアイスクリームの甘み。

重ねられる唇の温かさ、口内をゆっくりとかき混ぜる彼の舌。

夜に満ちるしっとりとしたラブソング。潤んだ宍戸君の瞳。

この夜、私達は整理のできない気持ちの狭間で、たくさん酔っ払ってたくさんキスをした。ソファーの上で肩を寄せ合って、同じ味のする舌で男女の官能的なキスを何度も繰り返す。

だけどそれ以上は進まない。

どれほどアルコールが思考を麻痺させていても、その日は私も彼も、寂しさと欲望を慰めるためだけに抱き合うことを拒否していた。

今、微妙なバランスの上で成立している二人の親密さを、そんなことで消し去ってしまいたくはなかったから。

　翌日、太陽が昇り始めた早朝に目を覚ました私は、ソファーの上で宍戸君の体に体重を預けた状態だった。かなり夜遅くまで飲み続け、どちらからともなくソファーで寝てしまったのだ。

　そっと宍戸君から離れると頭がゴンッと鈍く軋む。二日酔いだ。アルコール度数の高いお酒をあれだけ飲んだのだから、当たり前である。

　隣では宍戸君も目を覚まし始めていた。何というか……寝起きの彼は『誰だこの天使』とツッコミを入れたくなるような可愛さだ。

　鏡も見ずに適当に切った前髪は所々撥ねて大変なことになっており、長い睫をバサバサさせながら寝ぼけ眼を瞬かせている様子は子供みたい。うっすらと見える無精ひげも新鮮に見えて、思わず触ってみたくなる。

　ニヤニヤしながら『おはよう』と言いかけた私は、開きかけた口を慌てて閉じた。

　臭い！　私の口、酒臭い！

　あんな親密な夜を過ごした次の日の初っ端に、顔をしかめるほどの口臭をモワァァ～とお見舞いするわけにはいかない。

　慌てて洗面所を借りて口をすすいだ私は、目の前にある鏡を見てさらに慌てた。

汚い！　私の顔、汚い！

結構な量の飲酒をした上に泣いたりもしたので、目が超腫れぼったい。おまけに中途半端に残っていたマスカラがゴミ状態になっている。よく見れば涎の跡まであったりして、『妖怪　初めてのお泊まり女』とでも名付けたくなる。

歯ブラシもないし、基礎化粧品もないし、この妖怪状態をどうすればいいんだと焦っていると、「おはよう」と後ろから声がした。

起きてきた宍戸君と鏡越しに目が合って、私は慌てて両手で顔を隠す。指の間から「おはよう」と一応挨拶だけは済ませたが、宍戸君がトイレに消えるまで顔を上げられなかった。

彼が用を足している間に私は猛ダッシュで自分の服装を整え、髪を梳かし、バッグを肩に掛ける。

玄関で靴を履いた状態で宍戸君がトイレから出てくるのを待ち、彼の男らしい真っ直ぐな背中がリビングに向かおうとするのを見届けると、私は玄関から叫んだ。

「宍戸君！　私帰るね。色々ありがとう！」

「え？　朝飯とかは……ちょっ」

彼が振り返ってこちらに近付いてこようとしているのは見えたけれど、私はそれを振り切るように玄関ドアから飛び出した。

今の私は妖怪女、これ以上天使の宍戸君と一緒にいるわけにはいかないのだ。

幸い早朝で人の往来は少ない。私はやってきたタクシーに飛び乗り、この忘れられない一日を終えたのだった。

「営業部の宍戸次男、すっごい垢抜けたよね。あんなイケメンだって気が付かなかった～」

この一週間、女性社員達の集まるパウダールームは、宍戸朔次郎の話題で持ちきりだった。

彼は今、長すぎた髪を切り、メガネを外し、細身のスーツを纏った姿で出社している。あの夜を境に、彼は擬態をすっかり取り払ったのだ。

本来の彼のセンスで選ばれたスーツは上質でとても趣味のいいものだったし、整えられた髪型はすっきりと爽やか。露出された強い意志を感じさせる眉は、中性的にも見える大きな瞳の甘さを緩和していた。

私が想像していた以上に、女性陣は変身後の彼に沸いていた。彼がモテすぎて困ると豪語したのは、あながち嘘ではなかったのだ。「役職についていないうちが狙い時。あんな優良株、そうそうないわよ」と総務のアラフォーお局様まで感嘆の声を上げている始末だ。

私ですらこんな会話にうんざりしてパウダールームを避けていたくらいなので、ご本人はもっと大変そうだった。

この一週間で宍戸君の周囲は大きく変わった。当然私達の関係も――と言いたいところだけれど、実際は何も変わっていない。いや、むしろ悪くなっているかもしれない。あんなことがあった日、出社した私はもう一度きちんとお礼を言おうと、営業に向かう彼を呼び止めた。振り返った宍戸君には、もう長ったらしい前髪も、眼鏡さえもない。彼の表情は全て私の目に映り込んでくる。

それは、あんな親密な夜などなかったような、なかったことにしてほしそうな……そんな、他人行儀な顔。突き放す視線。

「また……ご飯でも……」

私は消え入りそうな声で用意していた言葉を絞り出した。でも返ってきたのは、「機会があれば」という冷たい社交辞令。取引先に対応するがごとくお互いのアドレスを交換したものの、それだって一度も使用していない。

誤解するところだった。

一晩一緒に過ごしたからといって馴れ馴れしくしてはいけないんだ、と私は悟った。

宍戸君が私を誘ったのはただの興味本位、それか性欲……分かっていて応えたのに、結局私は彼のプライドを傷つけて、その単純な欲望をも満たしてあげることができなかった。

ソファーの上で二人寄り添いながらたくさん交わしたキスを特別なことみたいに感じたけれど、あれだって彼にとってはただの酔っ払ったノリだったのかもしれない。

男性の考えていることなんて分からない……だって私は自分の気持ちさえ分からないのだ。

この一週間、携帯ストラップのついていたスマホケースの紐跡を見ては何度も何度もあの夜のことを思い出し、その度に私は形容しがたい胸の痛みを感じていた。それは間違いなく、捨ててしまった恋心を偲ぶ痛みなどではない。背中を撫でてくれた長い指、唇の柔らかさ、目を瞑るとよく分かる長い睫……心に住みつき始めた男性が生み出す新たな痛みだ。

こっそりと宍戸君の一挙一動に目を奪われながら、私は飽きもせずにあの夜を胸に蘇らせ、甘くて苦い思い出に心を揺らすことしかできなかった。

「初めてのサンプルを使用する時は、美容部員からお客様にまずパッチテストをお勧めするように徹底しているけど、ここの店舗でのお客様のパッチテストの有無は？」

自分のデスクで報告書を読んだ私の声は、自然と厳しくなっていた。

「えっと……確認取れていません」

私の質問に対して「確認していません」「分かりません」を連発するネモモの声は頼りない。

先週、彼女の担当している店舗から似たような肌荒れのクレームが三件もあった。そのため上層部に提出する報告書のチェックを頼まれたのだが、目を通してみると不備だらけ。私は語調を強くせざるを得ない。

「パッチテストの有無はすぐに確認するように。最近はスマホで写真に残しているお客様も多いから、肌が荒れた部分の写真があれば提供してもらって下さい。あと、クレームを言ったお客様の名前だけじゃなくて、容姿の特徴も美容部員さんに聞いておくように。過去に、名前を変えて何度もクレームをつけていたっていう事例もあったから」

「……はい」

自分の仕事がまずかったのだと気が付き始めたネモモが、どんどん暗い顔になっていく。こんな風に部下を指導するのも私の仕事だが、人を叱るのってストレスだ。

「ネモモ、報告書の話はまた午後に回して、十二時だからランチ行こっか」

私が明るく口調を変えて誘うと、ネモモの落ち込んでいた顔が一瞬で輝いた。

「あ、宍戸先輩も一緒にランチ行きませんか！」

突然声を張り上げたネモモに、私はびっくりする。ちょうどランチに立とうとしていた宍戸君を見つけたらしい。ちなみにネモモもまた、イケメン宍戸を見て態度を一変させた一人で、事あるごとに彼の周りをうろつくようになっていた。

誘われた宍戸君は、何も言わずにこっちを見ている。その瞳はもう前髪や眼鏡に隠されてはいないのに、私を見ているのかネモモを見ているのか判断がつかなかった。

彼の大きな目を見ながら私は思う。宍戸君の見た目の変化は誰が見ても一目瞭然(いちもくりょうぜん)だけれど、私自身はきちんと変われたのだろうか？

一瞬で手元からなくなった携帯ストラップのように、一瞬で児島課長に対する気持ちが消え去ったわけではないけど、確実に気持ちの整理がついてきていた。

後は、常に〝クールな花園空美〟を演じてしまっている不自然な自分をもう少しだけ変えたい。

もちろん仕事ではそれが必要な時もあるので、誰彼構わず本当の自分を曝(さら)け出したいというわけではないけど、宍戸君との一夜を経て、不完全な本当の自分を認めてくれる人が私には必要なのだと気付き始めていた。

不思議だ。今までずっと完璧な自分になりたかったはずなのに……

「社食なら俺も一緒していい？　水曜は魚の定食があるんだよな」

なかなか返事をしない宍戸君を待っていると、ネモモと私の背後から児島課長が声をかけてきた。その直後、「僕も行きます」との返事が宍戸君から飛んでくる。

結局四人で昼食を共にすることになった。

よくランチを共にするメンバーなのだが、ここ数日の出来事で、宍戸君と児島課長の顔をダブルで見るのが何だか辛い。けれど、宍戸君の態度は相変わらず淡々としたままで、私の心境などまったく気にしていないようだった。

エレベーターに乗り、社員食堂のある最上階で降りる。

株式会社ソーションの社員食堂は、約二年前に宍戸君の兄にあたる宍戸洋太郎常務が大改革をして以来、いつも従業員で込み合っている。五穀米や盛り放題の温野菜なんかも提供され、街の下手なレストランよりも健康的な昼食がとれる場所になっていた。

社食に到着した私達四人はそれぞれランチを手にすると、窓際に席を見つけ、食事を始めた。空腹だったので優しい味の豆腐ハンバーグが胃に沁みる。食いしん坊の私にとって毎日の食事は至福の時間だ。

それなのに、今日の私はうんざりとしていた。

自分が嫌になる。どうしても児島課長の左手が気になってしまう。

午前中のミーティングの時には気が付いていたのだ。いつもピカピカに輝いている彼の結婚指輪が、薬指に嵌っていないと。

何かの拍子に外して着け忘れただけだろうと自分に言い聞かせているのに、これまで癖になっていたせいか、つい目を向けてしまう。あの一夜を境に、指輪を見た時の胸の痛みは確実に薄れていたけれど、ないとなると妙な違和感がある。

いや、こういったことも気にしていたら駄目なのだ。ここが変わらないと私は本当に変われない。

引き剥がすように顔を背けると、宍戸君と目が合った。

私達の視線が交差する。一度交わった視線は自分の意思とは関係なく、複雑に絡んで解けない。宍戸君の考えていることが知りたくて、私はこっそり、だけど探るように彼の瞳を見つめたが、そこにあるはずの答えは掴めなかった。

ほんの少しの間、時間が止まったように互いを見る。だが、割り込んできたネモモの声で二人の間にあった繋がりはプチリと切れた。

「宍戸先輩って昔バンドとかやってましたか？」

宍戸君は一瞬ネモモに視線を向けて、すぐに淡々とサーモンソテーを口に運んだ。相変わらずの無表情。だけど私には分かった。

宍戸君、すごくうろたえている。長い睫が揺れて、その奥にある瞳には緊張感があった。まるで、荒立った感情を必死で抑えようとしているかのようだ。

「総務部の友達に言われたんです。もしかして〝ソウルスカイ〟ってバンドでギターをやってたんじゃないかって。彼女、バンドとか好きなコで詳しいんですよね。今まで眼鏡で気付かなかったけど、サクって名前だったから、たぶん宍戸先輩だって言ってて」

「……そうだけど……もう解散してるバンドだし、今は音楽やってないから」

宍戸君の答えを聞きながら、私は自分の記憶を探っていた。どこかで聞いた名前だ。そうだ。宍戸君の部屋に飾ってあったライブチケットに書かれていた名前。ではあれは、自分達のバンドのライブチケットだったというわけか。

私は豆腐ハンバーグを頬張ることで驚きを隠していた。

ギターとかバンド活動とかって若い頃にやってきた人は多いだろうけど、いつも冷静な宍戸君には熱いライブなんて無関係に思える。

でもキスは情熱的だったっけ……などと思い出し、私は一人顔を火照らせた。

私、このイケメンにあんなことやこんなことされちゃったのだ……たった一週間前の出来事なのに、こうしていつものように皆と食事をしていると何もかも夢ではなかったのかと思えてくる。

そんなことを考えながらも口を尖らせてもにょもにょしていたら、斜め前にいる宍戸君がこっちを見ていた。

私は思わず豆腐で喉を詰まらせそうになる。冴え冴えとした大きな目で心を見透かされそうだ。

「そのバンド、そんなに有名だったのか？　すごいな」

もう終わったかと思ったバンドの話を、児島課長が引き継いだ。

宍戸君の過去に興味津々なネモモは目を輝かせたが、当の本人はまた表情を硬くしている。二人とも宍戸君の迷惑そうな様子には気が付いていないのだ。

いつもそう。彼は感情を表に出そうとしない。以前は私も分からなかったけれど、ここ数日で宍戸君の内面まで知りたいと感じるようになったせいか、なんとなく彼のクセが分かるようになっていた。彼は意識して自分の心を人に見せないようにしている。

「大きいレコード会社からメジャーデビューもしてたんですよね。インディーズの時はチケットなかなか取れないぐらい人気があったって」

「メジャーデビューか！　プロってことだよな。本格的にすごいじゃないか」

「……もう、音楽はやっていませんから」

宍戸君はまた同じことを言って、淡々と食事を進めていく。

私はハンバーグを口に入れながら、彼の言葉を思い出していた。

――僕、モテるんで。まぁ、それだけが理由じゃないですけど……

宍戸君が変装していたもう一つの理由が分かった気がした。メジャーデビューまでしていたのなら、彼のバンド時代を知っている人間が同僚にいてもおかしくはない。何しろ社員の多い大会社なのだ。それに一度出てきた噂は、あっという間に広がるものだ。

理由は分からないけれど、宍戸君はバンド時代を噂されるのが嫌なのだろう。

「そういう才能ってすごいですよね。何でバンドやめちゃったんですか？　人気があったのならもったいない……」

「ネモモ、店舗からあったクレーム、児島課長にもきちんと報告してね。あの手のクレームは研究所にもメールしとかないとダメだよ」

私は話の腰をばきっと折ってやった。ランチタイムに仕事の話をするのは気が進まないけれど、こういう場合はいたしかたない。

素直なネモモは「そうなんですよ児島課長〜」とそちらの話題に乗ってくれる。

その間に宍戸君はランチを食べ終わると、「お先に失礼します」と言って、社員食堂から足早に出ていった。

食後、社員食堂を出て、営業部に戻るネモモや児島課長と一旦別れた私は、本社ビルの近くにあるカフェに向かっていた。社内にはコーヒーサーバーも自動販売機もあるけれど、時には本格的なコーヒーが欲しくなるのだ。

同じ考えで食後にテイクアウトを求める人間は多いので、カフェは込み合っていた。

昼休憩の残り時間を考えて、今日は諦めるかとため息を漏らした私は、ふと前方に知っている背中を見つけた。たった今、順番が来てオーダーをしているのは、間違いなく宍戸君だ。

「ドリップコーヒー、トール」

「カプチーノ、キャラメルシロップ追加でトール！」

先ほどの彼の様子が気になっていた私は、彼の隣に滑り込み注文をかぶせる。大慌てでダッシュしてきたので、勢い余って宍戸君に軽くぶつかった。

バランスを崩す私の体を支えながら、宍戸君は「どちら様ですか？」とつれない態度。その上、私が「奢るから！」とバッグから財布を出しているうちに、さっさと二つ分の会計を済ませてしまった。

おまけに出来上がりを待っている間に二人分、せめて自分の分だけでも払おうとしたのに、彼は「結構です」と言い、頑として受け取らない。実はこの間のイタリアンレストランでも、私が奢るはずだったのに結局ワリカンになってしまったのだ。何かと借りが増えていっているような気がしてならない。

「宍戸君さ……嫌な時は嫌そうな顔していいと思うよ」

「花園主任が割り込んできたことなら、嫌な顔はしたつもりですが」

「あ、いや。そのことじゃなくてね」

コーヒーを受け取って会社に戻る途中、私はさっきの社員食堂でのことを思い出して言った。感情をここまで隠して生活するのって、やっぱり精神的にも負担になっているはずだ。私自身そういう部分があるので分かる。

「さっき……バンドの話が出た時、宍戸君、嫌だったんでしょ？　迷惑そうな顔をちゃんとしたら、みんな大人なんだからそれなりに対応すると思うよ」

「……顔を合わせもせずに逃げ帰った女が、分かったみたいに説教するなよ……」

「え？」

ぼそっと呟(つぶや)いた宍戸君の声に、私の顔は強張(こわば)った。

あれ？　今とても殺気を感じたのですが……

気まずさを呑み込みつつ、私は出来たてのカプチーノを口に含む。ミルクフォームの優しい口当たりとキャラメルシロップの甘さが、隣から突き刺さってくる殺気を若干誤魔化してくれた。

「あの、宍戸君……何か怒ってる？　あ、顔に出せって言ったのは私だけど……ちょっと怖い」

「……花園主任こそ、ああいう逃げ方は大人のすることじゃないと思いませんか？　あの夜のこと、後悔するのは勝手だけど、礼儀ってもんがあるでしょう」

「待って、何……あっ！　ごめん！　後悔とかじゃなくって……」

〝逃げ帰る〟の意味にやっと思い当たった私は、サァーッと血の気が引いていくのを自覚した。

彼の家にお泊まりをした日、確かに私は逃げ帰った。だけど断じて後悔していたわけではない。ただ顔と口臭に問題を抱えていただけなのだ。

「あの時逃げ帰ったのは私が妖怪だったから……人間らしくなったらきちんとフォロー

しようと思っていたのに、その後会社で会ったら宍戸君が近寄るなオーラ発していて……」

「ちょっと待って、妖怪ってなんですか？　花園主任は妖怪なんですか？」

「えっと、グッズとか売ってる可愛いやつじゃなくてね。朝起きたら口臭くって歯磨きしたかったのに歯ブラシもなかったし、マスカラとかドロドロで……でもメイク落としとか基礎化粧品とかなくて……同じ夜を過ごしたのに宍戸君なんか睫バサバサで天使みたいなんだもん。私妖怪だよ、宍戸君天使だよ、顔合わせられるわけないじゃん！」

「……とりあえず『天使』は返上しておきます」

そう言った宍戸君の顔はもう怖くはなかった。っていうか……笑いを噛み殺している。そのうち「バカ、ク……」という軽い暴言まで漏れ聞こえた。上司に向かってバカとは何事だ。

「言ってくれれば、メイク落としや基礎化粧品の類は、営業用のサンプルがどこかにあっただろうし、出張用の使い捨て歯ブラシも持ってました」

「うん、ごめんなさい。あの時はテンパってて……あの、後悔とかではないから……後悔は全然してなくって……むしろ、何ていうか……」

「男は女の隙に惚れるんだって、教えましたよね？」

宍戸君の長い腕がすっと伸びてきたと思ったら、強引に腕を引っ張られた。カプチーノを零さないようにと気を取られているうちに、私はビル陰に連れ込まれる。

「ミルクフォーム、ついてる」

びっくりして目を丸くしている私に、彼は悪戯っぽくそう言って、指先で私の上唇を擦った。ミルクフォームを絡めた指はなかなかそこから動かず、私の唇をぷにゅぷにゅと楽しそうに撫で続ける。

止めて下さい。心臓がバクバクで死にそうです。

「この一週間、俺がどんな気持ちだったか……。お仕置きだな」

彼の魅惑的な声を聞きながら、私は目を瞑っていた。彼のお仕置きは目を瞑って受け止めるものなのだと心のどこかで知っていた。唇の表面に彼の息遣いを感じる。

「お仕置きだって言っただろ……唇にはあげない」

「んゃ、っ」

反射的に変な声を出しながら、私は首を竦めていた。耳にかかっていた髪の毛が揺れたと思ったら、宍戸君が私の耳朶を口に含んでいたのだ。

耳孔にぬちゃっと粘膜の擦れる音が響き、彼の舌が耳の形を確かめるように動く。軟骨を甘噛みされた私は、唇を噛み締めて漏れそうになる吐息を我慢した。

私の髪を指で弄びながら、彼の舌が私の耳の上で官能的に動き回る。耳孔に息が吹き込まれ、私の脳まで熱くした。彼の舌の動きに私はあの夜を思い出す。

あの時も彼の舌はとてもいやらしく動いたっけ……

フラッシュバックした熱い思い出が、私の耳を性感帯に変える。髪から首筋を撫(な)で回す彼の指先にも感覚を刺激された。ただの指なのに……彼の滑らかに動く長い指はとてもエッチだ。

彼の尖(とが)らせた舌が耳の溝に沿ってツツーッと動いた。それと共に私の内股がゾクゾクと震える。

「……んぁ」

思わず声を出してしまった私の反応を楽しむように、宍戸君はさらに耳へのキスを深めていく。耳全体を口に含まれ、彼の舌が耳の付け根を舐(ねぶ)ると、腰が砕けてしまいそうな快感が走り、私は思わず宍戸君の肩に掴まった。

その時、突然近くで甲高(かんだか)い女性達の笑い声が響いた。

反射的に私達が体を離したすぐ後で、ＯＬ達が大きな声で話しながら通りを横切っていく。最後尾の一人は何気なく私達がいるビル陰に視線を送ってきたが、甲高(かんだか)い笑いを忍び笑いに変えただけで通り過ぎていった。

彼女達の制服がソーションのものではないことを確認して、私はほっと息をつく。今の宍戸君は社内で目立つ存在なのだ。こんなところを見られたら噂は尾ひれを付けてあっという間に広がるだろう。

「残念ながらここは会社と近すぎますね、花園主任。ご期待に添えず申し訳ありません」

「だ、誰も期待なんて……」

「昼休みが終わります。行きますよ」

「……はい」

期待なんてしていなかったし、と心の中で言い訳をしながら、私は寂しく感じる唇にプラスチックの飲み口を当てる。そのままカプチーノをもう一口飲み、この気持ちをなんと呼ぶべきか気付かないふりをして、彼の背中を追った。

最寄りの駅から自宅マンションに向かう間に、スーパーマーケットが一軒ある。
それほど大きな店ではないけれど、木箱を使った野菜の陳列やたっぷりの氷の上に並べられた鮮魚など、消費者の購買意欲をくすぐる秀逸なディスプレイは、時として危険だ。
特に今の時期は、様々な秋の味覚が手頃なお値段でキラキラと私を誘う。
空腹を抱えた仕事帰り、食いしん坊な私は見事にその罠に嵌った。二匹パックの秋刀魚に大袋のキノコ類、茄子も安かったから買ったけれど、五本も一人でどうする気なのか。エコバッグに詰まった食材を手に提げながら、私は夕闇の空に宍戸君の顔を思い浮かべていた。

彼の自宅と私の自宅は、車でならそれほど時間はかからない。電話番号は知っているのだから、「晩ご飯作りすぎちゃったから食べに来ない？」なんて気軽に誘えたらいいのだけれど、そういう関係でもない。

というか、私は彼とどういう関係になることを望んでいるのだろうか？

今日の昼間にビルの陰で耳にたっぷりとキスをされたことを思い出し、私は重たい荷物を提げて歩きながら一人顔を赤らめる。

宍戸君はついこの間まで苦手な部下だったはずだ。それが二つのキスと一つの夜で、これほどまでに印象が変わってしまった。自分に自信があって強引で……それでいて彼は本当の私を知った後も優しかった。

今日なんかはランチ以降、一日優しい視線が投げかけられているのを感じた。それがくすぐったくもあり、嬉しかったのだ。

私は宍戸君が好きなのだろうか？　自分に問いかけても答えは分からない。分かっているのかもしれないけれど……重たすぎる自分の性格を考えると肯定してしまうのが怖かった。

それに第一、宍戸君からは思わせぶりなことは言われてはいるけど、「好きだ」とか「付き合おう」だとかは言われてないわけで……

そんなことを考えながら歩いていると、バッグの中でスマホが着信を告げた。

両手が塞がっているので買い物袋を下ろそうか、いやいや道路に食材を置くのはちょっと、とワチャワチャしてしまう。重たい荷物のせいで腕が自由に動かず、バッグの奥のスマホまでなかなか手が届かない。届いた！　と思ったら、着信が切れてしまった。

ディスプレイに表示された『宍戸君』という文字を見て、私はその場で固まる。彼が私に電話をしてきたのは初めてだ。

かけ直そう。でも、今すぐ？　いや、とりあえず部屋に帰って……

「花園主任！」

「うぃっ！」

びっくりしすぎて変な声が出た。声がした方を向くと、営業車から顔を出している宍戸君。彼はハザードランプを点灯させると、路肩に車を停める。

「え、宍戸君……どうしたの」

「営業の帰りで、今日は直帰です。近くを通りかかったらスーパーから出てくる花園主任が見えたんで……荷物重そうですね。よかったら家まで送りますが」

そう言いながら、宍戸君は腕を伸ばして助手席のドアを開ける。私は言われるがままに車に乗り込んで、この偶然に運命を感じたりしていた。

ものの五分もかからずに自宅マンションに到着し、私は車を降りる。すると宍戸君はすぐに「ではお疲れ様です」と車を発進させようとした。

「あの、あの……晩ご飯でも食べていかない？　えっと、よかったらなんだけど……ほら、食材買いすぎちゃって。えっと……迷惑じゃなかったらなんだけど」

「……車、停めてきます。来客用とかありますか？」

「あ、うん。確かあったはず」

私がそう答えると、宍戸君は形のいい唇を三日月型にしてニヤリと笑った。それを見て、罠に嵌められた気分になったのはなぜだろう？

事実そうかもしれないと疑惑が強まったのは、彼が「お邪魔します」と言って私の部屋に上がった時だった。

宍戸君はリビングに視線を送りつつ、「これお土産です」と言って私にコンビニ袋を手渡した。中を覗くとプリンが二つ。営業で近くを通りかかって偶然私を見つけたはずなのに、なぜお土産なのか。しかも誘ったのは私の方で……

「えっと、ありがとう……でもお土産って……」

「〝ついで〟です」

「……」

彼の答えに納得したわけではないが、せっかく晩ご飯に招待したのだからお待たせしてはいけない。私は買ってきた食材で準備し始める。

秋刀魚はこのまま焼いても美味しいけれど、１ＬＤＫの小さな部屋で魚を焼くと匂いが篭って大変なことになる。蒲焼にして、たくさんの白髪葱と共にご飯の上に載せて丼にでもしようか。

「宍戸君、秋刀魚を蒲焼にしようと思うんだけど食べられる？　あ、宍戸君のお家みたいに大きくはないけど適当に寛いでいてね。喉渇いてる？　何か飲む？」

「いや、大丈夫です……ぬいぐるみたくさんありますね、好きなんですか？」

その声に、私はお米を研いでいた手を止めた。

しまった……ぬいぐるみ達を放置しっぱなしだった。二十八歳にもなってぬいぐるみに囲まれて一人暮らしはさすがに恥ずかしい。

クールな上司・花園主任のイメージ崩壊の危機。いや、先週の夜にそんなものはとっくに崩壊していたかもしれないけど……

私は濡れたままの手で慌ててリビングに向かった。

「あの、ほら！　このぬいぐるみは……えっと、預かり物っていうか」

「預かり物？　随分年季が入っていますが」

じゃむじゃむを何とか隠そうとするものの、子供一人分ぐらいあるぬいぐるみは、どうやっても隠れはしない。っていうか今さら隠しても仕方がない……

すると、宍戸君がふっと笑いを漏らす。

「いいんじゃないんですか？　花園主任がぬいぐるみ持っていても。意外だとは思いましたが……そういうところも可愛い」

「い……」

突然「可愛い」とか言われ、私は頭から湯気が上がる思いだった。「綺麗ですね」「素敵ですね」とは時々言ってもらえるものの、「可愛い」なんて言われたことはない。

じゃむじゃむで顔を隠しながら、私は素直になってもいいのかなと思う。

宍戸君は既（すで）に本当の私を知ってしまっている。彼の前では素（す）の花園空美でいても許される気がした。

「このコはじゃむじゃむっていうの……ぬいぐるみって愛着湧いちゃって捨てられないんだよね」

宍戸君は素直になった私に笑顔で頷いてくれた。宍戸君の笑顔……私、これに結構弱いかも。この間まで彼の笑顔は意地悪そうにしか見えなかったのに、今のこの笑顔には私の心を温める力がある。

二十八歳の女が抱える古い大きなぬいぐるみを見ても、それを可愛いと受け入れてくれる宍戸君。一つ、一つ、隠し込んでいた私の未熟な部分を露（あらわ）にし、それを肯定してくれる宍戸君。

どうしようもなく心がざわめき始める。

それを落ち着かせるためにも私はキッチンに戻り、秋刀魚（さんま）の下ごしらえに取りかかった。

秋刀魚のお腹に包丁を入れ、ハラワタを掻き出していく。

「料理、するんですね」

ふいに耳元で声がしたので振り返ると、リビングにいると思っていた宍戸君が私の手元を覗（のぞ）き込んでいた。ハラワタを出し終わって身を水で洗っているところだったので、極力お見せしたくなかったスプラッター状態だ。

「嫌いじゃないよ。でも一人分って作るのが億劫（おっくう）になっちゃって、コンビニで済ませることも多いんだけど」

私は身を洗い終えた秋刀魚を、キッチンペーパーの上に並べていく。

「でも、手馴れてる」

宍戸君はまだ興味深そうに私の手元を見ていた。

私は秋刀魚を慎重に三枚に下ろしながら、背後に向かって話しかける。

「宍戸君、時々晩ご飯食べに来てよ。作る張り合いが出るから」

一つのことに集中しているせいか、言いにくいこともさらっと言えた。

「口説いてますよね？」

「やっぱりナルシストだよね、宍戸君って」

彼の自信に満ちた言い方に軽口を返すと、まるでそれを諫めるように、彼の硬い指先が私の首筋をそろそろと撫でた。

五本の指は私の首を調べるようにゆっくりと動き、私はその官能的な動きに思わず包丁を扱う手を止める。続いて彼の指は一つに纏めていた私の髪に絡まると、髪の毛を掴んで優しく後ろに引っ張った。

私が顔を仰け反らせると、宍戸君は背後から私を覗き込んできた。

顔が近い。熱い息がかかる。宍戸君の大きくて深い黒目の中に自分がいる。

「花園主任、いいですよ。俺を口説いて」

「私……処女だよ。重いよ……」

私が喘ぐように言うと、男らしい眉が小さく歪んだ後、ちょっと切なげに笑った。

「俺がいつ処女は重いなんて言いました？　……そんなことどうでもいい……今日は花園空美を抱きたくて駅前で待ってた。もしあなたから部屋に誘ってくれたら、遠慮はしないと決めていた。堪らなく欲しい」

私の鼻筋を宍戸君の唇が撫でていった。額にキスを落とし、瞼にキスを落とし、顎にキスを落とし……唇が寂しくて待っているのに、彼はそこに触れてくれない。

お願い、キスして。深く快楽を掘り起こすようなキスが欲しい。

「そそられる顔だな……飯食う前に風呂入りませんか……一緒に」

「……宍戸君、口説いてるの？」

「ん、口説いてます」

緩く掴まれていた髪が解放され、私は彼と向かい合う。彼の親指が私の唇を擦り、形を確かめながらキスを誘う。私は彼の指紋まで唇に感じながら、自分の心の内側を探っていた。

宍戸君とキスをしたい。この間のように甘やかな夜を二人で過ごしたい。

だけど怖い。

もし本当に宍戸君を好きになってしまったらと思うと、怖かった。きっと今、宍戸君を突き動かしているのは性欲だ。彼がそれを吐き出した後に残るものなんてあるんだろうか？

この間は一夜限りでもいいと思った。こっそり処女を捨ててしまいたいだけだった。

だけど今の私は……たぶんそうではない。割り切れない感情を宍戸君に感じ始めている。

実はもうとっくにその正体に気付いていて……〝それ〟に囚われてしまうのが怖い。

「宍戸君……あのね、冗談じゃなくて私は重いよ。あの、宍戸君はエッチだけの関係だと思ってくれていいんだけど……なるべく迷惑かけないようにするけど……やっぱり同じ職場だし、宍戸君は立場もあるし、リスクはあると思うの……あの、ごめん。この前の夜はそうなってもいいと思ったけど……冷静になってみたら、宍戸君に迷惑かけることになるかと思って……」

「俺に迷惑をかけたくないと思うなら、児島課長のことだけは心から捨てておいて」

警告をそう往なした宍戸君は、私のブラウスのボタンに手をかける。ブラジャーの内側に彼の指が滑り込んできて、五本の指がそれぞれ意思を持った生き物のように乳房の上で蠢き始めた。

「花園主任の重さなんて簡単に受け止める自信がある。それより、俺自身の方がずっと重い。沈んだら上がってこられなくなるのが分かってる……」

「え……はぅ、んっ」

「一緒に風呂入ろ。あなたの腕も、脚も、ここも……ここも……俺の手で洗いたい」

私を覆っていた布が一枚一枚剥がされていく。ブラウスに続いて床に落ちていくブラを手で押さえると、それを咎めるように荒々しいキスで唇を塞がれる。そのまま私の舌は吸われ、甘噛みされ、唾液の中で犯され続けた。

下半身の猛りを私の臀部に押し付け、彼は自分の欲望を示す。

その熱さを感じながら、反論を許さぬほどの激しい口づけに私は溶けていった。

長いキス……彼は私の体の弱いところを知り尽くしている。私はこのキスが与えられるのなら、どんな命令にでも従ってしまうだろう。ぬらり、ぬらり、と口腔で揺らめき続ける舌は、もうどちらのものかも分からない。

「風呂、お湯張ってくる」

宍戸君の体がすっと離れる。ぼんやりとそれを見送った私は、無意識に彼を追いかけていた。体が熱くて息苦しい……その原因は彼なのに、唯一の治療法を知っているのも彼なのだ。

「あの、宍戸君……うちのお風呂狭いよ。二人で入るスペースなんて……」

「狭いなら、なおいい」

蛇口を捻りながら振り返った宍戸君は、既に服を脱ぎ始めていた。躊躇なく下着を下ろした宍戸君のソレが、私が意識するより先に目に飛び込んでくる。力強く勃ち上がった彼の下半身……前回は目にする機会がなかったから初めて見る。

なんか……すごく生々しくて私はすぐに視線を逸らしたけれど、間違いなく耳まで真っ赤になっていたのだろう。彼が意地悪な言葉をかけてくる。

「こんな風になってるの、見るのも初めて？　初々しくて可愛いな……触って。こうなったのはあなたの責任だ」

宍戸君は私の手を掴み、そこに導く。指先に触れたソレは痛そうなほどに張り詰め、驚くほど硬く、弾力があった。

「醜いかもしれないけれど……好きになってもらえると嬉しい」

悪戯っぽく言った彼の言葉に、私は思わず笑った。

「好きになるかは分からないけど、醜いなんて思わないよ。何ていうか、その……サイズ的に不安にはなるけど」

「このサイズでは不足？」

宍戸君は私の手を上から握ると、猛ったソレを上下に擦るように動かす。手のひらに強く脈打つ血管を感じると共に、そこがさらに大きくなっていくのが分かる。

「あの、宍戸君……大きすぎるから、もう十分だから」

「次は花園主任を触らせて。痛くならないように……いっぱい解そう」

宍戸君が蛇口を閉めると水音が止まり、バスルームは静寂に包まれる。

湯気が私達の間を揺らめきながら、小さな空間に親密な空気を作っていった。

宍戸君の器用な指はスカートも脱がしてしまうと、抜け殻になったそれを脱衣所に放り投げる。

私をショーツだけにしておいて彼はなかなか次に進まない。

高圧的にも見える視線で私の体を眺めながら、右手の人差し指一本でツツーと私の腕を下から上へと撫でていく。肩にやってきた指は首筋を撫で、胸の谷間に滑った。

「もし俺より前にあなたを抱いた男がいたなら、そいつはこの肌を離さなかっただろうな。吸い付いてくるような肌質だ」

宍戸君はそう言って肌質を確かめるように胸の膨らみに手を広げ、そこにある蕾を親指で押してくる。

そうして圧をかけながらクニ、クニと乳首を弄られ、私は一つ大きく呼吸をした。そこを指で挟まれてキュッと摘まれると、肌の内側で欲望が騒ぎ出す。

やがてスカートに続いて、ショーツまでもゆっくりと私の脚を滑り落ちていった。

宍戸君は全てを脱ぎ去った私を強く抱き締めると、ぴったりと体を重ねながら喉の奥まで届くような深いキスをくれる。

それから二人の体をシャワーで温めると、先にバスタブに身を沈めて彼が言った。

「いい感じに狭いな……重ならないと二人収まらない」

バスタブの縁に肘をついて私を見上げ、「おいで」と誘う。

歯を見せて笑う姿は魅惑的だ。トクトクと鳴る鼓動を心地よく感じながら、向き合ってバスタブに体を収めると、彼の膝の上に座るような体勢になった。

ぬるい湯の満ちた小さな箱の中、私達は向かい合って抱き合い、唇を隙間なく重ね合わせる。

宍戸君の指が私のアンダーヘアーの奥に滑り込んできた。私はどうしていいか分からず、とりあえず自分の腿の間から突き出す彼の硬くなったモノをおずおずと撫でた。

「……ぁ、宍戸、くん……あ、の、ごめん……私……」

「……ん？」

彼の指が私の襞をかき分け、亀裂に沿ってなぞる。焦らされるようなゆっくりとした刺激に、私の声は震えていた。私も、何とか彼に気持ちよくなってほしくてその硬いモノを触っているのだが、やっぱりどうしていいか分からない。

宍戸君のソコは、これが骨のない肉の塊なのかと思うほど、硬く勃ち上がっている。こんなに硬いのだからもっと強く握らないとダメなのかもしれないが、その力加減さえも分からない。

「んぁ……あのね、どうすれば、宍戸君、気持ちいい？」

「花園主任は？　どうしてほしい？」

彼は逆に訊ね返すと、長い指を敏感な芯の部分に当てながら、私の頬の上で囁く。

「クリは剥かれて触られる方がいい？　ほら……こう。湯の中だからやっぱり剥いた方がいいかな？　こうやってグルグルかき混ぜるのと、こう、上下に擦られるのと……どっちがいい？　これくらい速く動かすのと、ゆっくり動かすのと……ああ、感じやすいな。あんまり強く触ってないのに……ぬるぬるしてるのが湯の中でも分かる」

ぐねぐねと指を動かし続ける彼に、私は何も答えることもできないまま小さく細い声を出していた。この期に及んで役職名付きで呼ばれるなんて、何だか屈辱だ。

彼の指はなおも意地悪く私を焦らす。花芯の部分をくにゅ、と円を描くように揺らして私を高めたかと思うと、いいところでそこから指を離し、蜜口を探った。

膣の中に入ってきた指はさらに慎重に動き、ゆっくりと肉壁を押す。そのまま内側を指で擦られると体の深い部分がじんじんと疼く感じはしたが、それ以上の快感には至らない。中途半端に花芯を弄っては離れていく指の動きに、私はおかしくなってしまいそうだった。

もっと触ってほしい。早く達したい。この前みたいに……

その欲望に任せ、私は自ら動いてそこを彼の指に擦り付けていた。恥ずかしい……でも宍戸君が悪い。またこんなに私を焦らして……私はすっかり彼の罠に嵌っていた。

「あぁ……ふぁ……あ、ぁ」

「我慢して……花園主任のココはとても狭いから解さないと。ココとココを交互に触ってあげると気持ちよくなるんだって覚えるんだ。あなたが俺に仕事を教えたように、俺はあなたにセックスを教える。いいだろ？」

「あ！　……っあ、ぁ……んんっ」

彼の指が肉芽の根元をマッサージするように緩やかに動いたかと思うと、突然強く細かな振動を与えてくる。私は一気に上り詰め、湯を大きく撥ねさせて身をよじるが、その途端、指はそこから離れていった。

イけそうでイけない感覚に、私は宍戸君の目を覗き込みながら哀願する。

「お願い……」

「いい顔だ。その可愛い口でねだって。俺の愛撫に夢中だと……俺の指でイきたいとねだるんだ」

「お願い、お願い……もう、しんどい……イきたい」

「もっと、もっとねだって」

「宍戸君の指で……イかせて。お願い。もっと触って」

「ああ……ヤバい。俺までイきそうだ」

もう黙っていろとばかりに宍戸君の唇が私の声を奪う。そうしてねっとりとしたキスをしながら、彼は指を速く動かした。

湯の中で振動を送り続ける指は、止まることなく私を攻め立てる。私は彼のモノを握りながら、何度も背中を駆け上がっていく快感に体を跳ねさせていた。水音が激しくなるほど、私は高まっていく。満たされ、溢れ、溺れる。

「っは、ぅん……ぁぁあ！」

体中の血が一瞬で沸騰したかと思うと、ざざざ、と音を立てて背中に快楽の波が駆け抜けた。

彼は、湯の中で力なく体を痙攣させている私を抱き寄せると、悪戯っぽく耳元で囁いてくる。

「もう一回イかせたいけど、のぼせるな」

宍戸君は私の鼻の頭に一つキスをして立ち上がる。体の力が抜け切ってしまった私は、彼に抱えられるようにして脱衣所まで行き、なすがままに体を拭いてもらった。

私の四肢にバスタオルをあてがい水滴を拭っていく彼を見ていると、今さらながらに恥ずかしくなってくる。またかなり乱れてしまった。随分恥ずかしいことも言わされた気がする。

宍戸君って手つきはすっごく優しくてエッチなのに、口調はちょっとSっぽくて、つい翻弄されて従ってしまう。もう、何だか悔しい。それに――

「あの、宍戸君……こうしている時に〝花園主任〟って呼ばれるの、何だかセクハラみたいで嫌なんだけど……」

「……セクハラ上司じゃないんですか？　部下の指でこんなに気持ちよくなって」

「……からかってる？」

「はい」

うう……ニコッと笑った宍戸君の笑顔が可愛い。目が大きいからこうして表情を緩めると、ちょっと子供っぽく見えるのだ。

彼の笑顔を見た瞬間、私はついさっきまで感じていた悔しさも放り出して、思わずその引き締まった体にぎゅっと抱きついてしまう。

細いけれど、程よく筋肉を浮き上がらせた男らしい体躯。長い手足。普段スーツでしっかりと隠しているのがもったいないほど魅力的だ。

「……ベッドに行こう」

私は彼に腕を引かれながらベッドに向かう。

初めてって、きっと痛いんだよね……そう思うとベッドに横になりながらも腰が引けた。

「し、宍戸君、何か飲む？　普段あまり家飲みしないからワインぐらいしか……」

このタイミングで、ついそんな時間稼ぎしてしまう。

「今日はシラフで抱かせて」

逃げようとしていた腰をあっという間に捕獲され、私はベッドに押し倒される。絶対に逃がさないという彼の決意がその腕から伝わってきた。

すぐに宍戸君の唇が私の唇を塞ぐ。もう何度こうやって彼とキスを交わしただろう。その度にどんどんお互いの唇が馴染んでいくのが分かった。

このまま心も馴染んでいくのだろうか？　私は宍戸君が好きなのだろうか？　好きになってしまっていいのだろうか？

結局、重い女になってしまうのだろうか……

「何、考えてんの？」

唇を離した宍戸君が、私の瞳を覗き込んだ。

「今は考える時じゃない。感じて」

そう言って彼は私の下肢に指を這わせる。ついさっき絶頂を与えられたその場所に、もう一度快感がやってきた。彼の指の動きと共に、クチュックチュッと音が鳴る。

「……んぁっ」

宍戸君の指は長い。親指で突起を刺激しながら、別の指をナカに忍び込ませる。でも、すぐに出してしまうと、代わりに硬く熱いモノを蜜口に宛がった。

「挿れさせて、我慢できない」

だけどそれは、なかなか入ってこなかった。蜜の溢れる入り口でグニュグニュと動き、敏感な芯の部分の方まで擦ってくる。それだけで気持ちいい。私はどんどん焦れていく。指の時のように的確な刺激でない分、逃げ場のない甘い快感が溜まっていった。

「……ゴム、取ってくる」

突然宍戸君が体を離し、ベッドからも離れていく。思わず体を起こし彼を追うように動いた私は、ふと振り返った大きな瞳と鉢合わせした。

「感じてる顔、すごく可愛い」

寝室を出ていく彼を見送りながらも、自分の顔が火照っていくのを感じた。

また、「可愛い」って……言われ慣れていないので、すごく戸惑ってしまう。

私の乱れた呼吸が整わないうちに、宍戸君は寝室に戻ってきた。手には真新しいコンドームの箱。

「男の人って……準備いいね」

「プリン、ついでだって言ったろ。今日家に誘われたら、絶対こうするつもりだった」

箱から小袋を取り出しながら、宍戸君が笑った。薄明かりの中でキラキラと輝く大きな瞳には、見紛うことのない欲情の明かりが点されている。

彼が小袋から円形の皮膜をそっと取り出すと、私を見る彼の笑顔がますます悪戯っぽくなった。

「着けてみる?」

ベッドの端に座っている私にコンドームを手渡して目の前に立った彼は、準備の整っている下半身を恥ずかしげもなくこっちに向ける。体勢上私の目の高さにソレがやってきて、見せられている方がドキドキしてしまう。

くっきり浮き上がった血管や、先端に向かうほどに濃くなっていく赤み。強く勃ち上がる様子は、彼の逞しく張り出した腰骨と相まって、これ以上ないほどいやらしい光景に見えた。

私は渡された皮膜を、うっすらと透明の液を滲ませる頂点に置く。

恐る恐る指でゴムを伸ばしていこうとしていたら、宍戸君がクスリと笑った。

「下手だな」

そう言うと彼は、私の指に自分の指を絡ませ、そのまま上手にゴムを下ろしていく。

そうしている間にもソコは角度と大きさを増していくようだった。

やがて透明の皮膜にすっぽりと覆われたソレを、私はそっと撫でてみる。不思議なほどの硬さを持ちながら宍戸君の唇と同じ熱さで脈打つソレは、間違いなく彼の一部。そう思えば、挿入への不安は徐々に消えていく。

「花園主任、セクハラが過ぎると暴発する……」

宍戸君は私の手を掴んで動きを遮ると、そのまま覆いかぶさってくる。

見れば、彼の欲情を溜めた大きな瞳が私の心を探っていた。

宍戸君、やっぱり優しい人だ。

ここまできて、まだ私の体と心の準備が整っているか心配してくれている。

大丈夫だよ——私は彼の瞳にそう答える。

宍戸君は無言で唇を重ねてくると、深く舌を絡め、私の口内を存分に撫でた。そのキスが、少しだけ残っていた私の不安や恐怖心を舐め取っていく。

「挿れるよ……」

彼は唇の上でそう小さく言った後、私の脚を大きく開いて両脇に抱え込んだ。宍戸君のそれは何度か入り口で躊躇うように動き、たっぷりと私の蜜を纏う。それからゆっくりと奥に進行してきた。

「っ！　ぁぁ……」

ズブ、ズブ、ズブ、と私の体の中心に、道が切り開かれる。一瞬、入り口近くで強烈な痛みがあったけれど、それを越えると随分と楽になった。絶え間なく続いている痛みも、耐え難いほどではない。

「もうちょい……狭いな……ああ、やっと、全部入った……」

宍戸君は私の胸の上に汗を一つ落として、苦しげに呟いた。

彼が私の中に埋まっている。開かれたばかりの道は隙間なく宍戸君に埋め尽くされ、痛みは甘い充実感へと変わっていた。

「だ、いじょう、ぶ？」

宍戸君が掠れた声で私に訊ねた。見下ろす彼の顔は私よりずっと苦しそうで、何だか愛おしい。

「うん、大丈夫。すごく痛いの、一瞬だった……」

「ゆっくり、動いていい？　痛かったら言って」

「……んんっあ……」

彼が動き出した途端、体の内側が引っ張られるような感覚に思わず声が出た。痛いのとはまた違う、今までに感じたことのない不思議な感覚。彼がゆっくり動く度にそこが押し広げられ、お腹の下の方をトン、トン、と押されるのが分かった。その部分がじんわりと気持ちいい気もする。

「……痛い？」

「ん……ぁ、少し。でも奥の方……気持ちいいかも」

私がそう答えた瞬間、宍戸君が奥深くまでやってきてその部分を執拗に擦る。

脚を高く持ち上げられ、私を見つめる彼の瞳が攻撃的に変わったのが分かった。

「あ！　……っあ、んんぁ……」

貫かれる度に体の奥底を蹂躙されるという未知の快感が襲い、声が止まらない。体の中心を押し広げられる圧迫感は息苦しいほどなのに、同時にそこを熱に満たされる感覚は不思議と気持ちよかった。

宍戸君は息を弾ませながら私の一番奥をぐりぐりと攻め、そうされる度に私は切なく喘ぐ。

「っ……あ、そこ……だめ、奥……」

「最初だし奥だけだとしんどい？　……違う場所も擦ってみようか……いいトコを探そう」

「んっ……あ、ひゃっ」

宍戸君は私の背中に手を回すと、繋がったまま軽々と私を抱え上げた。気が付けば私は彼の太腿に座るような体勢になっている。重力で自然と腰が落ちる。するとさらに彼のモノが深く突き刺さってきた。声にならない声を上げながら、私は宍戸君にしがみついて無意識に腰を浮かせる。

「ん、いい感じ……そのまま腰を浮かせてて。下から突くから……」

宣言通り再び抽挿を開始し始めた宍戸君は、今度はまるで内側を探るようにじわじわと動き出した。さっきと違う動きで違う場所を擦られ、私は背筋を駆け上がる快感に体を仰け反らせる。

「そうやって体を反らすと繋がっている部分が全部見える。すごくエロい……」

「っう、んぁあ！　ぁ……あ」

左手で私の背中をしっかり支えながら、宍戸君の右手が私の花芯を撫で回す。乱暴なほど鋭利な快感が突き抜け、私は何度も体を痙攣させた。

ナカで感じる緩やかな快感と、芯に与えられる刺激が相まって、どうしようもないほどに高まっていく。

「っ、締めすぎ……こうされるの、好きなんだ」

「んん、ソコ、いい……ぁぁ、どう、しよ……」

声も体ももう自分のものではないみたいだった。グチュ、グチュと二人の間で鳴る水音は淫靡で、宍戸君の下半身に蜜が垂れ落ちているのが分かる。

「……マジ、可愛い、我慢できない」

宍戸君は苦しそうに言うと、もう何度目かも分からない口づけをくれた。

私達は絡まり合う。離れないように、舌も、手も、脚も、体の全てを一つにして絡まり合う。

「だめ、き、もちぃい……」

「うん、俺も……もう……」

花芯を弄る宍戸君の指は蜜を纏いさらに速く動く。痺れるような快感に全身を支配されながら、私は高まる疼きにその時が近いのだと知った。

「あ、あ、イ……ッ」

私は強い痙攣と共に、荒々しく襲ってきた絶頂に捉えられる。

ぎゅうっと体が内側に収縮していく感覚を一気に解き放つ。体が宙に浮いたような解放感で頭の中が真っ白になった。

私が大きく体を震わせると、その振動を受けて宍戸君の体から汗が滴り落ちる。

彼はぐったりとする私を両手で支えると、今度は子宮を持ち上げるように自分のモノを深くまで捻じ込み、ガツガツと快楽を貪った。

続く絶頂感の中、私は繋がっている部分が大きく脈打つのを感じた。皮膜越しに熱いものが迸るのが分かる。

彼は体を静止させ、息を乱しながら私を見つめる。宍戸君の瞳の中に私がいた。

雄の欲望を果たした彼の笑顔は子供のように無邪気だ。

「……大丈夫？　俺ちょっと、理性飛んだ……初めてなのに……」

私を優しくベッドに横たえ、穏やかなキスをくれた宍戸君が言う。

私は首を横に振って、「大丈夫」と微笑んでみせる。

今まで感じたこともない充実感と、たとえようのない幸せ。それなのに私はそんな温かい感覚に慄いている。

何度も、何度も、気付かないふりをしてきたのに……もう溢れ出して止まらない。

私の歪んだ想いを見抜き、注意してくれた。全然完璧じゃない私の体をそれでいいのだと教えてくれた。ぬいぐるみと一緒に暮らす私を可愛いと言ってくれた。数え切れない優しいキスをくれた。

宍戸君が好きだ。

どうしようもなく、私は彼に恋をしている。

体を一つに重ね合わせてみれば、隠せないほどに大きく育った自分の気持ちが露になっていた。

「……ティッシュある？」

「うん、待って。そこに……」

「あ、動かないで。少し出血してる……花園主任？　え？　泣いてる？　ちょっ……」

今まで気持ちを抑えつけていたせいか、一旦溢れ出てくるとそれは私の涙腺まで緩めてしまう。

「泣いてないよ。お腹空いたなぁと思って。秋刀魚の蒲焼丼を作ろうと思ってたのに、もうお腹減りすぎて、面倒くさくなってきちゃった」

適当に誤魔化した言葉に、宍戸君は「俺も腹減った」と答えて私の髪を撫でた。

「俺が作るよ。途中で邪魔したの俺だし」

宍戸君はおでこにキスをくれると「休んでいて」とベッドを出ていく。

私はティッシュでこっそり涙を拭って、まだ彼が中にいるような感覚に幸せを感じながら目を閉じた。やがて宍戸君がキッチンで作業する音が聞こえてくる。手伝いに行くべきなんだろうけど、この甘い倦怠感にもう少し漂っていたくて、今は動きたくない。

頭の中がぐちゃぐちゃだった。

突然のキスからここまできてしまった。私が宍戸君とこうなりたかったからだ。

でも彼は私のことが好きだとは言っていない。私の弱さや愚かさを知りつつ、性欲に流されてここまできただけ……そんな風に思える。もしそうなら、性欲を解放してしまった今、私の気持ちはどうしておけばいいのだろう？

一言でも私を好きだと言ってくれたなら、それに縋（すが）ってでも許されるのかもしれない。

でも……ああ、ぐちゃぐちゃで面倒くさい。考えたくない。

そんなことを悶々（もんもん）と考えているうちに、私はいつの間にか眠ってしまっていた。


目が覚めてリビングダイニングに向かった私は、美味（おい）しそうに出来上がった秋刀魚（さんま）の蒲焼丼（かばやきどん）に迎えられた。

「すごい！　宍戸君、本当に料理好きなんだね」

「勝手に冷蔵庫にあるもの、使わせてもらいました」

コンロの上の小鍋には、しめじと茄子（なす）のお味噌汁まで用意されていた。胃袋を掴むつもりが、逆に掴まれてしまう私。

二人で小さなソファーに肩を寄せ合って座り、テレビも音楽もつけず、夜の静寂の中でゆっくり食事をした。二人ともほとんど話はしなかったけれど、その静寂を埋める音を欲してはいなかった。

少し緊張を伴（ともな）った空気の中には、優しさや甘さも混じっている。余計なノイズは、それを掻き消してしまう気がした。

言葉にはできない何かを夜の空気の中に探しながら、私達は生姜（しょうが）の香る秋刀魚の蒲焼丼を口に運んだ。そしてお腹いっぱいになって、もう一度ベッドに戻る。

二度目のセックス。

全身がどうしようもないほど宍戸君に恋をする。

◇

私達のような関係を世間では何と呼ぶのだろう？　やっぱりあの〝セフレ〟という呼び方をされてしまうのだろうか？

あの日から十日、私達は毎日淡々と仕事をこなし、終業後はスマホで連絡を取り合って、どちらかの家で会っている。

その間、デートらしいデートもなく、相変わらず〝花園主任〟と呼ばれ、一緒に晩ご飯を食べて、互いの体が触れ合えば磁石のように引き合ってエッチをする。朝まで抱き合って眠り、同じ家から同じ会社に出勤することも多かった。

それなのに私達はお互いに『付き合おう』だとか『好き』だとか、確定的な言葉を口にするのを避けている。

心の内を相手に見せないまま、ただ体だけを繋げ合っているのだ。

私は機会さえあれば自分の気持ちを彼に伝えるつもりではあった。だけど宍戸君からは、それを言わせないというオーラをひしひしと感じる。

晩ご飯を食べながら一緒に映画を見ていて、恥ずかしいほどに愛を語るシーンなんかになると、彼は仏頂面でさりげなく席を立つ。

エッチをしている時も、髪が好き、声が好き、肌が好き、爪の割れたハンマートゥまで好きだと言ってくれるのに、〝私を好き〟だとは絶対に言わない。熱に浮かされたように私を貪っていても、どこか冷静さを残して慎重に言葉を選んでいる。

私だって自分の気持ちを曖昧にしたまま彼との関係に踏み切ったのだから、セフレという枠に嵌ってしまっても自業自得かもしれない。それにしても、既婚者への片想いを乗り越えたと思ったら、セフレの部下に片想いなんて、私は何て不器用な女なのだろう。

「お疲れ様です」

私はパソコンの電源を落とすと、まだ残業をしている人達に挨拶をして席を立った。

時計は午後六時になったばかりなので、外回り以外の社員はほとんど会社にいる時間だ。

「お疲れ様」と返すと児島課長に続き、宍戸君もパソコンから少し顔を上げ、私に会釈をした。

帰り支度を整えた私は廊下に出ると、トイレに向かう。確認すると、やっぱり生理が来ていた。私の周期は割と正確だから、体のだるさも考えるとそろそろだと思っていたのだ。早めに出てきて正解だった。

ちょうどよかったのかもしれない。十日間も毎日流されるままにセックスをしてきた。私には頭と体を冷やす期間が必要だろう。このままだと彼の熱に負けて、ずるずると曖昧な関係を続けてしまいそうな気がする。

トイレからパウダールームに向かった私は、中で総務の女性陣が話に花を咲かせているのに気付いて足を止めた。宍戸君とこんな関係になってから、あまり他の女性から彼の噂を聞きたくないと思っていたのだけれど、案の定、上っていたのは彼の話題だった。

「宍戸君のやっていたソウル何とかってバンド、ボーカルはシンガーソングライターのイズだったらしいよ」

「イズ？　私知らない」

「和泉拓斗。色んなＣＭに曲使われてるから、たぶん聞いたら分かるよ。歌番組とかあまり出ないんだよね。バンド好きな子が言ってたけど、二人の仲が悪くなって解散したんだって」

「あ～分かる。宍戸君、かっこいいけど性格は難しそうだもん。広報部のアイドル並みに可愛いコが告白してフられたらしいよ」

「海外事業部の女子が飲み会誘ったけど断られたって言ってたから、決まった人がいるんじゃない？　なんたって御曹司だし。婚約とかしてたりして」

「バンド辞めた後、アメリカでビジネス学位を取得して、今二十八歳だったっけ。ま、婚約しててもおかしくない年齢だよね」

婚約……思いもしない単語が飛び出してきて、私は気が遠くなる。この予想が当たっていたら私はセフレどころか、とんだ間女だ。

その可能性を考えもしなかった私がバカなのかもしれない。あのルックスで資産家の息子。本命がいないという方がおかしい。これまで宍戸君の〝無口なダサダサ〟期間があまりに長かったせいで、彼女などいないと思い込んでいた。

セフレならまだしも、人のモノに手を出すような情けない真似はしたくない。ちゃんとそのあたりを明らかにして、関係を正さなければ。そう思いながらも、これ以上宍戸君の噂話を聞き続けるのもしんどくなった私は、そっと会社を後にした。

気鬱と生理の不快感にじわじわと体を苛まれながら駅に向かって歩いていると、スマホが着信を告げる。

『上がるの早いですね、今日』

宍戸君だ。相変わらずの淡々とした口調。私は神経が苛立ってくるのが分かった。

「うん、月イチのが来たからお腹痛くなる前に帰ろうと思って……だから宍戸君ともしばらくは会社以外で会わないから」

『……体調悪いなら、晩飯でも作りに行きますよ』

「でもエッチできないよ」

『だから会わないんですか？』

「……だって」

私が言いよどんでいると、彼は言い聞かせるように言葉を続ける。

『俺がセックス目的で会っていると思うほど、自分のテクニックに自信がある？　それともセックスできなかったら俺は用なし？』

「ちがっ！　でも宍戸君、十日間毎日いっぱいセックスしておいて、そういう言い方ってないんじゃない！」

「……よく公衆の面前でそんなことでっかい声で言えるよな。まだ会社の近くなのに」

突然すぐ後ろから声がして、私はびくりとする。振り返るとむっすりとした顔をした宍戸君がいた。本気でびっくりして、私はスマホを握ったまま固まってしまう。

「一人でゆっくりしたいなら今日はこのまま退散するけど。もし俺が花園主任と会う理由がセックスだけだと思っているなら心外だな。そんなことはもう少しセックス上達してから言えよ」

スマホをポケットにしまう彼は、いつものクールな表情を崩さない。宍戸君こそ帰宅ラッシュが始まろうとしているオフィス街の路上で、よくそんなことが言えたものだ。

まあ確かに彼の言うとおり、私はセフレとして間違いなく未熟である。今のイケメン化した宍戸君なら、こんなアラサーの未熟者じゃなくても相手なんか選び放題だろう。

「セックスだけじゃないなら……何なのよ……」

私は思わずそう吐き出して、宍戸君の視線を避けるように駅に向かう足を進めた。少し間隔を空けて彼がついてくるのが分かる。

私達は互いにそれ以上何も話さず、微妙な距離を保ちつつ改札を抜けて、帰宅ラッシュで込み合う電車に乗り込み、無言のまま電車に揺られた。

自宅の最寄り駅で下車し、足早に歩き出した私はそこで初めて彼を振り返る。

「豚肉あるからほうれん草買って、常夜鍋にしようかな。スーパー寄っていい？」

「……いいよ」

濃くなった夕闇の中、彼の大きな目に私が映っていた。少しの間、視線が絡み合う。

宍戸君は赤がわずかに混じった夜空を見て、何も言わずに私の手を強く握ってきた。ずるい。結局彼は何も言わない。だけど私は彼の骨ばった指を離せない。

重い女になっていく……この関係を正そうと思ったばかりなのに、もうそれについて切り出すのが怖くて堪らなかった。いつか宍戸君がこの手を振りほどこうとした時、私は泣いて喚いて不様に取りすがるのだろうか？

宍戸君、遊びならこのあたりが潮時だよ。本命の彼女がいるならそのコを大切にしてあげて。

そう言いたいのに、やっぱり言いたくなくて、私は彼の手を握り締める。処女を捨てたら少しは楽に女をやっていけるかと思ったのに、予想以上に女は楽じゃなかった。

この夜は二人で常夜鍋をひたすら食べまくった。

常夜鍋とは、豚とほうれん草のしゃぶしゃぶだ。狭い部屋で延々と鍋を沸かしているものだから、食べ終わった時には二人とも薄らと汗をかいていた。

宍戸君はYシャツの前をすっかり開けて、引き締まった体を晒しながらソファーにもたれている。

私が彼の邪魔にならないようにソファーに座ると、「おいで」と長い腕が伸びてきて、引き寄せられた。敬語だったりタメ語だったり、そんな宍戸君に翻弄されているのを感じながら、私は彼の胸に頭を置く。

「体調、大丈夫？」

私のお腹を撫でながら宍戸君が言う。そこには現在、大量の豚肉とほうれん草が詰まっているので少し恥ずかしい。

「うん。あんまり痛くないよ。体、温まってるし……宍戸君、撫でてくれてるし」

「それなら今晩はずっと撫でていいます」

「……宍戸君は本当に意地悪だと思う」

私は彼の手を指先で辿(たど)りながら、小さく呟(つぶや)く。聞こえているのかいないのか、宍戸君は何も答えずに私のお腹をさすり続けた。

他人に体を触られるのって不思議だ。知らない人だと電車で少し触れただけでも嫌なのに、好きな人だとこんなに心地よく、痛みまで消えていく。

「宍戸君って……婚約者とかいるの？」

私を気遣う彼の優しさに乗じて、私は小さく小さく質問をぶつけた。聞こえにくいほどの声量にもかかわらず、宍戸君はきっちり言葉を受け止めたようだ。その証拠に私のお腹をさする手が止まっている。

「何、それ？」

「……そういう噂もあるから」

「下らない。婚約者なんているわけないだろ。花園主任は、男の性欲が無限だとでも思ってるの？　十日間も毎日何度もヤり続けて他に女がいると？　だいたい他に女がいたら、今俺がここにいるはずがない。生理中の女ほど厄介な存在はないんだから」

彼はいつも一言多い。きっぱりと他の女はいないと宣言してくれたのは嬉しかったけれど、厄介な存在とは何事か。私は端整な顔を睨(にら)み上げた。ここまでついてきたのは宍戸君の方だ。生理中の厄介な女に絡まれるのも自業自得だろう。私はつかえが取れたように次々と質問する。

「じゃあ私ってどういう立場にいるの？　ヤりたいだけならヤりたいだけって言ってくれれば、それなりの覚悟もできる。こんな風に中途半端に優しくされたらどうしていいか分からないよ。ねえ宍戸君、わざと距離置いてるよね！　私の気持ち、分かってて逃げてるよね！」

「……花園主任」

「ほら、そうやって役職付きで呼ぶのも……これ以上馴れ馴れしくするなってことなんでしょ？」

そうやって詰る私にも構わず、彼はまた少し硬くなった口調で話し始める。

「……僕は僕なりに考えています。正直に言うと、音楽辞めて、親父の会社でこうやって働き出したからには、社会人としての実力が伴うまでは、女のことなんて考えずに仕事だけしていくと決めてました。だからヤりたいだけの女に手を出すほど、自制が利かない男ではないつもりです。あなたにはそれ以上のものを感じた……だから……」

宍戸君の鋭い眉が苦しげに歪む。

彼の言葉は愛を語っているようなのに、私は嫌な予感がしていた。宍戸君はいつも淡々として、嫌な感情も極力顔に出さない性格だ。こうやって苦悩の表情を見せるのは珍しい。

「こういう関係になった以上……花園主任には俺の気持ちを勝手に誤解して、勝手に傷ついてほしくはない。だけど分かってほしい……いつか言ったのを覚えていますか？　俺自身の方があなたよりずっと重い。沈んだら上がってこれなくなるのが分かっていると。特に他の男の影がある女性は……僕にとって一番の鬼門なんです」

『鬼門』と言われ、私が思わず体を離そうとすると、長く引き締まった腕が私をきつく抱き寄せた。彼の手は大丈夫、とでも言うかのように、再び私のお腹をさすり出す。

彼は一つ息を吐き出して、静かな声で話し始めた。

「……昔話をします。僕がソウルスカイというバンドでギターをやっていたのは知ってますよね」

私は黙って頷く。

「宍戸君の部屋に古いチケットが飾ってあったのは知ってる」

「ああ……あれがソウルスカイのスタート地点。高校三年の時、初めてワンマンライブをやったんだけど、客が入らなかった。今じゃ笑い話だけど当時は悔しくて、僕とボーカルやってた友達とマネージャーの女の子三人で、泣きながら余ったチケットを眺めて……この悔しさを忘れないようにって、その日のチケットを一枚ずつ持ち帰ったのがアレです。十年以上も前だけど捨てられない」

「大切なバンドだったんだね」

私がそう言うと、宍戸君は宙に視線を漂わせながら長い間黙っていた。

そしてゆっくりと首を縦に振って「たぶん、そうだった」と呟く。彼の声は静かなのに、表情は痛々しい。まるでこれまで肯定することを恐れていたかのように。

「ソウルスカイは高校の時に同級生の親友――イズと始めたバンドです。俺達が大学に入った頃にはインディーズでかなり人気になっていて、二人とも音楽で食っていくつもりで大学も中退した……それくらい本気でやってたバンドなのに……」

それからしばらく宍戸君は言葉を紡ぐことなく、ただ過去を見ていた。いつもの淡々とした表情が苦痛に歪んでいる。そして一瞬切れそうなほど唇を噛んだあと、再び口を開いた。次第に外れていく敬語に、私は彼が過去に戻っていくのを感じた。

「ソウルスカイのマネージャーをやっていた女の子と俺は、バンドを始める前から付き合ってた。お互い初めての彼氏彼女で十代らしく熱い恋愛をしてたと思う……十七歳で付き合い始めて……二十一歳でデビューした時にはいつか彼女と結婚したいとまで思っていたんだ。イズと彼女は俺の青春の中に必ずいて、二人だけが俺の真の理解者なのだと思っていた」

私のお腹を撫でてくれていた宍戸君の手は、いつの間にか止まっていた。

その代わり彼の手は私のお腹の上でカチッ、カチッ、と小さく音を立てながら爪を弾いている。湧いてくる苛立ちを遠くに弾くように。そうやってしばらく黙って爪を鳴らしたあと、宍戸君はもう一度言葉を吐き出し始める。

「だけどある日、音楽スタジオに入った俺はイズと彼女がキスをしているのを見た。彼女、浮気してたんだ。親友と彼女、両方一度に裏切られた。それで三人で話し合って……ま、途中酷い罵り合いになったけど……結局イズも彼女も出来心だったのだと……俺も彼女に惚れてたから、浮気は水に流すことになった。でもその頃から何もかも上手くいかなくなっていった。デビューCDは売れない、バンドの雰囲気は最悪、その上、彼女はイズとの関係を切れなかった」

宍戸君は静かに一息つくと、真っ直ぐに座り直した。私ももたれていた体を起こし、彼に向かい合う。

過去を見つめる彼の黒い瞳は、深く澱んでいた。

「彼女も俺もガキだったんだ。彼女は俺への情から自分の気持ちに蓋をしようとした。俺もそんな彼女を信じた……愛していると二人で呪文のように唱えたけど……人間の心はそんなことでは縛れないんだ」

宍戸君はこれで話は終わりだという風に立ち上がり、冷めた鍋を片付け始める。手伝おうと私も立ち上がると、「座ってて、俺がするから」と抑揚のない声が私を制した。

「今も彼女が好きなの？」

キッチンに立つ宍戸君の背中に問いかける。すると彼は振り向くことなく「そんなんじゃない」と言った。

「ソウルスカイが解散した後、彼女はイズと結婚した。だからそんなんじゃないんだ。ただ……ただ、花園主任には知っておいてほしかった。俺は今でも思うんだ。彼女の浮気を知った時点でなぜ別れられなかったのかと。俺と別れたくないと言った彼女をなぜ信じてしまったのかと」

「……何で？　過去を私に話して……だから私との関係も曖昧にしておきたいとでも言いたいの？」

「あなたの心にはまだあの男がまだ住んでいるかもしれない……俺は二度と同じ失敗を重ねるつもりはないんだ。今は……時間が欲しい」

「私、分からないよ……こんな話されて……どうしていいのか分からない」

ギュウッと突然お腹が痛んで、私はソファーの上で一人体を丸くする。目を瞑ると、痛いのはお腹ではなくて心なのが分かった。

私は何もかもを宍戸君に晒した。そして彼はそれを受け止めてくれた。だから私達の間にはセックス以外の何か特別な絆があるのではないかと期待していた。

だけど勇気を出して一歩を踏み出してみれば、私は、宍戸君が積み上げた高い壁に鼻っ柱を打ち付けられていた。彼の心は、防御壁の内側に隠れてしまってもう見えない。

ソファーの上で小さくなっていたら、宍戸君が来て私の顔を覗き込んだ。もう何もかも嫌になって、私は彼から顔を背ける。

――他の男の影がある女性は……僕にとって一番の鬼門なんです。

きっと彼の過去の出来事は、音楽も、友人も、恋も、全てを拒絶したくなるほどに、しんどい経験だったのだろう。だから自分の周りに高い壁を作らざるを得ないのだ。

確かに彼からすれば、私には他の男――児島課長の影があるように見えるのかもしれない。だけど宍戸君への気持ちが強まるほどに、その想いは確実に薄まってきているのだ。この短期間で小さなシミのようになった児島課長への片想いは、もうすぐ綺麗に消えてしまうだろう。

「大丈夫？」

「花園主任……温かいミルクでも入れましょうか？」

「放っといて」

私はじゃむじゃむを引き寄せると、自分と宍戸君との間に挟み込む。

宍戸君、私はどれくらいの間、宙ぶらりんで待っていたらいいの？

あなたが私を信じてくれるようになるまで、こんな苦しい状態を続けるの？

俺が忘れさせてやる、という一言さえくれれば、小さな片恋のシミなんて消えてしまうはず。なのに、何でそれが分からないの？

宍戸君は弱い。私も弱い。

だから私達は惹かれ合うのかもしれない。

卑怯者、臆病者。それでもあなたが好き。なのに口から出たのは別の言葉だった。

「宍戸君……今日は帰って」

帰ってほしくなんてなかった。でも苛立つ気持ちがコントロールできない。

キスをいっぱいしてほしい。そうすればきっと私はあなたを許せる。いつだって宍戸君のキスは、全てを癒して、溶かし、流してしまう力を持っている。

「……分かった……また電話します」

宍戸君は立ち上がると部屋を出ていった。

暗く冷たい夜、私は古い大きなぬいぐるみを抱いて眠る。

いつも柔らかな毛並みで私を受け止めてくれるじゃむじゃむも、この夜は冷たい無機物でしかなかった。

◇

美容部員に向けて行われる合同カンファレンスは、所謂勉強会だ。

ソーション製品に関する勉強や意見交換はもちろん、皮膚にまつわる医学的な話、メイクアップがもたらす精神的影響についての講演や効果的な接客トークの実演練習に至るまで、その分野で著名な人物を講師に迎え、丸一日かけて行われる。

私と児島課長は東京駅で待ち合わせをし、新幹線で会場がある仙台に向かっていた。今まで担当地域のカンファレンスには顔を出したことがあったが、東北地方は初めてだった。

「仙台に着くまで寝てていいよ。準備作業は夜になるから、今のうちに体を休めておいたら？」

新幹線で隣り合って座ると、児島課長は私にそう言って、自分はカンファレンスの資料に目を通し始める。

本社および地元支店から派遣される社員の仕事は、会場であるホテルのセミナールームの前日準備と当日の進行だ。資料やテスター、実演練習に使用する道具などを調えるのは手間のかかる仕事だが、当日の進行はもっと大変である。児島課長に至っては、その進行役のリーダーを毎回務めているので、私などよりもずっと大変そうだった。

新幹線が滑らかにレールを走る音を聞きながら、私は児島課長の左隣で美容雑誌に視線を落とす。……と同時に、横目で児島課長の左手を見た。

薬指には見慣れた結婚指輪がきちんと嵌っている。それにほっとしている自分に気付き、私はこっそりと苦笑した。

ここ最近、彼の指に結婚指輪が嵌っていない時が多かったのだ。ついこの間まで課長が結婚していることを何度恨めしく思ったかしれないのに、その象徴である指輪がなくなると心配になるなんて滑稽(こっけい)だ。これも宍戸君の影響なのだろう。

けれど、ふと指輪と指の間に小さな隙間が空いていることに気付いて、私はひそかに眉を曇(くも)らせた。

課長は少し痩せた。以前はあんな隙間なんてなかったのに、今はちょっと指を動かしただけで指輪が心許(こころもと)なく揺れている。しかも目の下にできているクマは、日増しに濃くなっているようだった。

児島課長、きちんとご飯食べてますか？　きちんと睡眠取れていますか？　病気なんてしてませんよね？

お節介かもしれないけれど、一部下として純粋に心配してしまう。仕事が忙しくてきちんと食事できていないのかとも思ったが、カンファレンスの進行役は児島課長にとって初めてではないし、現在うちの課が忙殺(ぼうさつ)状態にあるわけでもない。もしかしてしばらく外していた結婚指輪と関係があるのだろうか……

悶々(もんもん)と考え続けたせいで、雑誌は一ページも読み進められてはいなかった。

「宍戸君と上手くいってる？」

「うぃ、え？」

突然児島課長の口から出てきた名前に、私の声がひっくり返った。

今、課長、何て言った？　頬を上気させながら口をパクパクさせた私は、さぞ金魚みたいだったことだろう。そんな私を見た課長は、実に楽しそうだ。

「別に隠さなくてもいいよ。うちの会社、社内恋愛多いから。花園は宍戸君のことを見てる。宍戸君も花園のこと見てる。二人の上司やってりゃ、それくらい察しがつくって。その上、宍戸君なんて花園に影響されて仕事の仕方まで変わったじゃん」

「え？　宍戸君……仕事の仕方、変わってますか？」

「花園、彼女のくせに分かんない？　あいつ、前より人間らしい仕事するようになったよ。何ていうか……前から仕事はできる男だったけど、性格で損してる部分があった。だけど今は後輩のフォローはするし、俺に提案はしてくるし、何より仕事の武器として笑顔を使うようになった。あいつの心に優しさを入れたのは、花園だろ」

児島課長にそう言われても、私は素直に同意ができない。

確かに言われてみれば、宍戸君は以前よりも視野の広い仕事の仕方をするようになった。営業用の笑顔もなかなか上手に使っている。だけど、それが私の影響かといえば違う気がする。自分が彼に対してそんな影響力を持っているとは思えない。

だいたい私は宍戸君の彼女ではないのだ。

「あの、児島課長……違うんです。付き合ってるとかではないんで……」

宍戸君が私達の関係を曖昧にしたがっている以上、しっかりと誤解は解いておかなければいけない。情けないので言いたくはないのだけど。

「……課長、宍戸君とは……微妙な距離感でして……説明するのは難しいんですが……えっと……とにかく、私は宍戸君の彼女という立場ではなくって……」

「お、花園が珍しく赤くなったり慌てたりしてる。いつものクールな感じと違うじゃん」

隣に座ってこういう会話するのって、すごく恥ずかしい。空想上の彼氏についてであればいくらでも軽口を叩けるけれど、宍戸君は現実だ。私は思わず口をへの字にギュッと結んだ。

実は約一週間前に私が部屋から叩き出して以来、彼とプライベートでは会っていないのだ。

夜になれば電話がかかってきて当たり障りのない会話を交わしているけれど、以前のように一緒に晩ご飯を作って夜を過ごすということがなくなった。

きっと私のことが面倒くさくなったのだろう。彼が話したくなかったことまで語らせてしまった。彼がどんなに優しくても、私を信じて心を開くつもりはないのだから、結局〝真剣に付き合う気はない〟ということなのだと思う。

思わず大きくため息を吐き出したら「大丈夫か?」と声をかけられて、私は我に返る。

「いえ、あの……児島課長こそ大丈夫ですか？　少し痩せましたよね」

「え、ああ……最近食欲なくてさ」

「あんまり痩せちゃうと目の横の笑い皺、ますます深くなっちゃいますよ」

「うっせーよ」

私と児島課長は二人してどこか虚しく笑って、これ以上お互いを詮索し合うのを避けた。

雑誌に再び視線を落とした私は、昨晩の宍戸君との会話を思い出す。

『明日から仙台に出張なの。合同カンファレンスのお手伝いで……』

『児島課長とですよね。楽しんできて下さい』

『何？　棘のある言い方。仕事だから』

『では仕事、頑張ってきて下さい。いい機会だ。児島課長と二人になって、もう一度自分の気持ちを確かめてみたらいい……興味があるな、あなたが本当に気持ちを断ち切ったのかどうか』

『宍戸君にそんな風に言われる筋合いない！　私は児島課長への気持ちにもうケジメをつけたんだから。いつまでもぐちゃぐちゃ言ってるのは宍戸君でしょ。そんな権利もないくせに』

『……確かに僕にそんな権利はありませんね』

宍戸君はそう言って電話を切った。

児島課長が絡むと宍戸君はいつにも増してきつくなる。

あれは嫉妬によるものなのだろうか？　それとも過去の恋愛と重ねてしまうから？　直接会ってもいないのに電話でまで言い合いをしてしまうなんて、もう終わりなんだと思う。たぶん出張から帰ったら、宍戸君はもっと私を疑うようになるだろう。もともと付き合ってもいないところに猜疑心ばかり大きくなっては、一緒にいられるはずもない。

陰鬱な気持ちを追い払うように、私はペットボトルの水を喉に流し込む。

ふと隣を見ると、児島課長も資料を手に持ったまま眉をひそめ、ぼんやりとしていた。

夕方に会場となるホテルに入った私達は、早速地元の支社から来ている社員さん達との挨拶を済ませ、軽く打ち合わせした後に会場準備に取りかかる。

東北地方の各県から集まってくる美容部員さんは八十名以上。私達は、それらの美容部員さんが使う様々な資料や新製品のテスター、メイク用のブラシや鏡を会議テーブルに配置していく。

配布品が多いので紙袋に入れてセットしておくのだが、初めに数を揃えておいたはずなのに、最終的にあれが足りないこれが余っているとなるのは半ばお約束。

講演に必要な大型モニターを設置し、実演に必要な小物を揃え、昼食に提供するケータリングの手配も確認して、最後にホテル側へ明日の進行を報告。これで前日の準備はやっと終了した。

「お疲れ様でした」と挨拶をしたのは夜の九時近く。宿泊は会場と同じホテルである。

「花園、お疲れ。腹減ってない？　よかったら近くの店に軽く食べに行く？」

エレベーターを待っていたら後ろから来た児島課長に声をかけられた。

「あ、お腹減ったからコンビニ行こうと思っていたところなんです。食べるところも知らないので、連れていってもらえると助かります」

「こんな時間だから居酒屋だけどな」

エレベーターを待っている間に、他の社員さんもやってきた。児島課長は顔見知りらしく一緒に飲みに行こうかと誘っていたが、どうやら仙台営業所の社員さんのようで、

「女房が晩飯作ってるんで」と断られてしまった。

私達は、結局二人でホテルを出て、ネオン街に向かって歩き出した。

私は広い背中を見ながら、児島課長と二人で飲みに行くのは何年ぶりだろうと昔を振り返る。それほど回数は多くないけれど、私が新人で失敗を重ねていた頃は時々誘ってくれていた。

どうしようもなく落ち込みながら残業をする部下を見ていられなかったのだろう。児

島課長はアルコールを口にしながらも、一生懸命私を慰めてくれたものだ。

ここ数年はそんな機会もない。一緒にお酒を酌み交わすのは本当に久々だった。

仙台に出張の多い児島課長は迷いなく足を進め、一軒の洋食居酒屋の前で立ち止まった。

「ここでいい？　ラストオーダーが遅いから慌てて食わなくてもいいんだ。シーフード類も旨いよ」

「はい」

足を踏み入れると、オレンジ色の間接照明でほの明るくライティング演出された、落ち着いた雰囲気のお店だった。テーブル席に案内された私達は、とりあえずビールを注文する。

児島課長はビール派。彼が他のお酒を口にしているのを見たことがない。

「花園と二人で飲んでたりしたら、宍戸君が怒るかな？」

ビールで「お疲れ様」と乾杯した直後に児島課長が一言放つ。私は思わず咽た。課長はやってきた店員に食べ物をオーダーしながら、慌てる私を横目に楽しそうな顔をしている。

「まぐろのカルパッチョとかどう？　さっき牛タンサラダとチキン南蛮頼んだから多すぎるか？」

「……児島課長はいっぱい食べて下さい」

「じゃあまぐろのカルパッチョも」

オーダーを取った店員が下がっていくと、児島課長はもう一口ビールを飲んで、また「宍戸君とややこしい感じ？」と振ってきた。たぶん心配されているのだろう。もしくは面白がられているか……

児島課長に宍戸君のことを話すのは気が引ける。だけど、ここ一週間の宍戸君とのやり取りにストレスも限界だった私は、正直それを吐き出したくなっていた。

空きっ腹にビールを流し込むと、強く締めていた心のネジが少しずつ緩んでいく。

「私、宍戸君のことが好きなんです。彼は強引なところもあるけれど本当は優しくて……芯の部分はすごく柔らかくて脆い人……彼を知れば知るほど好きになっていきます。だけど宍戸君は、絶対私を境界線の内側に入れてくれない。怖がりなんですよ、彼……自分の脆い部分を他人に触れられることを恐れている。だから私は彼女にはなれません」

「ん～……花園もそうやって恋に悩んだりするんだな。今まで男に対して隙のないイメージがあったからすっげえ意外」

「私は隙だらけですよ。児島課長が私に持ってくれているイメージはきっと間違いです。私……以前は完璧な女でいたかったけれど、今は完璧じゃなくていいやって思ってます」

「そっか……ま、完璧なのもしんどいかもな」

児島課長はいつものように優しく笑ってビールを一口飲むと、言葉を続けた。

「宍戸君とは男女の関係だけど恋人同士ではないってこと？　あ、ごめん。セクハラっぽいから話したくなかったらいいんだけど」

「児島課長に何言われてもセクハラだなんて思いません。それに、私も誰かに聞いてほしかったんです……宍戸君とはそういう関係ですけど、私ばっかり好きなんでたぶんもうすぐ捨てられます」

児島課長はやってきたチキン南蛮(なんばん)を摘(つま)みながら、不思議そうな表情で私を見ていた。

昔は課長と二人で食事をしていたら、自分がどういう風に見られているか気になって、食事もロクに喉を通らなかったっけ。

私はカルパッチョで口を一杯にしながら昔の自分を笑う。児島課長にセフレの相談をする日が来るとは……女として成長したとは言い切れないところが悲しい。

「花園は宍戸君にきちんと気持ちを伝えてるのか？」

「彼は知っていますよ。でも彼としては私にそんなこと言ってほしくないんです……言っても逃げるしかできないので」

「ふ～ん……花園と俺、状況似てるなぁ」

「え？」

「あ……」

せわしなく動いていた口元が二人同時にぴたりと止まった。

私が顔を上げると、課長は明らかにマズイとでも言いたげに口を歪めている。

「あの、課長……」

「仙台の牛タン旨いよな」

「はい、あの、課長」

「……吸っていい？」

課長は私に一言断ると、タバコを咥えて火を点ける。

煙を一つ吐き出して、ビールの追加を頼んで、もう一度タバコを咥え、赤く燃える先端をぼんやり見ながら煙を宙に放つ。それから沈黙に押し出されるようにして、彼は話し始めた。

「俺もさ、花園と一緒。嫁に片想いなんだ……花園は俺の嫁と面識ないと思うけど……嫁、可愛いんだよ。結婚前はソーションの受付嬢でさ、競争率超高かったけど、俺スゲー頑張ってアタックしたんだ。あの頃は仕事の十倍以上、恋愛に情熱傾けてたな。そのために会社来てたようなもんだ」

児島課長は運ばれてきたビールを一気に半分ほど飲んでしまう。薄暗い店内で彼の結婚指輪がろうそくの灯りを反射して鈍く光った。そういえばいつもピカピカだった指輪は、いつの間にこんなにくすんだのだろう。

「だから彼女と付き合い始めた頃からずっと天にも昇るような気持ちで……結婚さえしてくれたらもう何もいりませんって押し切って一緒になってもらって……でも何もいりませんってわけにはいかないよな。嫁に愛されたいんだよ、オッサンは……」

「児島課長……奥さんに愛されてないんですか？」

「……愛されてないよ。付き合ってた頃から愛されてない。俺は彼女のことスゲー愛してるけどね。彼女は元彼が忘れられない。元彼が結婚しちゃって寂しかったから俺と結婚したんだ。だけど元彼が最近離婚したらしくてさ……あ～……喋りすぎだな、俺」

私もビールを一口飲む。それは砂のようにざらざらと喉を撫でながら、胃のあたりに重たく溜まっていった。

児島課長のスマホの壁紙で見た可愛らしい奥さんの顔が思い出される。

なぜ？　なぜ児島課長を愛せないの？　元彼？　結婚したんでしょ？　夫婦なんでしょ？

私には関係のないことだと思おうとしても、湧き上がる憤りが唇を震わせていた。

「私……児島課長はずっと幸せいっぱいな結婚生活されていると思ってたのに……課長が痩せたのもそのせいですか？　奥さんと元彼って……」

「嫁と元彼、会ってるよ。彼女、最近楽しそうに出かけていく……証拠云々じゃない。惚れた女なんだから、綺麗になったら何かあったんだなって分かる。それが他の男の影響だって思うと悔しくて……それ知った時に、結婚指輪引っこ抜こうとしたけど、全然抜けなくて指が折れそうになった。今はもう簡単に抜ける」

彼は「ほら！」と吐き出すようにそう言うと、指輪を外し、灰の入った灰皿に投げ入れた。

それは私と児島課長の間にカランと乾いた音を立てて落ち、同時に二人の心の中にもカランと同じ音を立てて何かが落ちる。孤独、喪失感、行き場を失った愛情……たくさんの切ない感情がカラン、カラン、と灰にまみれて落ちていく。

課長は左手で顔を隠すと声を絞り出した。

「ごめん、何かマジ……俺、最近ダメなんだ。酒、飲むと……ちょっとヤバい。花園の話をしよう。そのつもりで飯に誘ったのに……」

「私の話なんてどうでもいいですよ。課長と奥様については私、部外者だけど……」

「不倫なんてしていないって……嫁を問いただしたら、会って話してただけなんだって言われた。花園、俺、あいつのこと大好きだから信じたいんだよ……やっぱり惚れてるから……信じたい」

喉の奥で何かが詰まったように息苦しい。何とかして児島課長を慰めたいと思うのに、声が出てこなかった。

　私はいつの間にか児島課長と自分を重ね合わせていた。

　行き場のない想いを抱え彷徨わなくてはいけない現状。自分の気持ちは分かり切っているだけに、もうこれ以上どうしようもない八方塞がりの想い……児島課長の心が私とシンクロする。

　彼の唇が少し震えた後、ぎゅっと噛み締められる。それを見た私は、もう耐えられなかった。

「花園、何でお前が泣く？」

　私の頭の上で児島課長のびっくりした声がする。私は涙を流していた。マスカラもアイラインも落ちて顔が上げられない。きっと汚い顔だ。だけど涙は音もなく流れ続け、テーブルに落ちていった。

「……男の人は、泣けないから……私が泣いておきます」

「おう、ありがとな」

　私の頭を大きな手が撫でた。肉厚で弾力のある手。宍戸君の骨ばった手とは違う。

「花園、今日はもうお開きにしよう。俺もこれ以上ダメっぷりを晒したくない。これでも部下の前では明るく気さくなオッサンでいたいんだ」

「はい」

「あのさ、花園……綺麗になったよ。いや、前から綺麗な部下だったけど……最近の花園は女っぽいっていうか、艶(つや)っぽいっていうか……恋してるからなのかな?」

私はハンカチで涙を押さえながら児島課長に笑顔を向ける。化粧が中途半端に落ちた酷(ひど)い顔でも、今は一生懸命部下を気遣ってくれる上司のために笑いたかった。児島課長も疲れを滲(にじ)ませた目元で優しく笑っている。

——児島課長と二人になって、もう一度自分の気持ちを確かめてみたらいい。

私の耳の奥で宍戸君の声が聞こえた。

食事を終え、私と児島課長は闇の深くなった道を歩く。繁華街とはいえ、時間が遅いせいか行き交う人が少ない。常に大勢の人が流れる東京よりずっと夜らしい光景だ。

私と児島課長は無言で歩き続け、ホテルへと辿(たど)り着く。その時、一歩先にロビーに足を踏み入れた児島課長が「あ」と声を上げて立ち止まった。

「花園は、もう少し自分に自信を持ってもいいと思うぞ」

「え? ……あっ」

児島課長の声に前を向いた私は、視線の先にいる人物を幻のように見ていた。

宍戸君。

少し疲労感を漂わせたスーツ姿の彼が、ホテルのロビーにいた。

何で？　ここ、仙台だよね？

「そんな怖い顔で睨むなよ。飯食いに行ってただけだから」

「お疲れ様です」と一応頭を下げた宍戸君に、児島課長がからかうように笑う。私はそんな二人を見ながらまだ混乱していた。

宍戸君……仕事終わらせてから新幹線でここまで来たの？

「花園の部屋に泊まるのはいいけど、フロントは通しておけよ」

「はい」

「明日は遅刻せず出社するように」

「分かってます」

「オッケ、じゃ、ごゆっくり」

児島課長はそこまで言うと、上司の役目は済んだとばかりに背中で手を振り、エレベーターに乗り込んでいく。

一方宍戸君はフロントに向かっていき、しばらくするとまた戻ってきた。顔が怖い。端整な顔立ちは表情がないと妙に迫力がある。

「俺の分、追加料金払ったので行きましょう。部屋がセミダブルで助かりました」

「行きましょうって……宍戸君？」

「ぐちゃぐちゃ言うな。こっちはいきなりアイツと二人のとこ見せられてイラついてんだから」

やっぱり怒っていた。

でも……会いに来てくれたんだよね？　今晩、一緒にいてくれるってことだよね？

もう怒っていてもいいやと、私は彼に肩を抱かれてエレベーターに乗り込みながら頬を染めた。

エレベーターから降りてカードキーを差し込んで扉を開ける。

その瞬間、部屋に踏み込んだ宍戸君は私の首根っこを捕まえて唇を重ねた。一気に舌が入ってきて私の口内をくまなく舐め回す。

勢いに圧倒される私を壁に押し付け、宍戸君は飢えた獣のように私の唇を貪り続けた。息をする隙もないほどに彼の唇は私の口をぴったりと塞ぎ、その奥では舌が絶え間なく蠢いている。

喘ぎと共に唇が離れると、どちらのものとも分からない唾液が私の口角から垂れ、彼の唇がすかさずそれを啜り取る。乱れた呼吸を必死で整えながら、私は混乱する思考で声を絞り出した。

「宍戸君……何で……」

「自分の言葉を訂正に来た。俺には権利がある……」

「え？」

「出張に出る前、あなたは児島課長への気持ちをごちゃごちゃ言う権利は俺にはないと言った……でも、修正する。俺には権利がある。あなたに惚れてるから、権利があるんだ……何度も惚れたら厄介だと、自制しようとしてきたんだ。だけど無理だ……こういう関係になるよりもずっと前から好きだった。俺がどんな気持ちであなたの視線が児島課長を追うのを毎日見てたと思う？　ヤってみたら処女で、とんでもなく純粋で、クソ可愛くって、めちゃくちゃ好きだよ。スゲー惚れてる」

「え？　え？」

今まで溜まっていた言葉を一気に吐き出すかのように話す宍戸君に私は唖然としていた。

彼は私を好きだと言っているのだろうか？　それもずっと前から……

それを言うためにここまで来てくれたの？　東京から？　仕事を終わらせた後で？

「結構強引に仕掛けたの気付けよ。嫌われているのを承知で無理矢理キスして、動揺してるとこにつけ込んで部屋に誘った……こんなややこしい女に惚れることはない、他の男の影のある女なんかに関わりたくないと何度も躊躇ったのに、どうしても自分のものにしたかった」

宍戸君は私の首筋に鼻を擦り付けながらブラウスのボタンを外すと、今度は胸の谷間に鼻を擦り付けてきた。

「あ……児島課長と晩ご飯食べに行って……課長、タバコ吸ってたから……」

「タバコ臭い……」

「体洗わせて。ムカつく」

私は返事をする暇も与えられず、部屋の入り口付近で服を脱がされていく。宍戸君はスカートのホックを外すと、その下にあるファスナーを下ろしながら私の足元に跪き、今度はストッキングに手をかけた。

骨ばった指が、私の太腿と薄い膜との間を繊細に動き、ゆっくりとそれを剥がしていく。宍戸君は完全に私の素足を露出させると、抜け殻となったストッキングをつま先から落とした。

彼の十本の指がふくらはぎから膝の後ろを這いながら上がってくる。そうしてゆるゆると内腿を撫で、ショーツの端を弄んだ。

簡単にできるその作業を、宍戸君はたっぷりと時間をかけて楽しんでいた。脚の付け根までショーツをゆっくり下ろして、指で私のアンダーヘアーを悪戯っぽく撫でる。

「宍戸君、とりあえずお風呂……」

「気が変わった。今味わいたい」

「んっぁ、ぁぁ……」

割れ目を掻き分けてやってきた二本の指が真っ直ぐナカに差し込まれ、私は思わず啼いた。二本の指は蜜口をマッサージするように動き回り、内側から押し上げ、擦り、撫で回す。指で丁寧に解されていく感覚に私の快楽は目覚めていく。

体の芯が火照り、そこに潤いが満ちていく。宍戸君を受け入れようとしてか、グチュ、グチュ、と音を立てながら蜜が溢れてきた。

彼は左手の指を動かしたまま、右手で私のショーツをさらに下ろして足首から抜き取ると、尖らせた舌で私の太腿を舐め上げる。

「いっ……」

太腿の内側を甘噛みされて、私は思わず小さく呻く。

私の肌に対する執着がいつもより激しいのは、児島課長に対しての嫉妬なのだろう。

「……ね、心配でここまで来たの？　私が児島課長にふらふらするんじゃないかと思った？」

「……あなたがしなくても課長がする……男は女の隙を狙うんだ。花園主任が隙だらけなのは俺が一番よく知ってる」

宍戸君は私を壁にもたせかけ、自分は跪いたままで私の脚を広げさせる。そして恥丘の溝を左右に開いて隠れた部分を露出させると、そこにある蕾を指先で優しく摘んだ。

「んっ！　あっ」

「あなたは俺のものだ。一日でも一分でも一秒でも、他の男に貸し出すつもりはない」

「あぁぁ……だっめ」

ナカを指でかき混ぜながら、宍戸君は唇で敏感な部分を挟んでそこを強く吸い上げた。

鋭い刺激に私は立ったまま体を震わせる。ジュルル、といやらしい音を奏でながら、宍戸君は大きく広げられた私の秘部にキスを続けた。

左右の襞を一枚一枚口に含んでしゃぶったかと思うと、尖らせた舌で雌芯を押しつぶすように刺激する。その強い感覚に、私は彼の肩をきつく掴んだ。

弾ける快感がその小さな一点から駆け上がり、脳髄まで溶かしていく。

自分の力で立っていられない。激しく攻め立てられ、膝の骨が抜けるようだった。

「あっ、んん、宍戸君、あぁあっ」

「……いい声だ。もっと俺を呼んで」

彼の舌はさらに動きを速め、グニ、グニ、と雌芯を強く、そして小刻みに愛撫し続ける。

私の息は吐き出す度に甘い喘ぎとなり、貪欲に次の快楽をねだっていた。

次々に掘り起こされる快感は体中で小さな火花を散らしながら疼き、私の全身を性感帯に変えていく。アンダーヘアーをかすかに揺らす彼の呼吸まで、私の体の芯を痺れさせた。

「あ、もう……だ、め……」

体の中に快楽が蠢き、次々と広がっていった。淫靡な熱に侵されていく。

気持ちいい……溶け切った脳ではもう何も考えられない。その快楽は苦しいほどに高まり、私はただ一心にそれを解放したいと切望する。

私の気持ちを察したのか、花芯を刺激する宍戸君の舌の動きはますます激しくなる。

その途端、刺激を与えられている部分から一度、二度、強い痙攣が駆け上がってきて、私は背中を思い切り反らした。ドンと壁が鳴る。

「イッ！　……ぃく、あぁぁ……」

宍戸君は上下の唇でそこを挟むと、いやらしい音と共に強く吸い上げた。

強い刺激に快感が弾け、体がバラバラになっていく。

私は達した瞬間、壁にもたれたままずるずると崩れ落ちていた。

「あなたを抱くためにわざわざここまで来たんだ。今晩は覚悟しておいて」

ドクドク打ち鳴る鼓動の中、低く呟く宍戸君の声が聞こえた。


それから彼は私をお姫様抱っこでお風呂場まで連れていくと、丁寧に体を洗ってくれた。首の下からつま先まで泡をたっぷり含んだタオルで撫でられ、私は完全にリラックスしている。

すっぴんも、寄ってない胸も、ハンマートゥも、割れた小指の爪も、生々しいアソコも……宍戸君になら弱点を知られても平気、全てを曝け出しても大丈夫。私を優しく見る彼の大きな瞳がそう教えてくれている。

宍戸君は私が好きなのだ。

そして私も宍戸君が好き。

ただそれだけを感じ続ける。

「シャンプーする？」

「してくれるの？」

「サービスでコンディショナーもお付けします」

二人でフフッと微笑み合い、私は彼の胸に体を預けた。

宍戸君は私を後ろから抱っこしながら私の髪にシャワーをかけ、たっぷりの泡で丁寧にシャンプーしてくれる。指の腹で頭皮をゆっくりとマッサージしてくれるのが気持ちいい。

これ以上優しくされると眠ってしまうと思っていたところに、チクリと鋭い言葉がやってきた。

「児島課長と一緒に飯食いに行って、何の話してた？」

こんな甘い空気の中でも、彼の心にはまだ嫉妬の炎が残っていたらしい。

「……仕事の話とか、私と宍戸君のこととか、児島課長の奥さんの話とか……あ、課長、前から宍戸君と私のこと気が付いてたって」

「え、マジ？　結構鋭いな。ま、いいか。俺のものだって知らせる必要はあったから」

児島課長が〝花園に影響されて仕事の仕方まで変わった〟と言っていたのは黙っておくとしよう。宍戸君は心配になって仙台まで来ちゃうほど繊細な上に、プライドが高い。

コンディショナーが擦り込まれた髪に彼の指が滑っていくのを感じながら、私は背後から覗き込む視線に笑いかける。

「私、何で宍戸君のこと好きになっちゃったんだろ……こんなに面倒くさい男なのに」

「面倒くさい？　それはこっちの台詞だな。何で俺に惚れたかは、自分の体に聞いてみたら分かるだろ。俺の舌であんなにヨがって……この間まで処女だったなんて思えない」

「ちょっ！　エッチで好きになったみたいに言わないでよ！　こんなに傲慢で繊細でプライドが高くても、ちゃんと好きなんだから宍戸君のこと！　体だけじゃなくって……きゃっ」

コンディショナーを流すついでに、顔にもたっぷりお湯をかけられた。

「そう言うなら見せてやるよ。その体がどんなに俺に惚れてるのか」

シャワーの水を止めてそう宣言した宍戸君は、私の腕を引いてバスルームから出る。

濡れたままの私にバスタオルも与えず、有無も言わさぬ勢いでワードローブの前に立たせた。ビルトインワードローブの引き戸は全面鏡になっていて、私達の姿を頭からつま先まで映し出す。

鏡に映った私は、背後に立つ宍戸君の傲慢(ごうまん)な視線に出会う。ぞくり、と肌が粟立(あわだ)った。

彼の瞳は、今から何をしてやろうかと言わんばかりに雄の欲情に満ちている。

「鏡の前なんて……やだ。……べ、ベッド、行こうよ」

否応(いやおう)なく視界に入ってくる自分の肢体と、それを肩越しに眺める彼の視線に、居心地が悪くなる。彼の目に裸体を晒(さら)すことにはもうさほど抵抗はなくなっているものの、こうして何もかもが剥(む)き出しにされていると直視などできなかった。

「目を逸(そ)らさないで……俺に何をされて、自分がどんな風になっているか見るんだ」

背後から彼の両腕が伸びてきて、私の胸の膨らみを十本の指でぐにぐにと弄(いじく)る。胸の先端を親指と人差し指で優しく挟まれると、一気に自分の中で欲望が膨れ上がってくるのが分かった。

一度彼の指で達している体は既(すで)に快感を覚えていて、もう一度、と貪欲(どんよく)に彼を求めている。

宍戸君は胸を愛撫(あいぶ)しながら、私の腰に自分の猛(たけ)りを擦(こす)り付けてきた。それが痛々しいほどに張り詰めていることは十分に分かる。

早く欲しい。その熱さを感じているだけで再び秘所が潤(うるお)ってくる。

「ほら、物欲しそうなエロい顔……胸だけじゃ足りないんだろ？」

宍戸君は耳孔をくすぐりながらそう囁き、鏡越しに挑戦的な瞳を向ける。無意識に頷いたのが恥ずかしくて思わず目を逸らすと、後ろから唇を塞がれた。

「んんぁ……ん、あ」

キスをする間も声が止まらない。舌を絡ませ合いながら胸の先端をたっぷりと愛撫されると、それだけで体が震えた。

宍戸君の指はまだ濡れている私の肌の上を滑り、お臍の窪みをなぞった後は下肢に向かい、私のアンダーヘアーをゆっくりと撫でる。その間に彼の鼓動が大きくなったのが背中で感じられた。

「や、だ……そんなに、広げないで」

長い指で秘丘を左右に広げられ、突然私の秘部が鏡に映し出される。生々しいそこは私の一番恥ずかしい部分で、こんな風に晒されては羞恥でしゃがみ込んでしまいたくなる。

だけど宍戸君はそれを許さない。左腕で私の上半身を逃がさないようにしっかりと抱きかかえながら、右手でそこを露出させ指先を動かし始める。

「っふ……ぁ」

「きちんと見るんだ。俺にこうされてる自分を見て、視覚で感じて。俺で気持ちよくなってるんだって目に焼き付けて……感じてる顔、すごく可愛い……ほら、クリが勃ってきてるの見える？」

「や、ぅぁ、あ……恥ずかしい、から、もう……」

もう止めてと言いかけたものの、本心では止めてほしくはないと思っていることに気付き、言葉に詰まる。宍戸君は硬い部分を指の先端で弾くように動かしながら、鏡の中の私を貪るような目つきで眺めている。粘着質な蜜の中でぷくりと膨らんだそれが刺激される。その度に私の体も震えた。

「可愛い。全部食べてしまいたい。一週間離れただけで飢えて死にそうだった」

彼はそう言いながら私の肩に歯を立て、そっと甘く噛む。まるで食べられそうな光景に、私は鏡の向こうにいる宍戸君に問いかけた。

「でも……ぁ、何で、会ってくれなかったの？　私は……会いたかった」

「……生理中は会いたくないタイプなのかと思って。それに俺も覚悟を決める時間が必要だった……あなたに溺れる覚悟が必要だった」

「んぁ……はぅ、ぅ……」

彼の指が蜜道と花芯を同時に攻め立てる。蜜道を内側から押される鈍い快感に花芯からの鋭い快感が加わって、私の体は彼に支配されていった。

一度達した体は酷く敏感で、私は今にも再び絶頂に捕まりそうになる。体の奥から蜜が溢れて脚の付け根を汚し始める。その感覚に、私は体を捻って宍戸君に許しを請うた。

「あ、あぁ宍戸くん……お願い、私……」

「挿れてほしい？」

頷く私を確認すると、彼の体が一瞬離れる。もう一度鏡の中に戻ってきた彼は、コンドームの袋をそっと歯で噛み破りながら、野獣の目で私を見据えていた。

「ねえ、ベッド……」

「ん？　ここでシよ。空美の表も裏も見れてすごくそそられる」

空美……突然名前を呼ばれ、私の時間が止まる。

空美、空美。宍戸君の声を頭の中でリピートさせながら、私はゆっくりと肌を薔薇色に染めていった。

「宍戸君……」

「そんな顔すんな……俺だって限界なんだから……煽んなよ」

呻くように言った宍戸君は準備を整えると、右腕で私を支えながら左腕を膝の裏に回してきて、そのまま大きく片脚を上げる。不安定な姿勢に慌てる暇もなく、私の蜜口にグチュッと彼の猛った先端が当たる。間髪いれずソレは、肉を押し広げながら私の中に埋まってきた。

「ああ、あ……や、深い……」

「っく……吸い上げるなよ……」

彼のモノが奥までしっかりと収まると、ビリビリと痺れるような一体感が下半身に走り、全身に広がっていった。

宍戸君はすぐに動き出そうとはしない。その代わり鏡の向こうに映し出される接合部分を熟れた目で眺めながら、舌を突き出して私の首筋を舐めている。

全部映っている……彼の大きなモノが私を押し広げて挿入している様も、長い指が私の体を支えながら乳房に食い込んでいる様も、彼の額に汗が滲んだ様も。

「ヤバいな……中が熱くて溶かされそうだ」

「っふ……ぁ、あ、あ……」

下からゆっくりと突き上げ始めた宍戸君に体を揺らされながら、私は泣きそうになっていた。

一つになっているのがこんなに嬉しいなんて……幸福感と快感の中、私は全てを彼に任せる。

「ごめん、ちょっと我慢できない……」

宍戸君は切羽詰まったようにそう言って私の脚から手を離すと、唐突に私の腰を強く掴んだ。

「激しくするから鏡に両手ついて……後で埋め合わせはするから……とりあえず出し

たい」

彼の宣言に慌てて両手を鏡についた瞬間、ドンッと子宮の入り口が強く押し上げられた。

次の瞬間、息の詰まるような快楽が私を襲う。

宣言通り、宍戸君は私の腰を掴んで後ろから荒々しく貫きまくり、私の内側を蹂躙した。

激しい抽挿に揺さぶられ、膣壁を擦り上げられる度に、私は体を貫く深い快感に嬌声を上げ続ける。

じゅぽ、じゅぽ、と粘膜を擦り合わせる音と、二人の肌が打ち合う音が部屋に満ちる。

一番奥の部分を執拗に突き上げられ、私は宍戸君に懇願する。

「宍戸、君……深いトコ、だめ……もう……」

「ん……俺も、限界……一緒にイこ」

ぐりっと私の一番奥を突き上げた宍戸君は、小さく震えて動きを止める。

その瞬間、二人の肌が快楽に粟立ち、私たちは一対の獣のように声を上げる。体中の血液が一瞬で沸騰するような感覚。それはとても強く、とても長い絶頂感だった。

私の中で宍戸君のモノが脈打っているのが分かる。何度も小刻みに震えながら精を放つ彼を体の奥に感じて、私は涙が出そうなほど愛おしく思った。

「ぁあ……気持ちいい」

彼は独り言のように吐息混じりにそう言うと、後ろから私を強く抱き締める。

それから私達はふらふらとしゃがみ込むと、二人の男女を鏡の向こうに見つけ、微笑み合った。

あまりにも鏡に映るカップルが幸せそうだったから……


立て続けに二度目を求めた宍戸君がやっと私から体を離した時には、深夜二時近くになっていた。

仕事が終わってから新幹線で仙台まで来て、濃いセックスを二回……私は彼のタフさにやや呆れながらも、まだ物欲しそうに私を見ている彼の額にキスをする。額が出ていると、男らしい眉が中性的な印象を引き締め、ますます素敵に見えた。

ベッドの上で抱き寄せられた私は、彼の引き締まった胸に頬を寄せ、腕の筋肉を指先で辿り、長い指に自分の指を絡める。私達は、ゆるり、ゆるり、と指紋で愛を認識し合うように寄り添っていた。

「ねえ、宍戸君って私の彼氏？」

私が聞くと「そうだよ」との答えが返ってきて、私は有頂天になりそうなのを堪えて体を無意味に揺すった。一人悶える私を見て、宍戸君は笑っている。

「ねえ、これからプライベートでは何て呼んだらいいかな？　〝宍戸君〟じゃ仕事の延長みたいで……」

「ん？　好きに呼んだらいいよ。花園主任は何て呼ばれたいですか？」

突然敬語で返されて私は思わず笑ってしまった。この前まで、二人の時間に花園主任と呼ばれたり敬語を使われたりすると苛立つばかりだったのに、心が通じ合った今はそれさえも愛おしく感じる。

「……えっと、さっき〝空美〟って呼ばれたの嬉しかったな。宍戸君は朔次郎だからサク？」

「サク君……」

「うん。家族も友達もみんなそう呼んでる」

その愛称に、私はふと、ソウルスカイ時代に彼がこう呼ばれていたという話を思い出した。

ソウルスカイ……彼の人生で大切な部分だったろうこの時代を、私はもっと知りたいと思う。そうすれば、すぐに自分を隠そうとする彼を理解できるようになるかもしれない。

「……宍戸君は……サク君は、もうギター弾かないの？」

まだ慣れないその呼び方にこっそり照れながら訊ねると、私の手を包んでいた彼の手がわずかに強張った。

彼はふて腐れたようにずるずると布団の中に潜り込んで私に背中を向けてしまう。

「……もうやらないよ……ギターはもうやらない。六本持ってたギターは全部後輩に譲った。ギターは好きすぎてしんどいんだ。片想いだから……」

「片想い？」

薄く筋肉のついた背中に向かって問いかけるが、彼はもうそれ以上は話そうとしない。

まただ。サク君はすぐに自分の作り上げた壁の向こうに隠れてしまう。これまでは、そんな彼を壁の外側から見守ることしかできなかった。

だけど今は、ちょっと強引にでもその壁の中から本当の彼を引っ張り出してみたいと思う。サク君が私に対する〝権利〟を持っているなら、私にだって同じ〝権利〟があっていいはずだ。

「ねえ、サク君。好きすぎてギターをやめるってよく分からないよ。何だか無理してるようにしか聞こえない」

「俺にはギターの才能がない。それだけの話」

私に背中を向けたまま、サク君はぶっきらぼうに言う。

ほんの少し出てきたと思ったらまた壁の向こうに行ってしまった。

壁で囲まれた部屋は安全かもしれない。でも孤独だ。

私もそこに連れていって……私は彼の背中にぴったりと体をくっつける。

すると私の太腿にサク君の腕がやってきて、自分の脚の間に私の脚を導いた。四本の脚が上下に重なり合い、私たちは解けない二本の紐のように四肢を絡ませ合う。

それからサク君は一つ息を吐いて、ゆっくりと話し始めた。

「……ソウルスカイが女絡みで揉めたって話はしたよな。女で雰囲気が悪くなったのは事実だけど、それが直接の原因で解散したわけじゃないんだ。インディーズで天下取って大手レコード会社からデビューしたけど、二枚出したCDは全然売れなかった。レコード会社からソウルスカイとしては契約更新が難しいと通告された」

淡々と話すサク君の声を聞きながら、私達は同じ方向を見ながら隙間なく抱き合う。

視線の先にあるのはホテルの壁だが、見ているのはサク君の過去だ。

「ソウルスカイとしては契約更新が難しい。だが、ボーカルとして能力の高いイズはソロで売り出してやる。売れないバンドは切り捨てろ……突然レコード会社の本社に呼び出された俺達は、偉いプロデューサーにこう言われたんだ。それから俺はイズに当たりちらした……俺はいつだってイズの持つ才能に嫉妬していたんだ。ずっと分かっていた。あいつの才能がなければ俺なんて何者でもないって。プロの世界は、素人が才能のある友人にくっついて潜り込めるほど、甘くはなかったってことだよ……俺はプロの世界と、イズと女……みんなに見限られた」

そこまで話すと、サク君は体を捻って私に向かい合う。そして自分の顔を隠すように私に長い口づけをくれた。

やがて唇が離れていった時には、彼は穏やかに微笑んでいた。

「ギターを弾けば自分の才能のなさを突きつけられる気がするし、ソウルスカイという名前を出されるのは、ダメな自分を晒されているようで怖いんだ」

「ダメなサク君なんていないよ……ねえ、完璧になんてならなくたっていいんだって私に教えてくれたのは誰？　サク君がギターの才能に溢れていて、まだプロミュージシャンをしていたら、私達は出会えなかった。私は営業の才能があって、ソーションの幹部になれる能力があるサク君をかっこいいと思うし、今のサク君が好きだよ」

やっと一番しんどい部分を見せてくれたサク君を、私は抱き締める。

辛いことを話させてしまったけれど、彼の過去を共有できたのは嬉しかった。

刺さった棘を抜くのはサク君自身しかできないかもしれない。けれどその傷痕が見えるなら、私はその傷痕に一万回のキスをしてあげられるだろう。

「うん、そうだな……プロで音楽やってたら、こんないい女と出会えなかった……今はもっと……空美を惚れさせたい」

私を名前で呼んでくれた彼は少しだけ顔を赤くすると、それを隠すようにぎゅうっと私を羽交い締めにする。

しばらくそうやって時を過ごし、気が付いた時には、彼は寝息を立て始めていた。

今晩は来てくれてありがとう。

あなたがここにいてくれなかったら、私はきっと心苦しい夜を過ごしていただろう。

何かを感じてここまで来てくれたのなら、間違いなく私達の心は繋がっている。

おやすみなさい。

心の中でそう呟いて、私は人生で初めてできた恋人にキスをした。

◇

翌日、ホテルのセミナールームの一番隅っこ。

私は児島課長の進行で行われている合同カンファレンスを見守りながら、必死に眠気を追い払っていた。

だけど私なんかよりサク君の方が睡眠は足りていないはずだ。彼は朝も暗いうちからホテルを出て、東京に戻っていったのだ。

そんな寝不足で大丈夫かとも思うのだけど、彼は「今日はクライアントと大切な打ち合わせ」と言って、シャキッとした営業マンの顔でホテルを出ていった。

何でも空港内のドラッグストアがリニューアルするそうで、彼は売れ筋のソーション製品に製品名とその説明を英語で入れたポップを付けるという提案をし、大幅な売り場の拡大をその店の店長と約束してきたらしい。

彼のブリーフケースの中には英語で書かれた商品説明の書類が入っていて、英文なんて大学以来触れていない私は目がチカチカしてしまった。

忘れていたが、彼は大学を中退してプロのバンドマンになった後、アメリカでビジネスを学び、それからソーションに入社したのだ。なので当然英語ができる。

それでいて役職はヒラだし、給料も特別待遇ではないらしい。

血筋に甘んじることなく、叩き上げで仕事を身につけようという姿勢が彼にはあるのだ。だからこそ私の部下になり、一緒に仕事をすることができたし、こういう関係にもなれた。

私は昨晩の出来事を思い出し、思わず顔を緩ませてしまう。寝不足でも満ち足りて幸せだ。

けれどカンファレンスの進行をしっかりと務めている児島課長の顔を見ていると、やはり気になってしまう。

昨夜聞いた児島課長の家庭の事情には、強いショックを受けた。サク君が来てくれたおかげで、あの時の動揺は緩和されたけど、忘れたわけではない。

私は部外者なのだから、あの話は聞かなかったことにしよう——そうは思うものの、一度聞いてしまった話は耳にこびりついて離れない。

合同カンファレンスは午前中の予定をつつがなく終了させ、一旦ランチタイムとなった。美容部員さんがリラックスしたところで、私はやっと自分の目的のために動き始める。

今回私がここに同席させてもらったのは、現場の声のリサーチをするためだ。

カンファレンスには単独で参加している美容部員さんが多く、大半は提供されたお弁当を一人で食べている。私は自分の食事を後回しにして、そんな美容部員さん一人一人に声をかけていった。

いきなり『現場の声を聞かせて下さい』と見知らぬ本社の人間に話しかけられても困るだろうから、世間話を折り交ぜつつ会話の糸口を探す。少し空気も砕けて会話が弾んでくると、関東とはまた違った話が聞けて面白かった。

ソーションでは、関東の美容部員さんは百貨店に派遣されている人達がほとんどだが、東北地方では個人経営の化粧品店やスーパーマーケットの化粧品コーナーに派遣されていることも多く、働く場所が様々だ。普段地域に密着して仕事をしているせいか、美容部員さん達も気取ったところがなくて話しやすい人が多い。

優しそうな年配の美容部員さんが私の唇を見て言った。

「こっちは東京より乾燥してるでしょ？　特に今頃は、急に寒い日もあったりするから」

　私は慌てて唇を手で隠す。実は今朝目が覚めた時、唇が乾燥でひび割れていたのだ。ホテルの部屋が乾燥していたのと、キスのしすぎのせいだ。

　リップグロスを多めに塗って隠してはみたが、本社の人間がこんな唇では恥ずかしい。

「こっちは冬が厳しいから、秋冬になると唇が割れている人が多いんです。薬用リップを多めに塗ってラップを唇に貼り付けて寝ると効果的ですよ」

「ああ、懐かしいですね。私も学生の頃に時々やってました」

「こういうのは民間療法のようなものだからお客さんにはお勧めできないけど、実際にやると結構効くのよね。製品としてそういうものがあればお勧めできていいんですけどね」

「……本当ですね」

　私が手帳に〝唇ラップ〟とメモ書きをした時、「花園」と後ろから声をかけられた。振り返らずとも声で分かる。児島課長だ。

「花園、弁当取ったか？　余ってるの食うって言ってる奴がいるぞ。まだなら確保だけはしとけ」

「あ、まだです！　確保、確保！」

　私が慌てると児島課長は目を細めて笑った。いつもの柔らかい、ふわふわとした笑顔。

大丈夫ですか？

私が視線で問いかけると、笑い皺を一つ刻んだ目元が、ありがとう、と答えた気がした。

私が心配したところでどうしようもない。心の中でもう一度自分にそう言い聞かせると、「それ、私のお弁当です！」と声を張り上げて、人のお弁当を開封し始めている男性社員のもとへと走った。

◇

仙台出張から帰って約二週間。つまり私とサク君が正式に付き合うようになって約二週間。そして『花園主任』から『空美』と呼ばれるようになって二週間。

今までと何も変わらないけど、でも何もかもがキラキラし始めた二週間。

『空美がエッチに夢中なのは知っているけど、明日は外で待ち合わせしてデートしませんか？』

外回りの営業を終えて直帰する途中、スマホに入ってきたメールを確認した私は、「こら」と一人電車の中でツッコミを入れそうになった。もちろん送り主は宍戸朔次郎、溺愛彼氏と化した私の恋人である。

私とサク君は仕事が早く終わる平日は、どちらかの家で一緒に晩ご飯を作り、一緒に眠るという日々を再開していた。もちろん週末も一緒に過ごすのだが、この前の週末は、土曜日の夕方から日曜の朝までずっとベッドで愛し合っていたという事態になり、さすがの私も呆れた。〝磁石が引き合うように〟という表現があるが、私達の場合は言わばテープの粘着面をくっつけ合わせたような状態で、一度くっつくと剥がすのが困難と言っていい。

このメールを読む限り彼は、私がこの間「こんなにベッドにばかりいたら、外でデートもできないでしょ！」と怒ったことについて、一応は反省したようだ。

初めてのデート。外で待ち合わせをすれば、途中で発情してデートが中断という事態も免れるだろう。『エッチに夢中』との言葉は聞き捨てならないが、あながち間違ってもいないのが哀しい。彼がなかなか離してくれないのは事実だが、私自身も、なかなか彼から離れられないのだ。

私は電車に揺られながらスマホに返事を入力していく。

『行きたい場所があるんだ！　いつものコンビニ前に十一時でどう？　今週末はエッチなしね』

家の最寄り駅に到着する前にサク君から返信が来る。

『いつものコンビニ前、十一時で了解。その他の案件については却下』

「こら」

私は今度こそスマホに向かって一人ツッコミを入れた。

翌日、待ち合わせ場所に時間ぴったりにやってきたサク君を見て、私は少しばかり驚いた。そういえば彼の私服なんてほとんど見たことがない。スーツか部屋着のイメージしかなかったから、私服姿の彼が一瞬誰だか分からなかった。

スタジャンにブラックジーンズを合わせ、シックな色合いの中、赤い編み上げブーツが目立っている。緩(ゆる)くカジュアルだけど、シャープなサク君の容姿と合っていてすごくお洒落(しゃれ)だ。

そして私の服装と全然合わない。クリーム色のブラウスに白いジャケット、ボトムスは黒いカプリパンツ。会社に行く格好とたいして変わらないＯＬ風。制服がない分、仕事にも着られるようにと無難な服ばかり揃えていたので、どうしてもこうなってしまう。

「並んで歩いてもカップルには見えないよね」

自分の垢抜(あかぬ)けない格好にがっかりした私が言うと、サク君が「こうすればいいじゃん」と私の手を握った。二十八歳にもなって恋人と手を繋いで歩くという経験がなかった私は、一人顔を火照(ほて)らせる。

「さ、どこ行こうか？」

そう言ったサク君に、私は行きたい場所を告げる。

予想はしていたけれど、「マジ?」と呆れられてしまった。

輸入雑貨を扱う大手の小売店が売り場の半分を改装して作った、コスメティックエリア。

〝プチプラ・ラグジュアリー〟と銘打たれた売り場には、国内外の低価格帯コスメが所狭しと並んでいる。ブティックのテイストを取り入れた高級感のある内装だが、つい最近雑誌で取り上げられたせいで、バーゲン会場のような人ごみができている。

「デートに誘って仕事させられるとは思いませんでした。花園主任」

行き交う女性達にぶつからないように周りに注意を払いながら、サク君が苦笑する。

「私、担当が百貨店でしょ。だから価格帯の基準が世間一般とずれがちなの。こういったところで八百円の美容液を売っているのを見ると、四千円の化粧水を買ってもらうありがたさを感じるよね」

私は予想以上にここの客層が幅広いことを確認し、実際に彼女達がしている化粧を観察していく。

販売されているインポートコスメは説明書きがなければ何が何だか分からないものもあったが、それでもよく売れているようだった。

いくつかのテスターを手に取って試してみる。だけど、この客の多さで中身がなくなっているものも多かった。

このあたりの配慮で売り上げに差が出てくるのだ。特に海外製品は匂いの強い商品が多いので、試せなければ購入を見送る人も多いだろう。

「空美は仕事好きだね」

真後ろから首を伸ばしてきたサク君が、私の肩に顎を載っけて言う。

「そうだね。もう入社して五年過ぎたけど、やっぱりこの仕事、好きだと思うよ。サク君は？」

彼は短い沈黙のあとで、ゆっくりと言葉を探すように私の質問に答えた。

「正直……色々と割り切れない気持ちのまま入社したんだ。親父と兄貴が上手くいってなくて、親族から家族を助けるつもりでって説得されて……入社当時はサラリーマンやってる自分に違和感がすごくあった……でも仕事を教えてくれる美人の先輩がさ、頑張り屋なんだよ。俺、愛想悪いのに、何だかんだと面倒をよく見てくれてさ……」

彼の吐息が肩と首筋に触れてくすぐったい。

私はサク君の手を取ると、骨ばった手の甲にテスターのハンドクリームを塗った。長い指一本一本にクリームを伸ばしながら、大好きな手で遊ぶ。

ギターを弾いていた頃のこの指は、どんな風に動いたのだろう。

「その先輩が俺以外の人を見ていたのは知っていたけど、気付いたらこの可愛い唇から目が離せなくなっていて……自分を止められなくなった。ソーションに入社した時、会社では与えられた仕事をして、波風の立たない人生を送ろうって決めていたのに……この唇が俺を罠にかけたんだ」

罠にかけたのはあなたでしょ、と言いたいのに、後ろから伸びてきた指が私の唇をムニッと摘んでいるので話せない。

「唇、少し荒れてるな」

「あ、そうだ。保湿系リップ、何かいいの、ないかな?」

サク君に言われて、私はいくつかそれらしい商品を手に取ってみる。

仙台でがっつり唇が荒れて以来、どうも唇が荒れがちだった。唇も、突然キスというハードワークを与えられたので疲れているのだろう。

サク君は人ごみに押されるフリをしてさらに私にくっついてくる。そうして今にも耳朶を食べてしまいそうな距離で囁いた。

「今は美人の先輩とこういう関係になって、男として仕事では絶対負けられないと思う。親の会社ってのはともかくとして、空美を惚れさせるぐらいの仕事をしたいと思うよ」

「……惚れてるよ、もう」

「足りない」

耳元で断言されて、私は商品棚の小さな鏡に映る自分の頬が赤くなるのを見た。

敬語じゃなくなった部下は、愛を語るのに遠慮なんてないから困ってしまう。

「これ、お金払ってくるね」と、赤い顔を隠しつつ、私は手に取った保湿リップやリップグロスなどを五つ持ってレジに向かった。彼も後をついてくる。店内の混雑ぶりを受けてレジにも列ができている。

「そんなに買うの？」

「うん、たぶん例年通りにいくと、うちの会社でも企画コンペがそろそろ始まるでしょ。今、アイディア探していて……リップグロスで企画を詰めたいなっていうのは何となく頭にあるんだけど」

ソーションでは毎年、一般職、総合職に限らず、全社員が参加できる新企画のコンペティションが開催される。目新しいコンセプトの商品を提案し、それが採用となれば金一封。私は入社当時、商品企画をするマーケティング部に配属希望だったので、実は毎年このコンペを楽しんでいるのだ。

「空美はホント仕事好きだよな。もう嫉妬するレベルだ」

列に並びながら二人で顔を見合わせて笑っていると、サク君の表情がふっと硬くなった。だが、すぐにまた元の優しい顔に戻る。

「どうしたの？」と声をかけると、彼は人差し指で天井を示す。

彼が指差したのは、天井……ではなく、店内に設置されているスピーカー。そこから、男性の歌声が流れてきていた。

「声で判る……イズだ。新曲かな」

甘く伸びやかなその声は、強めのビブラートを利かせながら、ゆったりとしたラブソングを歌っていた。

私達はしばらく黙って耳を澄ませる。

歌詞は喧嘩したり仲直りしたり、泣いたり笑ったりと、共に過ごした日々を振り返りながら〝ハッピーバースデー、一緒に歳を重ねよう〟という、恋人の誕生日を祝うバースデーソングだ。

可愛いメロディーに合う素敵な歌声。そう思ったけれど、この声の主との確執を抱えたサク君がどう感じているかは分からない。なので、私は黙ってレジでお金を払いながら歌を聴いていた。

「十年前はありふれた愛を歌いたがるイズとよくぶつかった。好きだ、愛してる、会いたい……そんな真っ直ぐな言葉をダサくて恥ずかしいと思っていた。けど……」

「けど?」

支払いを終えた私は、スピーカーを見上げ続けるサク君の手を握った。彼は穏やかな笑顔で言う。

「好きだ、愛してる、会いたい……俺はそんなありのままの気持ちを言葉にするのは苦手だけれど、時にはそういったことも必要なのかもしれない……十年前は分からなかったけれど、今なら分かる」

私の手をぎゅっと強く握りしめるサク君は、どこかすっきりとした表情をしていた。

イズとサク君は学生時代からの親友で、たぶん二人の間には良い思い出も悪い思い出もたくさんあって……そんな風に大切な時間を共有してきた仲だったら、もう一度昔と同じ関係に戻るのは、それほど難しくないのではないかと思う。

「空美と手を繋いでこうしてあいつの歌を聴いてみると、やっぱりいいなと思うよ」

「うん、私もこの歌好き……そういえば、実は私の誕生日の時も、サク君から特別なプレゼントを貰っていたんだよ」

〝ハッピーバースデー〟と繰り返しながら歌声がフェードアウトしていったところで何気なく言うと、隣のサク君の顔が強張った。

「え？　誕生日」

「九月二十六日、覚えてる？　私が初めてサク君の部屋に行って……」

あれは本当に奇妙な一日で……たぶん私が傲慢なこの部下に恋をし始めた日だった。

「俺がありったけの忍耐を振り絞って空美と最後までヤらなかった日……え、マジ……あの日が空美の誕生日!?」

「うん、あの日。今思えばあの日を境に……」

「言えよ！　誕生日だって言えよ。あの時に」

「いや、そういう雰囲気じゃ……」

「まったく、少しは男にモノねだったりしろよ。男ってそういうのが嬉しい時もあるんだから。何が欲しい？　誕生日プレゼント」

「え、でも、もう一ヶ月以上前だから」

それからしばらくの間、私達は押し問答を続けながらデートをした。サク君的には、知らない間に彼女の誕生日が過ぎていたのがショックだったらしい。

私はそういう記念日をあまり気にしないタイプなので、彼が一ヶ月以上前の、しかも付き合う前の誕生日についてぐちゃぐちゃ言ってきたのは意外だった。

「一ヶ月以上前の誕生日プレゼントなんていいよ、カフェでケーキでも食べよ」

そう言いながら、並んで歩く自分達の足元を見た私は、「あ」と小さく声を出した。

先の細いエレガント系パンプスを履いた私の足元と、年季の入った赤い編み上げブーツを履いた彼の足元。寄り添って歩く恋人同士にしては、あまりに異なる二人のファッション。

「サク君……そのブーツって高い？　女の子が履いても可愛いよね」

「高いってほどじゃないけど、見た目よりはするかも。本革だし。ん？　プレゼント決まった？」

「いや、高いんだったら……」

「大丈夫、今晩ベッドの上でお返ししてもらうから」

「え……」


そんなこんなで、サク君と色違いで買ってもらった黒い八ホールブーツ、二万八千円。アラサー女子には似合わないかもしれないけれど、サク君の隣を歩く時は、ピンヒールのパンプスよりもこっちの方がいいだろう。酷使してきたハンマートゥだって、オフの時ぐらいは優しい靴を履かせてあげたい。

それから私達はブーツに似合うカジュアルな洋服を買ったり、カフェで美味しいケーキを食べたりと、爽やかな秋空のようなデートを満喫した。

デートの締めくくりにはサク君の部屋に行き、予告通り、私はベッドの上で本革ブーツ以上の見返りを求められた。体が溶けてどろどろになりそうなほど情熱的に愛され、私はこんな甘い見返りなら毎日プレゼントをもらいたいとさえ思う。

彼と体を重ねるごとに増す快感が怖いほどだ。

大きなベッドの上でまどろんでいると、いつの間にかベッドを抜け出していたサク君の声がリビングから聞こえてきた。どうやら電話をしているらしい。気になって近くにあった彼のTシャツを借り、リビングにそっと顔を出す。

上半身裸のままソファーに座っていた彼は予想通り電話中だったが、予想外に屈託のない笑顔で話していたものだから、びっくりしてしまった。

サク君のこういう笑顔、私だけのものだと思っていたから、電話の相手にちょっとジェラシー。

「ごめん、起こした？」

彼は私を見つけると、スマホを握ったまま手招きをした。

「うん。そう、彼女……おう、美人だよ。ぬいぐるみとか好きで子供っぽいトコもあるけど」

私の肩に手を回しながら、まだスマホに向かって話し続けるサク君なのだが……誰に誰が子供っぽいって言ってるの！　ぬいぐるみは二人の秘密だから！

通話口から漏れてきているのは男性の声だった。向こうも楽しそうだけど、せめて私の名誉のために、仕事ではデキる女なのだと伝えて下さい。

「いや、俺こそ……うん。会社員も悪くない。ってか俺の性分に合ってる……また飲みにでも……」

サク君は嬉しそうに目を細め、「じゃあな」と言うと電話を切った。

「誰と電話してたの？」

訊ねると、サク君はちょっとはにかんで言った。

「イズだよ。新曲よかったって、急に一言だけでも言いたくなったんだ。電話番号も変わってなくて、声も変わってなくて、十年前と何もかも同じだった。ただイズは父親になっていて、俺には美人の彼女がいて、異なる業界で仕事をしている。ただそれだけで……」

「うん。あのね……ぬいぐるみは余計だから」

「空美、好きだよ」

私を上手く煙に巻きながらじゃれてくるサク君が妙に可愛く見えて、私はとりあえず先ほどの怒りを置いておくしかなかった。

今、彼の笑顔は少年のように純粋で眩しい。

柔らかな髪を撫でながら、私はサク君が高校時代に戻っていたのだと気付いて、やっぱりちょっと嫉妬したのだった。

第三章　素肌に残された嫉妬の傷痕

十一月も中旬になると、朝の通勤時には冷たい空気が肌を撫でるようになった。でも、今年の冬はきっと私にとって暖かい。

私は会議テーブルの斜め向かいに座るサク君をこっそり見て、資料で顔を隠しつつにやけそうになる頬を引き締める。

恋人がいるって温かい。私の視線に気が付いたサク君も、ごくわずかに微笑んだ気がした。

「宍戸君」

児島課長に呼びかけられて、彼の顔が引き締まる。

コソコソと二人で微笑み合っている場合ではない。営業二課の定例ミーティング中、仕事中である。

「宍戸君さ、営業成績よく伸びてるから、先輩後輩に限らず、気が付いたことはどんどんアドバイスしていって。月末のプロモーション戦略事業部とのミーティングにも参加してもらうからよろしく」

「はい」

私はサク君と児島課長を見て、思わずため息を、二つ噛み殺す。

職場でも穏やかな笑みを浮かべるようになったサク君は、ため息が出るほどかっこいい。

それに比べて児島課長はボロボロだ。また痩せた。こちらは心配でため息が出る。

課長の左手の薬指には、あの日灰皿に投げ入れた結婚指輪がきちんと嵌（はま）っている。

一見いつもの明るく穏やかな児島課長だけど、彼の家庭の内情を知ってしまった私には、心身の疲れがジリジリと彼を侵（おか）していくのが見えていた。

痩せた上に、目の下のクマは濃くなっていて、よく見れば最近は前日に着たYシャツを着て出社していることもある。

自分には関係ないことだと思いつつも、こんな姿を見ていると、奥さんはご飯もきちんと作ってあげないのかとか、洗濯まで課長が自分でしているのかとか色々考え込んでしまう。

児島課長はそれでも、いつものように柔らかな笑顔でミーティングを進行させる。

「あと全員に社内メールで通知が行っていると思うけど、毎年恒例の企画コンペが始まります。営業という立場から商品企画にアイディアを出せるチャンスでもあるので、興味がある人はぜひ参加して下さい。賞金も出るしな。ただし、参加したことのある人は知っていると思うけど、結構レベルの高い企画書じゃないと上位には食い込めない。中途半端では無理だからな。えっと……以上」

児島課長が終了を告げると、みんなが一斉に立ち上がる。私も午後の予定を頭で思い返しながら席を立った。

その時、「宍戸君は残って」という児島課長の声が聞こえてくる。

二人だけで話なんて珍しい。サワサワと心を波立てながら、私は会議室を後にした。


児島課長とサク君の話が何だったのか、それが分かったのはこの日の残業中だった。

営業に出たまま直帰予定のサク君は会社におらず、私は人の少なくなったオフィスでデスクワークをしていた。ミーティングの話題に出た企画コンペについての資料集めだ。

私が企画コンペに参加するのも、今年で六回目。

自由参加のお祭り的企画とはいえ、金一封が出ることもあってみんな結構気合が入っている。私の場合、金一封よりも自分のアイディアが商品化されるのを見てみたいという願望の方が大きいのだけど。

パソコン作業で疲れてきた目を休めるため、缶コーヒーを買いに自販機に向かった私は、そこで児島課長と鉢合わせをした。「お疲れ」と私に声をかけた課長は、喫煙所に行った帰りなのだろう、近付くとタバコの匂いがした。

「宍戸君から聞いた？」

「え？」

課長は訝る私に「何飲む？」と訊ねると、缶コーヒーを奢ってくれる。私はお礼と共にそれを受け取りつつ、「今日は彼と話していないので」と答える。すると課長はふん、と鼻で笑った。

「ミーティング中に見つめ合ってんじゃねーよ。幸せそうだな、お前ら」

「べ、別に見つめ合ってませんよ」

「上手くいってるんだ」

「……はい。おかげさまで」

児島課長は歯を見せて笑うと、「若いっていいね。羨ましい」と目を細める。

笑うと痩せたのがさらによく分かる。胸がズキリと痛んだ。

「まだ内緒だけど、宍戸君に人事異動の内示出たよ。一ヶ月後、マーケティング部に異動」

「え！　え、ああ……仕方がないですよね」

「まぁな。入社当時から決まっていた人事だ。あいつにとって、営業部は役員への第一歩でしかないから……上司としては手放したくない人材なんだけどな」

私は頷きながら、缶のプルトップに爪の先を引っ掛けて開けようとする。すると児島課長がそれを横から取って開けてくれた。

「せっかくのネイル剥(は)がれるだろ？」

「これくらい平気ですよ。うちの製品なんですけど、結構剥がれにくいんです」

缶を受け取る時に、私の手が児島課長の左手に一瞬触れた。

その瞬間、ほんの少しドキリとする。結婚指輪と指の間にできた隙間が以前よりも大きくなっている。恋愛感情はもうないとはいえ、さすがに無視できない光景だ。

「……児島課長、ちゃんと食べてます？　肌も調子悪そうだし」

「ああ……なぁんか面倒くさくって。作るのも買うのも食うのも……今、奥さん実家に戻ってるから」

「……大丈夫、ですか？」

「人生、大丈夫じゃない時もあるさ」

目尻に一本皺(しわ)を入れて、児島課長は私に微笑んでみせた。

この人は平気じゃないのに、何でこんなにニコニコしているのだろう？

「花園、……よかったら今度、晩飯食いにいかないか？」

「え？」

「あ、いや……ほら。最近一人飯(ひとりめし)でさ、俺オッサンなのに、一人で外食とか苦手なんだよ、実は」

そう言いながらやっぱりニコニコとしている児島課長を見た私は、彼は泣けないからこうして笑っているのだと気が付いた。

サク君と一緒だ。男の人は弱さを見せられないから、本心とは違う表情を見せる。

きっと児島課長は誰もいない家に帰って、奥さんの影を追いながら、たいしたものも食べずに眠るのだ。そう思うと、返す言葉が見つからなかった。

「何でも食いたいもの奢るよ。宍戸君も誘ったら？　あいつに恨まれたら怖いから」

「はい……あの、そうですね……」

私はどうするべきなのか咄嗟に判断がつかず、曖昧な笑みを児島課長に返す。

サク君がどれほど児島課長に対して警戒心を抱いているかは分かっていた。児島課長はただの上司ではなく、私の元想い人なのだ。仙台での嫉妬ぶりを思い返しても、児島課長絡みの誘いにいい顔をしないのは間違いない。

でもこれだけ痩せるほどに食欲を失った上司がご飯を食べようという気になっているのに、その誘いをにべもなく断ることなんてできなかった。

サク君を誘って三人で晩ご飯なら……

考えている間に児島課長は、「飲みに行く日、仕事のスケジュール見てまた連絡するな」と、以前より骨ばった手をヒラヒラと振ってオフィスに戻っていった。

今日は居酒屋独特の薄明かりが居心地悪い。私は薄手の秋物コートを脱いで、空いている隣の席に掛ける。

児島課長と二人、向かい合って座ると、どうしようもない罪悪感が背後から忍び寄ってきた。

結局、児島課長に誘われるまま、二人っきりで飲みに来てしまったのだ。

本当は断るつもりだった。それなのに、たまたま課長に同行した得意先訪問の帰り、居酒屋の前で再び誘われた私は、ノーと言うはずの言葉を詰まらせたのだ。

課長の笑顔は、私の声を奪うほどに痛々しかった。

その上、私はサク君に、残業で遅くなるとの嘘のメッセージを送った。課長に対して正しい言葉を使えなかったと同じように、恋人に対する正しい言葉も見失ったのだ。サク君の気持ちを考えると、たとえ不可抗力であっても『課長と食事をしている』とは言いにくかった。

「急にごめんな。寿司とか焼肉とか、もうちょっと高級な食い物の方がよかったよな」

目の前にあった中華居酒屋に入り、ざっと食べ物をオーダーし終えた児島課長が、ビールの入ったグラスを私に傾けながら言った。

何に捧げる乾杯なのかは分からなかったが、私はそのグラスに自分のグラスをカチンと合わせる。

私達は無言でビールを喉に流し込み、アルコールでばつの悪さを誤魔化していった。

こうして課長と向かい合って座ると、仙台の夜に流した涙がテーブルに落ちていった光景が蘇る。

「宍戸君と上手くいってるってことは、花園の片想いは両想いになったんだな」

児島課長はビールを一気に半分ほどに減らすと、「タバコいい？」と一本咥えながら訊ねてくる。

私が両方の問いかけに頷くと、課長は「あいつ、変わったもんなぁ」とタバコに火を点しながら言った。

「いや、容姿のことじゃなくてさ。前はサイボーグみたいに淡々と働いていたくせに、最近は幸せオーラ漂わせているもんな。仕事も気合入ってるし、花園の影響は偉大だよ」

「私が彼に影響を与えたことなんて何もありませんよ……宍戸君の方がずっと大人で私が頼ってばかりです」

プライベートでの私への敬語を取り払って以来、サク君はますます私をリードするようになっていた。二人でいると助けられているのは私ばかりだ。

「宍戸は大人なんかじゃないよ。ありゃ大人より賢いガキだ……花園だったら俺より分かってると思うけど、あいつはすげぇ頭がいい。お勉強とかじゃなくてさ、周囲を観察して、人より先回りをして物事を考えるっていう能力がすごいんだ。営業の仕事も向いてるけど、経営者としての資質も十分にある男だと思う……でもガキなんだよなぁ」

私は児島課長の話を聞きながら、運ばれてきた料理を取り分けて彼に渡す。

課長はタバコを消してサラダを口に運びながら、なおも「ガキだよ、宍戸君は」と主張する。そんな彼に私は苦笑した。サク君が洞察力が鋭く賢い男性だということは同意だけれど、彼が子供っぽいなら私は赤ちゃんだ。私がそう反論すると、彼はしばらく考えた後で話し出す。

「違うよ。いい意味で大人になってない。大人ってのは妥協したり、見て見ぬフリしてやり過ごしたり、そういう処世術が身についちゃってる人間ってこと。宍戸君はさ、そういうのが上手くない。それでいて賢くて、自分も周りも見えているから……しんどい生き方してると思うよ、彼は」

そうなのだろうか？　私にとってのサク君はしっかり者なので、そう言われてもすぐにはピンとこない。

それでも初めに強引にキスしてきたことを思い出すと、そうなのかもしれないとも思えてくる。ああいう強引な行いは、気持ちを上手く表現できないからなのかもしれない。

「でも、もう花園がいるから、あいつも楽になるんじゃない？　羨ましいよ、宍戸君が」

児島課長はエビチリでほっぺを膨らませながら、眩しそうに私を見て微笑んだ。

たくさん食べている課長の様子が嬉しくて、私も思わず笑みを零す。

〝食〟は全ての根っこだ。食欲がなければ全てが上手くいかない。児島課長の家庭のことは私がどうにかできることではないし、おかしな正義感から首を突っ込むのも間違っている。だけど誰かと食事をすることで、彼の食欲が少しでも改善されるなら、やっぱり助けたいとも思ってしまう。

「ありがとな」

児島課長がぼそりと言った。

「メシ、一緒に食ってくれてありがとう。心配してくれてありがとう。正直、救われた……こうしているだけで気が紛れる」

「いえ。あの……児島課長にはずっとお世話になってて……私もたくさん助けてもらってきて……とはいっても、私なんて力にはなれないんですが……」

「……」

児島課長のちょっとだけ垂れ目の優しげな瞳に、私が映っていた。まだ火の点いていない新しいタバコが彼の指先で揺れている。

どうしていいか分からなくて、私はいつまでもサラダを噛みながら、皿に視線を落とす。すると児島課長の声が、ポトリと落ちてきた。

「花園はさ、俺のこと……好きだった?」

「え……」

「あ、いや、ごめん。俺セクハラ!」

反射的に顔を上げると、サッと顔を赤らめた児島課長がタバコに火を点けようとカチカチとライターを鳴らしていた。その指が震えている。

ライターは何度目かの着火音の後でやっと火を点けたが、それと共に彼の指の間から逃げ、乾いた音を立てて机の上に転がった。

「ごめん。その、何ていうか……思い上がりかもしれないけど、そういう視線を感じた時もあって……」

「……」

「マジごめん。オッサンがキモいよな……」

「……好き、でした」

「……」

「でも、今は、宍戸君のことが好きです」

「……うん」

私は机の上のライターを手に取ると、児島課長に手渡す。

私の指がほんの少し彼の指先に触れる。私は前を見ることができなかった。

しばらくして児島課長のタバコの煙が漂ってきた。

「……ありがとう。俺、今、奥さんに超嫌われていて、愛すれば愛するほど避けられていて……世界で一番最低の男にでもなっている気分だったから……過去のことでも、花園みたいな若くて綺麗な部下に好かれていたのは嬉しいよ」

「児島課長は素敵ですよ。今も素敵です……」

私はこれ以上話しすぎないように言葉を区切ると、ビールを喉に流し込む。味がしない。目が合わないようにこっそりと児島課長を見ると、彼はタバコを咥えながら煙の行き先を眺めていた。

彼の視線がゆっくりと移動してきて、目が合う。

課長はタバコを灰皿でもみ消しながら、人懐っこい笑顔で私に微笑んだ。

「そういや花園、企画コンペ毎年頑張ってるよな。今年も参加だろ？」

「あ、はい」

「何か助けられることあったら遠慮なく言えよ。俺、営業部全体のコンペ企画書に目を通してるけど、花園のは前から見込みがあると思ってたんだ」

「ありがとうございます。あ、そうだ。薬用リップの業界シェアを知りたくて調べていたんですが、資料がどこにあるか見つからなくて……」

「おう、調べておいてやるよ」

それから私達は店の前で別れを告げるまで、仕事の話しかしなかった。ちょっとぎくしゃくとした空気を残しながらも、上司と部下という本来の立場に戻っていく。

「今晩はありがとう。花園と一緒だと飯食うのも楽しかった」

児島課長は別れ際にそう言った。

課長と二人で飲みに行くのはこれで最後にしよう。

彼の背中を見送りながら、私は自分を戒めた。

◇

「花園主任、そういえば最近はナチュラルメイクですよね」

ネモモがそう言ったのは、本社ビルのエレベーター前、有機野菜サンドイッチが美味しいカフェでテイクアウトをし、近くの公園で一緒にランチを済ませた帰りだった。

この会社で働き始めると、自然と人のメイクが気になってくるものだ。入社一年目の彼女にも、そういう習慣が身についてきたということなのだろう。

「今ね、色々薬用リップを試してるから、唇に色がついてないんだよね。だから唇に合わせて全体的にメイクを控え気味にしてて……」

「花園主任、ナチュラルメイクでも全然イけてますよ！　素肌が綺麗だからファンデとかがっつりじゃない方が逆に色っぽいっていうか……うん、最近の花園主任、色気ある！」

同性に色気があると言われるのって、照れくさいけど嬉しい。実のところ、メイクを薄めにしているのは今ネモモに言った理由もあるけれど、サク君の影響でもあるのだ。

一緒に過ごす時間が多くなって分かったことだが、サク君の私服はお洒落だけど緩い感じ。彼の部屋でかかる音楽も、ジャズやレゲェなど柔らかくて緩い曲が多い。仕事中はしっかり者なのに、彼の本質は半熟卵のように緩く柔らかく、繊細なのだ。

そんな彼と一緒にいたら、今まで当たり前のようにしていた百パーセントフルメイクを少し緩めてみようと思い始めた。メイクなしではゴミ出しもできなかった私だけれど、サク君がすっぴんを褒めてくれるおかげで、素肌をより大切に感じられるようになっていた。

化粧は欠点を隠すものではなく美しさを補うもの——そんな、いつの間にか忘れていたメイクの基本を思い出させてくれたのは彼だった。

「花園がお色気ムンムンなのは、俺も同意する。上司としてはけしからんと言わざるを得ないな」

いつの間にか私達の後ろに児島課長が来ていた。

ランチタイムが終わる時間なので、三機あるエレベーター前はオフィスに戻る社員で

「お色気ムンムンってすっごくオヤジっぽいですよ～」とネモモに言われ、児島課長は「オヤジだから」と笑っている。やってきたエレベーターに乗り込みながら、私は隣に立つ児島課長を見上げた。

長身の課長と隣り合って話すといつも見上げる感じになるのだが、今日の私はフラットシューズなので余計にそう感じる。サク君が足の指とかも平気で触ってくるので、何とかハンマートゥを直したいと思い、足指の負担を軽減中なのだ。

「児島課長、お昼ご飯ちゃんと食べましたか？」ネモモと誘おうかって話してたんですけど、お電話中だったんで」

「花園、オッサン相手にかぁちゃんみたいな口調だな。外で鯖味噌定食食べたよ。でもコスパ考えると社食の方が……おっと」

閉まりかけたエレベーターの扉を、児島課長が慌てて押さえた。ホールをこちらに向かって歩いてくるサク君が見えたからだ。彼もランチ帰りなのだろう。

ソーションは社内恋愛禁止ではないが、サク君の立場が特殊なだけに、私達の付き合いは児島課長だけが知っているという状況だ。二人で昼食をとるなどといった目立つ行動は控えていた。

「ありがとうございます、課長」

エレベーターに乗り込んだサク君は、いつもの淡々とした調子でお礼を言う。

上昇するエレベーターの中、課長はそれをスルーして私に話しかけた。

「花園、この前言ってた薬用リップの業界シェア、資料集まったぞ」

「あ、ありがとうございます。助かります」

「資料見てて面白いことに気が付いたんだが……ま、それは後で話す」

ポンッと電子音が四階に到着したことを告げた。私達四人はエレベーターから降りてオフィスに向かう。

営業部の扉の前まで来ると、ただ一人喫煙者の児島課長は「俺、タバコ吸ってくるわ」と言って、廊下の奥にある喫煙室へと歩いていく。が、その足を不意に止め、振り返って言った。

「あ、そうだ。花園、ちょっと缶コーヒー奢(おご)れよ。資料のお礼にさ」

「え！　有料ですか？　部下から報酬取るんですか!?」

「俺は見返りないと動かないから」

私はついでに自分の分も買おうと、児島課長を追って喫煙室の隣にある自動販売機の方に歩いて行く。

ちらっと振り返ると、サク君の少しばかり険を帯びた視線と出会った。

今日は定時になったら一回取り成しメールを送っておこう――この時は彼の心配をか

わす余裕があった。

余裕がなくなったのは、奢る予定だった缶コーヒーを児島課長が奢ってくれたあたりだった。

課長は「無糖だったっけ？」とさっさと硬貨を入れて自販機のスイッチを押す。私は当惑しながらその缶コーヒーを受け取った。

「私が奢るんじゃなかったんですか？　資料のお礼に」

「気が変わった。その代わりまた晩飯付き合ってよ。奢れとは言わないから」

「……え？」

私の頭が働かないうちに、課長は私の手から缶コーヒーを奪ってプルトップを開け、また私の手に戻してくれた。その彼の指には結婚指輪は嵌っていない。断る理由を探す私を、少し充血した弱々しい瞳が覗き込んでくる。弱った獣の目。

「そんなに警戒すんな。もう嫁の話とか……困らせるような話をするつもりはないから。コンペの企画書についてゆっくり話したいこともあるし……何より誰かと一緒に飯を食いたいだけなんだ。事情を知ってる花園なら俺も楽だし。無理強いはしないよ。彼氏、嫉妬深そうだから」

「……サク君……宍戸君、あまりいい気はしないと思うんで……」

「それじゃあ、次で最後」

「……」

——一日でも一分でも一秒でも、他の男に貸し出すつもりはない。

心の奥でサク君の声が聞こえる。

◇

ステンレス圧力鍋、四千二百円。

ホームセンターの一角で、私は片手鍋を手に取って構造や重さを確認する。圧力鍋、前から欲しいなと思っていたのだ。それほど大きくなくて値段的にもお手頃で、これはいいかも。

「鍋欲しい？」

立ち止まった私に気が付いて、先を歩いていたサク君が戻ってきた。

ニット帽とアフガンストールの上から覗く顔が、優しく笑っている。

彼は私の手から鍋を奪うと、「俺が買おうか？　どうせ二人で使うし」と言う。

確かに圧力鍋が欲しくなったのは、サク君と二人で晩御飯を作る機会が増えたからだ。

料理が嫌いではない二人が揃うと、台所で並んでちょっと凝ったものを作りたくなってしまう。

「……ん〜、圧力鍋って買っても使わない人が多いみたいだし、もう少し研究してから買う。それよりサク君はどうするの？　コタツ」

「デザインがなぁ……どれもイマイチ」

彼はそう言うと「行こう」と手を握り、そのまま私を引き寄せておでこにキスを一つ落とした。私は顔に血を上らせながら、人目など気にする様子もない彼の大胆な行動にうろたえる。

今日のサク君は久々のデートのためか、会った瞬間からスキンシップが激しい。私達は腕を組むと、二人三脚のように色違いのブーツで歩き出した。

季節は秋が終わり、冬を迎えている。サク君の異動辞令は正式なものとなり、同じ部署で働けるのも残り十日ほどになっていた。

同じ会社でもマーケティング部は二階上のフロア。出勤時刻も営業部とは異なり、フレックス制だ。サク君が異動してしまったら、今までのように毎日会社で顔を合わせることはできなくなるだろう。

現在、彼は自分の代わりに異動してきた新人君への引き継ぎに忙しく、こうして二人でゆっくりするのは一週間ぶりだった。

この日、私達は車を走らせ、郊外の大型ショッピングセンターまでやってきた。

サク君の部屋は、未だに物が少ない。キッチンには調理道具が揃っているものの、それ以外の部屋は相変わらず殺風景だ。彼曰く、音楽機器とソファーさえあれば困らないらしい。

広いスペースに観葉植物ばかりが目立つ部屋はどこか寂しげだ。私なら可愛い小物やアクセントになる家具を置くなりするのだが、一緒に住んでいるわけではないので口を出すのも憚られる。

だけど結局我慢できずに口出ししたのが、〝コタツ〟だった。

本格的に寒くなった時のためにコタツはあった方がいいと主張する私に、サク君は初め、「コタツはダサい」と存在そのものを否定した。

何でも子供の頃からコタツのない家で育ったらしい。さすがおぼっちゃん。そうだよね、実家には暖炉とかありそうだし。

それに彼が言うには、全室床暖房完備の部屋にコタツは必要ないとのことだった。とはいえ、コタツのあのヌクヌク感は床暖房では味わえない。そんな私の意見を受け、サク君は現在コタツ購入を検討中である。

「コタツ、家具屋さんだったらお洒落なデザインのやつ、あるんじゃない？」

「ってか、コタツでお洒落なのって限界あるよな。色々見てたら買う気失せてきた」

「え～！　せっかくここまで来たのに」

コタツに関しては意見の相違があるものの、家族連れで賑わうホームセンターで、彼とこうして日用品を見るのは幸せだった。二人で使う家具探しなんて、未来を感じさせる行為だと思う。

私達は雑多な商品を眺めながら、手を繋いでゆっくりと店内を探索して回った。

付き合い始めた頃は、カップルにも見えないようなチグハグな私達だったけれど、今はお互いが色々な面で寄り添い、似たものカップルになってきている気がする。

私は休みの日にはマスカラをしない。ハイヒールも履かない。周りからどう見られるかではなく、休みをどう過ごしたいかを考えて服を選び、髪はサク君がいつでも指で遊べるように下ろしていた。

サク君はサク君で、こうやって私をきちんとデートに連れ出すように心がけてくれる。彼は本来、お休みの日は一日家に閉じ籠(こも)って音楽に浸(ひた)っていたい人だ。けれど、私が彼と一緒にウインドウショッピングをするのが好きだと言ったら、それに合わせてくれている。

彼と一緒にいられる毎日が幸せだ。

なのに、私の心にはしこりができている。

百パーセント自業自得。

結局私は、中華居酒屋での食事以降、二回児島課長と食事に行った。食事と言っても、今まで同様、仕事の流れで夕食一回、ランチ一回。外回りをする営業としてはごく日常的なこと。

児島課長も、あくまで私が彼氏持ちであることをわきまえた態度をとってくれている。少しばかりアルコールが入っている時だって、もう奥さんの話はしなかったし、ましてやこの前のように好き云々の男女の会話になることもなかった。

会話は今私が進めている企画コンペに関しての話がほとんど。

特に営業二課では扱わない医薬品についての話は非常にためになった。医薬品扱いの薬用リップが、二十年以上もデザインを変えず地味に売れ続けている――そんな情報は勤続年数の長い課長でなければ得られなかったものだったろう。

……何も上司と部下の範疇を越えた行いではないはずだ。それでもどうしようもなく心が咎める。

それは、サク君にきちんと報告していないからだ。変に疑われるのが怖くて……隠してしまう。児島課長という存在が、彼を疑心暗鬼にさせるのが怖い。

私の指と交互に重なるサク君の長い指を見ながら、私はこっそりとため息を吐き出す。

嘘と隠し事を重ねてしまった私はなんてバカなんだろう。

「あ、本屋寄っていい？　雑誌買いたい」

いつの間にかぼんやりとしていた私を引き寄せ、サク君が方向転換をした。

雑誌コーナーに向かう彼を見送って、私は何気なく隣接されているＣＤショップに足を向ける。

二人で甘い夜を過ごす時に、サク君が好んでかけるジャズを購入しようと思ったのだ。

私はここ数年、音楽はダウンロードで済ませていてCDなんて長く購入していなかったけれど、サク君に言わせると、データ配信とCDでは音質が全然違うらしい。

こないだ教えてもらった歌手の名前は何だっけと思い出しながら、私は棚の間を往復する。

〝ソウルスカイ〟『店長一押し！　ここに和泉拓斗の原点がある』

黄色い手書きポップで飾られた一枚のCDが視界に飛び込んできて、私の目は釘付けになった。

和泉拓斗のCDの横に、ソウルスカイのCDが並んでいる。私はそのCDジャケットから私を見つめる〝サク〟に魅了されていた。今よりも短い髪は明るい茶色で、整えられた眉の下にある鋭い眼光は、ナイフのごとく人を傷つけてしまいそうだ。かっこいいけれど、どこか危うい感じのギタリスト〝サク〟。

「あ、あいつ新しいアルバム出したんだ」

私の隣から見慣れた長い腕が伸びてきて、たくさん重ねられている和泉拓斗のCDを手に取った。

「……空美が今持ってるCDはうちにあるよ」

サク君は私が手にしたソウルスカイのＣＤを覗き込みながら、抑揚のない声で言った。イズとの確執は解けているけれど、彼は未だバンド時代の話を進んですることはない。私が口篭っている間に、彼は和泉拓斗のＣＤをヒラヒラとさせながら「俺、これ買お」と呟いた。そしてどこか謎めいた表情で言う。

「ソウルスカイ聴いてみたい？」

「……うん、サク君が嫌じゃなければ」

「嫌じゃないよ。失敗した人生を突きつけられるようで、聴くのが辛い時期もあったけど……今は過去の自分を認められるようになってきたと思う」

　耳元で言った彼は、そのままペロリと私の耳朶を舐めた。

「うひゃっ！」と思わず変な声を出してしまう。周囲に人がいないとはいえ、店内だ。

「サク君！　今日何かおかしくない？」

「唇がいやらしいんだよ。舌を入れてキスしたいのを我慢してる」

　もう、そんな言葉を受け止める耳も、サク君の飢えた視線も恥ずかしい。やっぱり今日の彼はどこか執着心が強くなっている。

「今、口につけてるのね、他社のグロスなの。ほら、食べたくなるってＣＭしてるやつ」

「……他社製品にそそられるのは悔しいな」

「艶感すごくいいんだけど、食べたくなるってコンセプトからなのか、ピーチ系の甘い匂いがついてて、私は苦手なんだよね。食べるものの味が変わっちゃうから」

私がそう言うと、サク君は私の腰を強く引き寄せて大きな目で覗き込んできた。

深い海の底のような黒目が、揺らめきながら私を捉える。

「……空美はさ、いつの間に、そんな男を誘うような女になったわけ？」

「え？　誘ってないよ」

「気が付いてないなら余計に悪い。唇に注目させるなんて……それが男の大好きな〝隙〟なんだよ。ピーチの唇、襲いたい」

「……いいよ、サク君になら襲われても」

すると彼は少し唇を歪めたあと、私の手を引いて無言で歩き出した。私はそのままエレベーターに乗り込んで、車を停めてある屋上駐車場に向かうサク君についていくしかない。

まだコタツも買ってないし、さっき見かけたキャンドル専門店にも入ってみたかったのに、どうやらお買い物タイムは強制終了らしい。

「キャンドル専門店見たかったのに……サク君よくジャズを流すでしょ。ジャズとキャンドルって絶対相性いいよ……」

車を開錠して乗り込もうとするサク君に思わず文句を言うと、苛立ったような、熱を湛えた目が私を睨んだ。

「そういうのが誘ってるって言うんだよ……俺がジャズを流すのはセックスの時だって知ってて言ってる？　この間まで処女だったクセに天然でいやらしいって……マジ困る」

私が天然でいやらしいのなら、そんな女にしたのはサク君以外にいない。

私が口を尖らせながら助手席に乗り込むと、車はすぐに動き出した。

サク君は『出口』と表示された矢印に沿ってゆっくりと車を進めたかと思うと、途中で進行方向を変える。屋上の一番端まで来て、車はもう一度停止した。周囲に車のない、死角のような場所だ。

彼はエンジンを切ってサイドブレーキを掛け直すと、すぐに唇を重ねてきた。

歯の間から割り入れられた舌が口の内側をくまなく蹂躙する。喉の奥を探るような性急なキス。

私が彼の思惑を理解すると同時に、長い指は私のレギンスの薄い生地を撫で、もどかしげに内側に侵入してきた。

「サク君……」

ショーツの中で指が動き出す。私はそれに快楽を感じながらも、サク君の強い欲望に戸惑っていた。切羽詰まったようなキスする彼は、いつもの彼ではない。

「あ、んん……」

敏感な部分を指先で弾かれて、私は車のシートの上で体を震わせた。彼は私の秘部をかき混ぜながら、もう一方の手で自分のジッパーを下げ、硬くなった熱塊を露にする。

サク君がどうしてほしいのかを悟った私は、その部分に手を添えた。手の中でさらに硬さを増し、強く勃ち上がっていくソレは、歪なほどに強い欲望に満ちている。

車の運転席と助手席で、フロントガラスの向こうに広がる大きな空と小さなビル群を見ながら、私達はお互いを愛撫し合った。

こんな場所でも、いや、こんな場所だからなのか、サク君の指は容赦ない。

彼の愛撫に慣れた私の秘所は、指から与えられる快感を敏感に受け止める。こね回されて硬くなった肉芽を摘まれ、私は思わず腰を浮かせてさらなる刺激をねだった。

「……っい、ぁ……ああ」

「脚、広げろ。どうせこんな場所、誰も来ない。俺にソコ見せながらイけよ」

乱暴な彼の口調に違和感を覚えながらも、私は脳髄が蕩けるような思いだった。

〝イけ〟と命じた通り、サク君の指はさらに動きを速め、私を導いていく。

粘膜がピチャピチャと音を立てると共に蜜道にも指が入ってきて、入り口近くの肉を擦り上げる。

「好きだろ、クリと同時にナカ擦られるの。誰に教えてもらったんだっけ？　こういう遊び」

「……サク君に……全部……」

「そうだ。エロい空美は俺が作った。だから俺だけのもんだろ？」

「ん、ぃ……もう、だめ……」

小さな車内に私の乱れた声ばかりが満ちていく。窓に背中を向けながら、私は片脚をシートに上げて腰をくねらせていた。私の手の中にある彼の雄は、大きく脈打ち、先端を濡らしている。

「……物欲しそうな顔すんなよ。ここじゃ挿れられない。けれど、家に帰ったら……容赦はしない」

すっかり露出した私の花芯に、サク君の指が振動を送り続ける。

グチュグチュとわざと音を立てるようにそこをこね回され、私の体は発熱していった。

サク君の指は私の熱を煽り、発火させ、内側から蕩かしていく。

彼の愛撫は、肌を重ねるごとに私の快楽のポイントを探り出し、さらに的確なものとなっている。

逆らえない。たった二本の指に支配される。

私は背中を大きく弓なりに反らすと、快感を爆発させた。

「あ！　くるっ……や、だめ」

私の限界を悟った彼は、その瞬間、私の唇を塞ぐと、舌を引っこ抜くような荒々しい口づけをくれた。舌を絡ませ合い、お互いの唇を啜（すす）りながら、私は長い絶頂感からゆらゆらと舞い落ちてくる。燃え上がらんばかりだった私の血も、徐々に穏やかな流れに戻っていった。

それと共に、私は握り締めたままの彼のモノが、先端から透明の液体を垂らしていることに気が付いた。

「ピーチの唇でコレも舐めて……味が変わるんだろ。どういう味になるか試してみろよ」

サク君の口調は傲慢（ごうまん）だった。彼のこういう口調を聞くのは久しぶりだ。そう思いながら、私はジッパーの間から出ている猛（たけ）りにキスをする。口でするのを彼から要求されるのは初めてだ。

今日のサク君は、やっぱり何か溜め込んでいる。それが解消されるのであれば、早くしてあげなくては。私は透明の液体を舐め取り、口いっぱいに彼を咥（くわ）えた。

喉の奥までゆっくりと迎え入れ、唇に力を入れて引き抜くと、今度はサク君が呻（うめ）く。深く呑み込んでも、根元まで咥え切れない。そんなモノを口に含み続けるのは楽ではない。

それでもこうしてあげるのが嬉しかった。今度は私が気持ちよくさせてあげたい。

私の髪を愛おしそうに撫でる彼の指を感じながら、私は限界まで張り詰めている筋に舌を這わせ、先端を唇で包み込み、音を立てながら舐め回す。

……大好きだよ、サク君……

呼吸を乱していく彼の顔を見上げながら、私は愛おしさに心を震わせた。

この日、彼の家に戻った私達は、何度も何度も繋がった。私の啼き声だけをBGMに、本能のままに絡まり合う。小さく残った理性が警告を鳴らすほどに荒々しいセックス。彼は乱暴に私を捕らえ、力任せに腰を振る。サク君の欲情は彼自身をも焦がすように激しく、その上いつまで経っても消えなかった。

舌で私をイかせ、激しく奥を突き、指でまた絶頂に導いては、何度も挿入してくる。彼はサディスティックな言葉を吐きながら、私が限界まで淫らになることを望んだ。

ようやく全ての欲望を吐き出し、立てないほどに体力を消耗した後でも、この日のサク君はまだ不満そうに天井を見上げていた。

二人の窪みだけを残した空っぽのベッド。一日経った今も激しく繋がり続けた昨晩の

余韻がそこにあった。

俺はそのベッドの上に、恋人――花園空美の姿をぼんやりと思い浮かべる。

冬は冷え性になってつま先が寒いという彼女の言葉を聞いて、コタツを買って二人の足がその中で触れ合う様を想像した。

ホームセンターで圧力鍋を吟味している彼女を見て、付き合う前に二人で食べた牛すじ煮込みが作れるのではないかと考えた。

俺に合わせたカジュアルな服装に身を包む空美と、腕を絡ませて歩く。シャンプーの匂いが残る髪に鼻を近付けて、そこからひょっこり出ている耳にキスをすると、透明感のある肌がピンク色に染まった。

昨日のデートの間、独占欲を滾らせながらも、俺はこのままでいいのだと自分に言い聞かせ続けた。

このまま彼女の上着から、あいつのタバコの匂いがしたことなんて忘れてしまえばいい。

初めてその匂いに気が付いた時は、無視できる程度のものだった。服に染み付いたタバコの匂いなど、一日二日で消える。消えてしまえば気のせいだったかと、適度な希望を記憶に混ぜて忘れられる。

だがその匂いは、消えた頃に新たに上塗りされた。

俺は鼻がいいが、目もいい。

何週間か前から児島課長が随分痩せてきたのも見えていたし、あいつの指に結婚指輪が嵌(はま)っていないのも見えていた。そして空美が課長の体調を心配しているのも、課長の指に指輪が嵌っていないことを気にしているのも見えていた。

だが、課長……いや児島の目つきが変化したのだけは見逃せなかった。

醜(みにく)い嫉妬などで彼女を困らせまいと、見て見ないフリを決め込み、瞼(まぶた)を閉じ続けた。

今まで見せなかった男の視線。雄の欲。

何があいつを変えた？

分かっている。一瞬でも空美のことを女として認識した瞬間があったからだ。


「児島課長、〝見返りないと動かない〟って聞き捨てならないですね」

あれは数日前の昼飯の帰り、エレベーターで一緒になった時のこと。あいつは雄の顔をして空美を見ていた。彼女は気が付いていない。オッサンも気付かれていないと思っている。

二人には悪いが、俺の目はそんな節穴(ふしあな)ではない。目の前で人の女に食指(しょくし)を動かす男に我慢が限界を超え、俺は営業に出る前に廊下で児島を捕まえ、警告を放った。

「俺の女から見返り求めるの、止めてもらえませんか？」

「俺の女か……順番的に言うと、彼女の気持ちに割り込んだのはお前なんだけどな。ま、そんな偉そうな口をきくなら大切にしてやれよ」

警告は余裕の冷笑で潰された。腸が煮えくり返って罵倒しそうになるのを、血を吐く思いで押し留める。昔の空美の想いもあいつは知っていて……恋人としての居場所が足元から崩れていく。

何年も昔、親友と取り合って失った女の顔がフラッシュバックで蘇ってきた。

――ごめんなさい……裏切るつもりなんてなかった。サク、大好きだよ、私の心にはあなたしかいない。

――ごめんねサク、ごめんなさい。……あなたの優しさに甘えちゃった。イズに対する気持ちを何度も否定しようとしたの。サク……ごめんなさい。

俺はあの時から、優しい男など止めたはずだったのに……空美、君は俺の心をすっかり柔らかくしておいて、それを食い荒らすつもりか？

久々のデートは楽しいものにしようと決めていたはずなのに、優しい彼氏面が嫉妬で剥がれ落ちていった。嫉妬はすぐに歪んだ性欲となり、我慢できなくなった俺はデートを切り上げた。車の中で彼女の深い部分に触れながら、油断すると彼女を罵りそうになる自分。

あいつにキスを許したか？　この唇で何をしたんだ？

一つの体に二つの想いがあるのなら、俺が一つ毟り出してやる。

俺だけを見ていろ。俺だけで感じろ。

身を焦がす醜い嫉妬が残す後遺症を、俺は知っている。ずっと俺はそれに囚われてきた。嫉妬などしたくない。だが止まらない。

俺のモノを咥え込む濡れた唇を見て、あいつに同じことをする彼女の姿が脳裏を過ぎった。

淫らな音を立ててそこを吸い上げ、その先に舌を絡める彼女。時々俺の様子を見上げる上気したその顔を見れば、バチ、バチ、と嫉妬が弾け、俺はその痛みに声をあげる。

やがてそれにも耐え切れなくなった俺は、彼女を部屋に連れ込み、乱暴に抱いた。

白い臀部を両手で広げ、全てを俺に曝け出す淫靡な姿を眺め、バックから荒々しく突きまくる。

その間もクリトリスを刺激し、奥と前の両方でイかせた。イったばかりでまだヒクつくそこを休ませることなく何度も攻め、俺は桃色に色づく体を押さえつけ、無理矢理快感を送り込んだ。

ドロドロに太腿を汚しながら、もう無理だと訴える彼女をそれでもイかせ続けたのは、彼女の脳にこびりついているアイツの存在を、快楽で洗い流してしまいたかったから。

ついこの間まで処女だった体は、俺の半ば犯すようなセックスを必死に受け止めていた。

「覚えておけよ、この奥を突いていいのは俺しかいない。ここを抉じ開けるようにヤってほしいんだろ？　もっと声を聞かせろ……俺の脳に染み込むぐらい啼け」

「うあ、あぁあ！　んぁ！　またっ、イく……」

「イくな。どこにも行くなよ。俺から離れるな。どこにも行かせない！」

最後のあたりは無茶苦茶だった。もう恋人同士のセックスなんかじゃない。

俺は彼女を食らう獣でしかなく、彼女の肩や首筋を噛みつかんばかりに吸ってキスマークを数え切れないほど残した。そんな風に印をつけまくっても、体を離せば彼女を失ってしまうんじゃないかと……もうこのまま避妊すらやめてしまおうかとさえ考えた。わずかに残っていた理性がそれを押し止めたが、正直、これ以上嫉妬に狂うと、何をしでかすか自分でも分からない。

俺は最低だ。

男として、彼氏として、思いやりの欠片もないセックスで……危うく彼女を傷つけかけた。

俺はシーツを剥がしてそれを洗濯機に叩き込む。洗わなければ。一方的な想いも嫉妬も感傷も、全部洗い流してしまおう。

リビングに戻ると、買ってきたイズのＣＤが目に付いた。何でもいいから気を紛らわせたくて、俺はフィルムを外して真新しいそれをオーディオに入れる。

伸びる高音、強いビブラート。力強いくせに甘いイズの歌声が部屋いっぱいに響き始める。

覚えやすいメロディーにのった素直な愛の言葉が体の中に染みていく。やがてそれは心に届き、俺の目を湿らせた。

空美。不器用なほど何事にも一生懸命で、弱い部分を必死に隠そうとして、いつも笑顔で俺の心に入り込んでくる女。

料理が好きで、ぬいぐるみが捨てられなくて、いつも唇がキスをねだっている女。

俺をこんなに苦しめる魅力を持つ女。

ああ、愛なんてくそくらえとも思うけど、俺はやっぱり花園空美を愛している。

無性に酔いたくなって、俺はラムをグラスに注ぐ。

一口飲んで思い出したのは、アイスクリームとラムで酔い明かしたあの大切な夜。

酔うほどに鮮やかに蘇ってくるあの一夜をどうすれば忘れられるのかと、俺は途方に暮れた。

◇

「今晩、飯食いに行こうか」

児島課長からそう言われたのは、給湯室でカップにお湯を入れている時だった。彼の声を聞くまでは、ティーバッグの緑茶に注ぐ湯の量に気を付けていたのに、一瞬で吹っ飛んでしまった。

給湯室はオフィスの一角にあり、壁で仕切られてはいるものの、ドアなどない。ランチタイムが終わったばかりの昼下がり。まだサク君もネモモも他のみんなもデスクに着いている時間だった。

みんなのところまで声は届かないだろうが、後ろめたさの欠片もなさそうなこの口調は、男女の関係を意識していないからなのだろうか？　変に警戒してしまうのは私だけ？

カップからお湯を溢れさせてしまった私は、そんなことを考える自分が急に恥ずかしく思えて一人顔をしかめた。

軽く誘われたなら、軽く断ればいい。

「あの、課長……」

「七時半に行ける？　会社出たら電話入れるから」

私の声は彼の声に遮られた。

給湯室の入り口でゆったりと柱に体を預けていた児島課長は、どこか気だるげな雰囲気を纏いながら、笑っているのに笑っていないような、そんな意味深な表情をしていた。

緩やかに垂れた目尻に刻まれた一本の皺は、以前よりも深くなっているように見える。

私の返事を待たずに、課長はデスクに戻っていった。


夜の七時過ぎ、ちょうど会社を出たところで、スマホの着信が鳴った。

最近スマホケースをサク君とお揃いで買い換えたので、そこには以前あったストラップの痕跡はもうない。

表示される『児島課長』の名前を見ながら、私は一息吐き出して、受話器ボタンをスライドさせた。

『どう？　仕事終わった？　花園に行きたい場所なかったら、今日は寿司でも食いに行こうかと思って……』

「児島課長」

妙に明るく話を続けようとする児島課長の声を私は制した。

何度も心の中で練習した言葉を、私は通話口に向かって澱みなく発する。

「児島課長、もう二人でご飯食べるの止めましょう。誰か見ていて変な詮索をされたりしたら、ご迷惑になりますから」

小さな沈黙の後に『……宍戸君に何か言われた？』と児島課長の柔らかい声が聞こえ

てくる。

「いえ、そういうわけではないんですが……」

私は言いよどみながらネオンの輝きが増していく街に視線を漂わせた。

この街のどこかで児島課長が私を待っている。

大学を卒業してからソーションに入社して、無我夢中で仕事をするうちにいつの間にか好きになってしまった人。あの優しい笑顔にたくさん助けられてきた。だけどその笑顔こそ残酷なのだと何度も思った。

今、児島課長に私が向けている曖昧な笑顔も、たぶん同じだ。私には彼の傷を癒す力などないのに、まるでその力があるように振る舞っている。気持ちがついていかない私の中途半端な優しさは、毒にしかならない。

「児島課長、今まで誘っていただいて……ありがとうございました」

私がそう言うと、ふぅ、と電話の向こうで息を吐き出す音がした。

『おう、こちらこそ話を聞いてくれてありがとう……』

児島課長はそう言うとしばらく黙っていた。通話口からかすかに「いらっしゃいませ、何名様ですか?」と声が聞こえてきて、彼が既にお寿司屋さんの前にいることが分かる。これから彼は一人で食事をするのだと思うと、また心がチクリと痛んだ。だけど私は歯を食いしばって上辺だけの優しさを呑み込んだ。

『……逃げられたな……実は花園がそんなにイイコじゃなかったら……もう少し迷惑かけてやろうかと思ってた。けどダメだ。お前はイイコすぎて踏み込めない』

「……課長のそういう優しさが好きです」

『あのおぼっちゃんが手に余るようだったら……来いよ、俺のトコ。あんなガキよりは余裕あるつもりだから』

「彼の余裕のないところも大好きなんです……児島課長も奥さんのこと、好きなんですよね？」

『……愛してる、好きだって……言葉に出せるうちに、たくさん言葉にしておけよ』

私の質問には答えず、児島課長は「おやすみ」と言って電話を切った。

私はしばらくその場に佇（たたず）み、ライトの消えたスマホのディスプレイを見るともなしに見ていた。夜の風がふわりとやってきて、私は顔を上げる。

夜闇が訪れたばかりの空を見上げれば、冷たく澄んだ空気の向こうで星が瞬（また）いていた。

長い片想いが心の中で昇華して、夜空に溶けていく。

澱（よど）みの取れた私の心は澄んでいる。そこに映し出される人物は一人しかいなかった。

サク君に会いたい。

冬の空気を肌に感じながら、私は駅へ向かう。

スマホで時間を確認し彼に電話をかけた。サク君は夕方から営業に出ていたので、真っ直ぐ帰っていれば家に到着している頃だろう。

今晩は彼の腕の中で夜を過ごしたかった。

この間のデート以来、ゆっくり二人で過ごす機会もないままだ。

切なく響くジャズの歌声を二つの心に染み込ませながら、キスを何度も交わし、静かに抱き合う夜が恋しかった。

もしサク君がこの前のような荒々しいセックスを望むなら……私はそれを受け止めよう。与えられるだけでなく与えることも決して忘れたくない。

呼び出し音を鳴らし続けるが、いつまで経ってもサク君は出ない。

仕方なく電車に乗って自宅に向かう。彼から電話があったのは、私が最寄り駅から出た頃だった。

『今どこ？』

着信を取った瞬間、出し抜けにそう訊ねてきたサク君に、私は駅前だと答えた。

『そのままそこにいて。近くにいるから』

彼はそう言って電話を一方的に切った。

駅前の見つけやすそうな場所で待っていると、五分も待たずにスーツ姿のサク君がネオンの明かりの中を歩いてくるのが見えた。ただ、その歩みは随分と遅い。私に気が付いていないのかと小さく手を振っても、サク君は無表情のまま、足を速めることはしなかった。

冷たい夜風が私達の間を通り抜ける。伸びてきた彼の前髪がふわりと揺れて、ガラス玉のような大きな瞳が露になった。

私の目は、それに釘付けになる。冷たい、感情を失った瞳。

「空美……これ」

サク君は腕を伸ばして紙袋を差し出してきた。私達の間を、風が通り抜ける。

受け取って中を覗くと、彼の部屋に置きっぱなしになっていた私の小物達。化粧品やヘアブラシや部屋着、お泊まりをする度にサク君の部屋に増えていった私物だ。

「別れよう」

「……え？」

聞き間違いなのかと思った。

たいして強くもない夜風が、意地悪をしてサク君の言葉を歪ませたのだと。

「別れよう」

なぜ？　反射的にその二文字を口に出しそうになって、私は口を噤む。

聞き間違いなどではなかった。

なぜなのかは分かっている。私が児島課長とこそこそご飯に行ったのを知っているのだ。

どうして、どこまで、何を、知っているの？

混乱した頭にそんな疑問が行き交ったが、それを口に出す前に、そんなことはどうでもいいのだと悟る。

感情を押し殺したサク君の表情は、もう決まったことなのだと私に告げている。

どうしていいか分からず、私は我知らず小刻みに首を横に振り続けていた。

別れるなんて、できない。

「いやだよ……そんなに簡単に別れることなんて……できない」

「……俺はあと何日かで営業部から消える。空美と児島課長を残して異動して……ニコニコ付き合っていけるほど鈍感じゃないんだ」

「でも！　……ああ、ごめんなさい。黙って児島課長と二人でご飯を食べに行ったのは悪いと思ってる。言わなくてごめんなさい。でもご飯食べてただけだよ」

「……信じるよ。でも、心の底では信じられない。たぶんこのまま付き合っていっても、信じているフリしかできない……あいつのタバコの匂いがまた空美からするんじゃないかと、俺は疑い続ける」

「タバコ……ああ……」

私はどこか他人事のように納得していた。洞察力の鋭いサク君が気付かないわけないではないか。

力が抜けていく。でもダメだ……しっかり考えないと、サク君が行ってしまう。行かせてはいけない。

「もう面倒くさいんだよ」

吐き捨てるようにサク君が言葉を投げつける。

考えても考えても、どうしていいのか分からなくて、私はただ「ごめんなさい、ごめんなさい」と子供のように連呼していた。動揺して、それしか言葉が出てこない。

サク君が踵を返そうとした瞬間、私は本能的に彼の硬い腕を掴んだ。

このまま別れてしまっては、本当に終わってしまう。

「サク君、別れたくない！　好きなのはサク君だけだから」

「……終わりに、しましょう。花園主任」

私の手を簡単に振り払い、彼は歩き出した。その背中を、私はぼんやりと見つめていた。

街灯に照らされた薄闇の中に、彼の姿が消えていく。

いやだ、別れるなんて、こんなに好きなのにできるわけがない。

居ても立ってもいられなくて、私は夢中で走り出していた。

小さくなっていく背中を見失わないよう真っ直ぐ見つめながら、彼を追いかける。

「サク君！　待って！」

私は一度振り払われた腕に、再び縋り付いた。往生際が悪くても、未練たらしくても、簡単にこの腕を離すことなんてできない。

サク君は一瞬立ち止まったものの、振り返ることなく私の手を振り払った。わずかに彼に触れた感触を指先に残したまま、私の手は冷たい空気を掻く。無言でまた歩き出した彼の背中を追う勇気は、もう私にはなかった。

涙も流れない。息をしているのかも分からない。

こんなに簡単に終わってしまうものなのだろうか？

サク君にとって好きという気持ちは、こんなに簡単に切り捨てられるものだったのだろうか？

だとしたら、きっと彼は私など好きではなかったのかもしれない。

そう気が付いた時、ほろりと一粒だけ涙が落ちてきた。

結局、また片想いだったのだ。

◇

夏の終わりにやってきた恋人は、冬には去ってしまった。サク君はもう同じフロアにさえいない。予定通り二階上のマーケティング部に異動してしまったのだ。

彼のいない営業部でこれまで通り仕事をしていると、元から恋人などいなかったのではないかという気さえしてくる。彼のデスクは別の社員が使い始め、〝優良株〟の話題も次第にパウダールームから消えていった。

だけど普段の営業の仕事を終え、コンペ用の企画書に向かい合った時、私はそこに彼の存在を感じずにはいられなかった。

サク君が異動した次の日、自分のデスクの引き出しを開けた私は、そこに綺麗にファイリングされた書類を見つけたのだ。

『リップグロス関連　他社商品アナライズ』

書類に署名はなかったけれど、貼り付けられていた付箋（ふせん）には『他社にない特徴を打ち出すこと』と手書きでメモがしてあり、筆跡ですぐにサク君だと分かった。

書類は大手から中小まで、他社のリップグロスがずらりと写真付きで表になっており、特徴と価格が示され、注目すべき商品にはコメントまで添えられている。とても一日や二日で纏（まと）められるような内容ではなかった。きっとまだ付き合っている頃から、少しずつ、彼が私のために纏めていたのだ。

心の底から私のことを考えていてくれていたのに、愛してくれていたのに……彼の過去のことも知っていたのに……私はなぜ嘘や隠し事を重ねてしまったのだろう。

自分の愚（おろ）かさと、失ってしまったものの尊さに涙が零（こぼ）れ落ちそうになり、私は上を向いて蛍光灯の白い明かりをしばらく見つめ続けていた。

今はただ一生懸命仕事するしかない。サク君が置いていってくれた資料に報いるためにも、私は毎日それまで以上に仕事と向かい合った。

不幸中の幸いともいうべきか、サク君の仕事を引き継いだ新人のフォローをしなくてはいけないし、企画コンペの締め切りも迫っていたので仕事はいくらでもある。だから、会社ではまだ大丈夫――そう思っていても、家に戻るとダメになる。気が緩んでどうしようもなく落ち込んだ。

じゃむじゃむは冷たいプラスチックの瞳で、私を非難し続けている。

玄関には、パンプスやミュールに交じって一つだけ異彩を放つ、八ホールブーツ。サク君と色違いで買ってもらったものだ。キッチンに立てば二人で並んで晩ご飯を作った日々を思い出し、バスルームに行けば小さい浴槽に重なるようにして入った日々を思い出した。

眠れない夜、私はサク君に倣って音楽をかけた。

実は別れを告げられた時、受け取った紙袋の中には、私物以外に二つのCDが入っていたのだ。

一つは二人でよく聴いていたジャズアルバム。二人で愛し合う夜にいつも流していたものだ。もう一つはソウルスカイのもの。尖った若い〝サク〟がCDジャケットの中で私を見つめていた。

彼からの餞別なのだろうと思い、私はそれを黙って受け取った。

思い出の詰まった切なげに響くジャズを一人で聴く根性など、私にはない。とめどなく泣いて干からびてしまうだろう。

だから私は、ソウルスカイのCDを毎日のように聴いた。元気で小気味いいロックは、私から感傷を吹き飛ばす。イズの伸びやかなボーカルの後ろで響くサクのギターとコーラスは、私を励ましてくれているようだった。

失恋から一ヶ月も経つ頃には、私はすっかりソウルスカイのファンになっていた。

ネットオークションでインディーズ時代のCDまで手に入れ、一枚だけ発売されていたライブDVDも購入し、毎日一人で晩ご飯を食べながらそれを鑑賞する。

まだ二十歳を少し超えたばかりのサクは、挑戦的な笑みを浮かべながらギターを掻き鳴らし、生意気な視線でファンを魅了している。短い髪を汗で濡らして、時折、歓喜を爆発させるように大きく笑う彼を見ているうちに、私もいつの間にか同じ歌詞を口ずさみながら笑みを浮かべていた。

音楽のエネルギーを感じながら私は思う。

サク君はこの輝きをばっさりと捨てることができる人間なのだと。

彼は自分を守るために、自分を傷つけるものを切り捨てながら生きてきた。音楽、親友、そして恋。私が簡単に切り捨てられたのは当たり前なのだ。児島課長からもらった携帯ストラップを大事にしていた私みたいな、諦めの悪さはない。

――児島課長。

サク君への失恋以降、課長とは何となくギクシャクして、数週間はお互いを避け合うような空気があったけれど、しばらくすると以前のような上司と部下の関係に戻っていった。

もちろん二人で食事に行くことはもうない。営業部のみんなを誘ってランチに行ったり、冗談を言い合ったりと他愛ない関係が戻ってきたのだ。今の私にはそれが嬉しかった。

私と課長の間で決定的に変わったのは、奥さんとサク君の話題だけは絶対に口にしなくなったことだ。私も彼も、小さな綻(ほころ)びからどんどん傷が広がっていくのを恐れたのかもしれない。

私と児島課長は似たもの同士。気を抜くと傷を舐め合うような馬鹿げた関係に陥(おちい)りやすいことは、二人とも分かっていた。

そしてお互いに、それを望んではいなかったのだ。

無事に社内コンペに提出する企画書を提出し終え、その後、怒涛のように押し寄せてきた年末の仕事に忙殺されていたら、クリスマスはいつの間にかすぐそこだった。今年のクリスマスは初めて彼氏と共に過ごすことになりそうだと思っていたのに、そんな希望的観測は大ハズレだ。

クリスマスイブの夜、私はコタツに脚を突っ込んで、何度も繰り返し見たソウルスカイのライブDVDを一人眺めていた。ノリノリのロックを一緒に歌って、エアギターでサクのパフォーマンスをコピーし、アンコールで「サンキュー」と一緒に叫んで、1LDKの小さな部屋でライブを一つやり終えた私は、ぐったりとソファに体を預けながら自分の行動のバカバカしさに笑った。

一人笑って、ぽとり、と涙を流し、それからぽとり、ぽとり、ぽとり……

降り出した雨が勢いを増していくように、涙は止まらなくなってしまった。

コタツの天板におでこを擦り付けて、私は泣いて、泣いて、泣いた。

サク君が恋しくて、どうしようもない。

止まらない涙で顔を汚しながら、私は一人声を上げて泣いていた。

サンタさん、私にサク君を下さい。

私にそんな権利がないのなら、本当に大好きだったと彼に伝えて。

二人で過ごした時間は二十八年生きた中で、一番キラキラしていたと彼に伝えて。

祈ってみても嘘つきの大人に、サンタクロースがやってくるはずもない。

だけど、サンタクロースはクリスマスイブに一人大泣きしたアラサーを哀れに思ったのかもしれない。

翌日、泣き腫らした目で会社に出勤した私のもとに、別の贈り物が届けられた。

『株式会社ソーション　企画コンペティション　結果発表
多数のご参加ありがとうございました。
厳選な審査の結果、以下三名の受賞が決定しましたのでお知らせ致します。
大賞　薬用オーバーナイトリップグロス〝寝ている間に艶めきグロス〟
　花園空美　営業部
優秀賞　新感覚フレグランス〝貼ったとこだけ香りピタ！〟
　西野裕子　製品研究部
入賞　花粉症対策グッズ〝鼻だけマスク〟
　大野利信　経営マネージメント部
受賞された三名には表彰状及び金一封が授与されます。
大賞を見事獲得された素肌応援化粧品〝寝ている間に艶めきグロス〟
企画は今後商品化に向けて開発が進められていく予定ですので、ご期待ください』

社内掲示板と全社員宛のメールで知らされた吉報に、私は周囲の人達と共に飛び上がって喜んだ。昨晩泣きすぎて腫れ上がった目も、あっと言う間に回復しそうな勢いだ。

企画コンペは自由参加なので無関心な人達も多かったけれど、入社以来欠かさず参加してきた私にとっては、一つの目標が達成された瞬間だった。

私が今年提出したのは薬用リップの効果を備えたグロスで、寝る前に付けると唇パックをしたような高い保湿効果が得られるというものだ。

本来グロスもメイク用品だから、寝る前には落とさなくてはならないが、これは基本的に一晩付けて寝ることを想定している。そのため無色透明なのだけど、艶感(つやかん)だけで唇をセクシーに見せてくれるのだ。恋人と過ごす夜なんかにも使えて、彼氏とキスをした後は二人でツルツルリップをシェアできちゃったりするというオマケ付きだ。

保湿効果のあるリップグロスに何かプラスアルファの付加価値が欲しいと考えていた時、児島課長が仙台出張に行くチャンスをくれた。

そこで会った美容部員さんの話、東京から来てくれたサク君との夜……彼とたくさんキスをしながら眠った日々……手軽に唇にセクシーさを演出しつつ、つけっぱなしで寝ることができればと思ったところから、企画のアイディアが固まったのだ。

児島課長とサク君に助けてもらい、時間をかけて丁寧に纏めた企画。今年の企画書は例年よりもずっとたくさんの想いを詰め込んでいたので、嬉しさもひとしおだった。

私はその日の午前中いっぱい、みんなからお祝いの言葉をもらい、どさくさに紛れて「金一封で飯奢れ」などとたかられ、何だかんだで幸せな気分になれた。

男などいなくても生きていってやるさ、そんな風にちょっと強がりさえ言える。

仕事を一生懸命やってきてよかったと感じた瞬間だった。

ランチタイムにはすっかり元気を取り戻した私は、「お昼ご飯奢ったげるよ！」と勢いで言ってしまい、児島課長を含める八人の営業部仲間と共に社員食堂に向かった。

格安の社員食堂で申し訳ないが、三十万円と予定されている金一封はまだ手元に届いていないので、八人もいてはこれが精一杯である。

私は〝具だくさんカレーうどん〟をオーダーして、みんなと大テーブルに座った。そしてカレー汁を飛ばさないように慎重に食べ進めていた時、食堂の入り口にサク君を見つけ、思わず箸を落としそうになる。

彼を見るのは本当に久々だった。

「うお、珍しい！　宍戸兄弟揃ってるじゃん」

どこかでそう囁く声がして、私は初めてサク君の隣にいるのが宍戸洋太郎常務であることに気が付いた。サク君にばかり目を奪われていたけれど、常務はこの食堂の改革者である。そのためここに愛着を持っており、たまに利用しているらしい。確かサク君とは十歳以上歳が離れているはずだが、並んで立っていると整った顔がよく似ているのが分かった。

サク君は今、創業者ファミリーの一人として趣味のいいスーツを着こなし、背筋を伸ばして品格さえ漂わせている。私にはもう絶対に手の届かない天上人(てんじょうびと)のようだ。

二人はカウンターでランチを受け取ると、社員で賑(にぎ)わう座席の方に歩いてくる。

すぐにサク君は中央の大テーブルを占領していた私達営業部の面々を見つけた。八人も揃っているので目立つのだ。彼は元同僚達に静かな笑顔で会釈(えしゃく)をする。大きな瞳はまるで何も見ていないかのように虚(うつ)ろで、私達と視線が合っているのかどうかさえ分からない。

それでもサク君は私に向かって、お祝いを口にしてくれた。

「花園主任、企画コンペの大賞受賞おめでとうございます」

「ありがとう」

普通に接しただけなのに、鼻の奥がツンと痛くなる。

彼の声は聞くのは随分久しぶりだ。これが彼氏でも部下でもなくなった、私達の距離感。もう二度と触ることの許されない長い指、引き締まった腕、二度と「空美」とは呼んでくれない彼の声……

「ああ、大賞を取った花園さんか！　僕も審査委員をしていたので企画書、覚えていますよ。断トツでよくできていた。おめでとう」

私とサク君のやり取りを見ていた常務が、人懐っこい笑顔で褒めてくれた。サク君に似ているけれど、年齢を重ねた分、柔らかさのある顔つきだ。

私は「ありがとうございます」と答えて頭を下げる。

あ、だめ……

突然涙腺を揺さぶられるような感覚に襲われ、私は慌てた。受賞でかなり浮かれていて、もう大丈夫だと油断していた。目頭に涙が溜まっていくのが分かって、顔が上げられない。

「す、いません……目に、うどんの汁が……」

私は目を押さえて立ち上がると、常務に慌ただしく一礼して駆け出した。あんな状況で涙を落とすわけにはいかない。

トイレの個室に滑り込んで、私は声を殺して涙を流した。

サク君の瞳が、感情を映すことのない瞳が、心にゆらゆらと沈んでいく。

本当に重い女だ。嫌になる。

また空想彼氏でも作って、幸せなフリをしながら笑顔でいよう。

次はどんな男にしようか？　イケメンのハーフ、手堅い官僚、もうこうなったらアラブの石油王あたりと遠距離恋愛でもしてみようか……選びたい放題だ。一人を除いて。

そうだ。きっとどんな彼氏を空想してみたところで、私が求めるのはただ一人。これから何年、私はサク君に片想いを続ければいいのだろう？

昼休みの女子トイレは、女性社員達が高い声でお喋りをしながら次々と出入りしている。個室のドアの向こうでは、昨晩のクリスマスに彼氏とどこに行ったただの、プレゼントは何だったたのと、ちょっとした不満とのろけを織り交ぜて盛り上がっていた。

――お見合いでもしようかな。

ふと、そんな柄にもないことを考えてしまう。

お正月休みには毎年静岡の実家に戻る。二年ぐらい前から、親と顔を合わせる度に、結婚はどうするんだと言われるようになっていた。

今年のお正月は振袖を着て、初詣のついでにお見合い写真でも撮ってこようか。案外、さっさと結婚してみたら、あっさり幸せになれるのかもしれない。

涙が途切れるのを待ちながらそんなことを考えていると、ふと児島課長の奥さんの影が脳裏を掠めた。ほとんど面識がないので写真の顔しか思い出せないが、私は課長の口から事情を聞いて以来、彼女に好意的な印象はない。

それなのに、なんとなく彼女と共鳴している自分がいる。

失恋がしんどくて、背負っていけなくなって、そんな時に誰かが助けてあげようと言ってくれたら、多くの人はきっとそれに甘えたくなるだろう。そんな風に、楽しかった過去を打算と逃避で封印しても、その煌（きら）めきは自分の深い部分に潜（ひそ）み続けるというのに。

私はどこに行くべきなのだろう。

涙が止まらなくてもいい。立ち止まってよく考えてみよう。

誰かに自分の寂しさを拭（ぬぐ）ってもらっても、きっとそれは正解にはならない。

悲しみを背負いながらでも、今度こそ嘘のない生き方をしていこう。

そう決めた時、私の涙はやっと途切れた。

第四章　繋がった運命のメロディー

「健康と美しさは直結している」

そう豪語する兄・洋太郎の方針で、株式会社ソーション本社ビルでタバコが吸えるのは、四階の小さな喫煙所が一ヶ所だけだ。兄貴によれば将来的には社内全面禁煙にしたいらしいが、重役共がスパスパ吸っているうちは無理だろう。

会社をよくしていこうという兄貴の清廉潔白な方針は素晴らしいが、少々急ぎすぎだ。自分達の創り上げてきたものを変えられる年寄りの苛立ちは、第三者の立場から見ればよく分かった。

午後八時を回り、俺は人気の少なくなったビルを六階から四階に向かって降りる。

今日はソーションの今年最後の営業日、つまり仕事納めなので、残業をしている者はいつもより少なく、ビルは年末年始の休みに向けて既に静寂を湛え始めていた。

閉まっている営業部のドアを横目で見ながら通り過ぎると、昼間に見た空美の様子が思い出される。あれは泣いていたのだろうか？

あの後すぐに俺達も営業部の面々が座るテーブルから離れたが、彼女が戻ってきたのはうどんがのびてしまうほど時間が経った後だった。彼女は待っていた営業部の連中に迎えられ、清々しく笑っていた。

その様子を遠目で見ていた俺は、捨ててしまったものの眩しさに目もくらむ思いだった。

あの時、別れを告げたのは、怖かったからだ。どんどん自分の傷が深くなるのが怖かった。傷口から溢れた醜い猜疑心が体の中で膿み、愛情を嫉妬に変えてしまう感覚を俺は知っている。

最後には愛情の欠片もなくなって、憎しみだけが残り、惚れた女を恨む始末。

一度の失敗で十分学んだ。空美とはそうなりたくなかった。

怒りに思考を奪われる前に、全てを終わらせなければいけないのだと決めた。

だが……空っぽ――

彼女のいなくなった俺の心には、何もなくなってしまった。

営業部を通りすぎた俺は、スーツのポケットからタバコを取り出し、それを咥えながら喫煙室に入る。アメリカに行った時に止めたはずの喫煙癖がまた戻ってきていた。

喫煙室に入った瞬間、虫唾が走るほど嫌いな臭いと、それ以上にムカつく男を見つけて、思わず回れ右しそうになる。

「おう、宍戸君もタバコ吸うんだ?」

「……お疲れ様です。児島課長」

「何で四階に……って、あ～……六階って喫煙室ないんだ」

「ですね」

「でも、ガキはタバコ吸わない方がいいんじゃない？」

「なんだと？」

　反射的に柄の悪い声が出たが、後悔はしていない。十畳ほどの喫煙室で、俺と児島課長は睨み合う。喧嘩を売ってきたのはこのオッサンの方だ。

　吸い込んだタバコの煙をヤツの顔に向けて吐き出すと、ヤツは「煙いだろ」と当たり前のことを言って顔をしかめた。垂れ目で俺を睨んだまま、オッサンは咥えタバコで挑戦的に笑う。

「宍戸君はさ、花園と別れたの？」

「……児島課長には関係ないです」

「関係あるよ。これでも素敵な上司ぶって一切手を出さずにきたんだ。……お前と切れたなら俺にも権利があるだろ」

「ねーよ！　テメーは既婚者だろがっ」

　思わずヤツの鼻先で怒鳴ったら、それを弾くようにフンと鼻で笑われる。後頭部が苛立ちでビリビリと逆立ってくるのが分かった。

気に食わない。そうやっていつも余裕ぶっこいて、優しげな顔の裏で空美を雄の目で見やがって。そんな俺の心情を知ってか、ヤツはさらに続ける。

「一月二十六日が俺ら夫婦の結婚記念日でさ、その日いっぱいで夫婦終了することに決まったんだ。二十六日過ぎたら遠慮なくいかせてもらうから。ま、花園を手放した宍戸君には関係ない話だけど……せいぜい冷静ぶって見てろよ、クソガキが」

「はあ? オッサンはすっこんでろ！ 空美に近寄んじゃねえよ！」

パチンと何かが弾けて、俺はタバコを灰皿に叩きつける。

そして児島課長のジャケットの襟を掴み、力任せに捩じり上げた。それでもヤツは動揺せずに、俺の目を真っ直ぐに睨みつけ、歯を噛み締めて軋ませる。

その後に開いた口は、俺に向かって思わぬ言葉を吐き出した。

「そんくらい惚れてんならもっと足掻け！ 必死になれ！ 必死になって俺から花園を引き離せ！ 頭で考えながらレンアイしてんじゃねぇよっ！ ガキがカッコつけて生きようとすんなっ！」

思わず緩めた俺の手をすかさず撥ねのけ、児島課長は歪んだジャケットを整える。そして右手に持ったタバコをもう一度咥え、煙を吐き出しながら言った。

「俺の可愛い部下を泣かせんな……俺じゃ慰められないんだよ」

はっとして見ると、ヤツは灰皿にタバコを押し付けながら穏やかに笑っていた。そこで俺は、この男に見事に煽られたことに気付く。

あー……クッソ……ムカつくなぁ。空美がこの男に惚れたことに納得してしまう。

上司で、大人で、男で――役割をくるくると変えながらも、自分のことは二の次にして他人を心配している。

「……オッサン、マジで離婚するのか？」

「元上司をオッサン呼ばわりするんじゃねーよ。離婚は本当だよ。嫁を幸せにする方法を考え抜いたらそれだった」

「なんだよそれ……オッサンも幸せになれよ」

「ま、花園がもう一回油断してくれたら、その時は彼女に幸せにしてもらうから」

「ねーよ」

「お前次第だな」

憎たらしい笑顔を俺に向けて、「お疲れさん」と児島課長は喫煙所を出ていく。

――カッコつけて生きようとすんな。

自分だって年下の前で精一杯カッコつけようとしているくせに、笑ってしまう。

だけど児島課長の声は、俺の耳の奥でいつまでも響き続けた。

◇

年末年始の休みに入れば、俺の苦手な正月がやってくる。

親類、縁者、得意先としがらみの多い宍戸本家では、一族の集まる元日は、家族一同笑顔を貼り付けて、誰だか分からない客にまで挨拶しまくらなければならない。

株式会社ソーションに入社するまでは蚊帳の外にいられた俺も、今となってはそういうわけにもいかない。一族の俺に対する視線も、年々変化しているのを感じていた。

入社した頃は自分がサラリーマンなんて柄でもないと違和感が大きかったが、今ではこの仕事が向いているのではないかと思えるようになった。このまま周りの期待通り、経営者を目指して頑張ってもいいとすら考えている。

この会社はいい会社だ。

ヒラで仕事をしていると、社員達に仕事の好きなヤツが多いということがよく分かる。

俺の前に重役になる道が広がっているのなら、そんな社員達のため、兄貴と共にソーションをもっといい会社にしていきたいと思う。

俺は新年の挨拶客で賑わう宍戸家の大広間を抜け出し、凝った造りの日本庭園に足を向ける。

親族の子供達が池の錦鯉に餌をやっているのを見ながら、スーツのポケットからスマホを取り出し、何度となく見てきたそのナンバーを眺めた。

〝花園空美〟

彼女は気が付いているだろうか？　俺と抱き合うほどに変わっていった自分を。

以前は頭の先からつま先まで、パーフェクトを演じている女だった。品のいいベーシックなファッションにハイヒール、完璧な化粧に余裕のある笑顔。

それが俺の腕の中でほろほろと崩れていった。中から出てきた本当の花園空美は、一生懸命なのに不器用で、生まれたてのような純粋さを持った女。

その純粋さ故（ゆえ）に迷いも多く、傷つきやすい性格であることは分かっていたはずなのに……

別れを告げたあの日、俺は腕に縋（すが）り付いてきた小さな手を、二度も振り払った。必死に絞（しぼ）り出していた声に、耳を傾けようともしなかった。弱い自分を守りたいがために。

そんなことを思い返し、正月の澄んだ空気の中に一つ息を吐き出した時、屋敷の方からピアノの音が聴こえてきた。母さんのピアノだ。大昔の話だが彼女は音大を卒業しているので、今でも人が集まると請（こ）われてピアノを弾く時がある。

彼女がピアノを弾くと決まって重なってくるのは、兄貴のフルートだ。今はまだ聞こえてこないが、そのうち二つの音色になるだろうと俺は耳を澄ませる。

兄貴も俺も、資産家のボンボンらしく幼い頃から音楽を習ってきた。

兄貴はフルート。真面目な男なので途中で止めることなく今も趣味で吹いている。

俺はヴァイオリンを習わされたが、不真面目なので思春期に入ってからは、とっととエレキギターに持ち替えた。そのギターも今は止めてしまったのだが。

少し待ってみたが、なかなか兄貴のフルートが聴こえてこない。首を伸ばして屋敷に視線を送っていると、兄貴が縁側を歩いてくるのが見えた。手にフルートを持っているので、取りに行っていたのだろう。

兄貴は俺と目が合うと、フルートを指示棒のように振って呼びかけてくる。

「サクもヴァイオリンで参加しろよ」

「無理に決まってるだろ。ヴァイオリンなんてもう十何年も触ってない。どこにあるのかも分からないな」

「ギターは？　ギターなら親父のアコギがあるだろ」

俺は言葉に詰まる。

ギターだってソウルスカイが解散してからは一切触らないようにしていた。一度触ってしまうと、また苦しい片想いが始まるのが目に見えているからだ。ギターも弾く気はないと断ろうとしたところに、障子が開いて親父が顔を出した。どうやら話を聞いていたらしい。

「お前のギター、生で聴いたことがないな。待ってろ、俺のを貸してやる。何年も使ってないから上手く音が出るか保証はできんが……」

俺も兄貴も、親父が自らギターを取りに向かったことにびっくりして顔を見合わせる。

そうして、二人して笑った。

俺がメジャーデビューして大学を中退すると言い出した際、親父とは相当揉めたのだ。親父は俺に会社役員としての道を用意したがったのに対し、当時の俺にそんな気はさらさらなかったからだ。

フォークソングを歌って母に求婚したという伝説を持つ親父だが、俺がギターにのめり込めばのめり込むほど、ギターを唾棄するようになっていた。それがああしていそいそと準備しに行くのだから、いつの間にか親父も丸くなったということか。

「サク、弦は全部緩めてあるんだが、きちんとチューニングすれば音は出るはずだぞ」

そう言って古いアコースティック・ギターを持ってきた親父を見て、俺は思わずそれを手に取る。

縁側から家屋に入ると、来客の集まる広間の隅で時間をかけてチューニングを整えながら、俺は空気を震わせる音に耳を澄ませた。

この感覚……やっぱり俺はギターが好きだ。

母さんのピアノがメロディーを奏で始める。そこに兄貴のフルートが柔らかな音色を重ね、俺はギターで伴奏をつけた。

即興なので拙い演奏だ。それでも日本酒で顔を赤くした親父は、皺の多い顔をくしゃくしゃにして笑っていた。父親もピアノを弾く母に惚れたというくらいだから、元来は音楽が好きな男なのだ。

簡単な演奏が終わると、いつの間にか周囲に集まっていた親族が笑顔で拍手をくれる。その様子を見ていたら、心の中で絡まっていたものがスルスルと解(ほど)けていくような気がした。

昔はギターが好きで、誰かに聞いてほしくて、拍手を貰うのが嬉しかった。けれどプロの世界に入って認められなかったことで、愛したギターにまで拒絶されたように感じていた。

俺はなぜあのまま、ギターを愛し続けてやることができなかったのだろう？　なぜ好きだという大切な気持ちを、陳腐(ちんぷ)なプライドと引き換えに捨ててしまったのだろう？

そんなことを考えていると、親族の子供達がギターを教えてくれと俺を囲み始める。困った俺はギターを親父に返し、ついでに子供達も押しつけると、再び広間を抜け出した。背後からは親父が子供達にギターを教える音が聴こえてきた。

――カッコつけて生きようとすんな。

子供達がデタラメに掻き鳴らすギターの音に交じって、頭の隅っこに置いておいた児島課長の声が響く。

カッコつけるのをやめた空美に対して、俺はなんて粋(いき)がったガキだったのだろう。下らないプライドばかり大切にして、本当に大切なものを捨ててしまった。

ダサい嫉妬に囚われ、子供のように寂しがり、不安のあまり愛おしいものを片時も離せない。

そんな自分をもう認めてしまおう。

とことんまでカッコ悪く足掻くことになっても、彼女を愛することを続けよう。

〝花園空美〟

スマホのディスプレイをしばらく眺めた後、俺は深呼吸して通話ボタンを押した。何度か呼び出し音が響き、やがてそっと探るような彼女の声が機械を通して耳に流れてくる。

『……あ、はい。どうしたの？』

「……明けましておめでとう」

『明けまして、おめでとう……』

「今どこ？」

『え？　実家。静岡の……家族と初詣に行って帰ってくる途中』

「そっか……何かお祈りした？」

『したよ』

「……明けましておめでとう」

『うん、さっき言ったよ』

「だな……」

『……』

「じゃあ」

『うん』

意味ありげな沈黙がしばらく俺達の間の空気を埋めたあと、通話が切れた。

俺はもう一度息を吐き出し、さっき言えなかった言葉を独(ひと)り小さく呟(つぶや)く。

「会いたい」

◇

一年は三百六十五日もあるというのに、新年という言葉はあっという間に使えなくなる。新年ならではの新鮮な気持ちも薄れていく一月下旬、営業から戻った私は児島課長に呼び出された。

「花園、今時間あったらミーティングルーム来て」

「はい」

私は彼の背中を追ってミーティングルームへ入る。「座って」と促(うなが)され、彼の斜め前に着席すると、思ってもみなかった言葉を投げかけられた。

「宍戸君とどうなってるの？」

「な、なんですか？　唐突に……」

私は思わず眉を寄せた。サク君の話題なんて、児島課長との間では随分長く出てこなかったのに……しかも仕事中。公私混同である。

「別に何もないですよ。去年別れて……それ以来特に……」

「ふーん。まぁ、それはどうでもいいんだけどさ」

「え！」

どうでもいいなら嫌なことを語らせないでほしい。

困惑しつつも、私は最近サク君から時々かかってくる電話に思いを馳せる。

実はお正月の挨拶の電話以来、週に二度ほど電話がかかってくるようになったのだ。

そのことでモヤモヤした気持ちが溜まってきていたので、私はついでに話してしまえ、とばかりに言葉を吐き出した。

「電話……最近宍戸君から電話をもらうんです。それが全然内容がなくて……『寒いな』とか『晩ご飯何食べた？』とか『風邪引いてない？』とか。一言メッセージ的な内容なんですよね。あれは何なんでしょう……」

「あ？　何だアイツ、そんな根性のないやり方してんだ。ったく、人がせっかく……まぁアレだな、三文字で教えてやろう。〝ミ・レ・ン〟だ」

「はぁ……未練ですか。……です、よね」

眉根を寄せつつも、私は思わず苦笑してしまう。私もサク君と別れてから、一人で色々と考え続けてきた。だから付き合っていた時よりも冷静に彼の性格を把握できているつもりだ。

サク君は情が深い。とても深くて、重くて、そんな部分は私と一緒。だから彼は強く男らしくいられるように、大切なものを切り捨てて生きていく。

でも人間の気持ちなんて、そう簡単にコントロールできるわけではない。

ソウルスカイが解散して、ギターを一切止めてしまったにもかかわらず、何もない彼の部屋にはソウルスカイの初ワンマンライブのチケットがきちんと飾ってある。

それを毎日眺めながら、サク君は過去に想いを馳せ続ける。

捨ててきたはずのものを心の中で引きずりながら歩く。

宍戸朔次郎という男は、器用に見えて、とても不器用な人なのだ。

「本題なんだけどさ」

「あ、はい」

自分からサク君のことを聞いてきたくせに、児島課長には私の相談に乗る気はさらさらないようだ。男って勝手だなぁ、と私はまたこっそりと苦笑してから、顔を引き締めた。

「花園、マーケティング部異動」

「へ？」

「人事部の方からは本人の意向を尊重した上でっていうお達しが来ているけど、快諾ということでいいな？　今回大賞を取った企画書が詳細までよくできていたから、商品化に関わってもらうってことらしい。それに上層部が、過去のコンペに提出していた花園の企画書全部に目に通したらしくて、見込みがあるからマーケティング部に行ってほしいってさ。ただし、花園がこのまま営業にいたいならそれでもいい。えっと……マーケティング部に慣れるまで役職はとりあえずなくなるけど、昇格人事扱いになるから少し給料が上がるな」

「……あの」

「花園の企画の商品化はもう動き出しているから、部署異動するんなら早めの方がいいって……おめでとう。花園は入社の時、マーケティング部希望だったよな」

「はい、あの……はい。ありがとうございます」

突然のことで頭がついていかない。企画コンペで大賞を取ったからといって、部署が異動になるのは異例だった。それでも私は確信していた。私にとってマーケティング部での仕事は、きっとやり甲斐のあるものになる。

「……宍戸ボンボンにヨロシク言っといて」

「あ……」

児島課長がニヤリと笑いながらそう言ったところで、私は今さらながらサク君とまた同じ部署で働くことになるのだと気が付いた。思わず表情を強張らせると、児島課長が立ち上がる。

「はい、お話は終わり。いいよ、もう行って」

私も立ち上がって椅子を直していると、ふわりと髪の毛先が揺れた。

首を傾げて肩を見ると、児島課長の指が私の髪にそっと触れていた。

「今度宍戸君にフられた時は、俺んとこ来いよ。バツ付いちゃったけど、書類上でもフリーになったから」

「あ……」

私の髪の毛をおずおずと触る彼の指。指輪の痕がうっすらと残った薬指。

結婚指輪と別れを告げた彼の薬指は、血を流しているかのように痛々しい。

私は知っている。児島課長は奥さんを心から愛していたのだと。

いつか彼は〝私がイイコすぎて踏み込めない〟と言ったけれど、踏み込んでこなかったのは、私の性格のせいでもサク君の嫉妬のせいでもない。課長の奥さんへの愛がそうさせていたのだ。

「児島課長——私、宍戸君と別れてから、彼のことをもっと理解できたような気がしてるんです。付き合っていた頃は〝好き〟がいっぱいすぎて、彼の弱さや抱えている矛盾について考えてあげられなかった。サク君にはいっぱい強がっている部分があって……そういうのを包み込んであげられる余裕が私にはなかった……児島課長、私達三人、似たもの同士だと思いませんか？」

「三人って、花園と宍戸ボンボンと俺？　お前ら二人は似てるかもしれないけど……」

「自分の弱さを必死で隠して、平気なフリをして……児島課長もですよ。私にいつも笑ってくれていた。どんなに悲しい時でも笑っていて……課長は私の前じゃ〝情けない男〟になれないんです」

　私は、自分の肩の少し上で揺れていた彼の左手を握った。ピクリと震えた大きな手のひらを両手で包んで、見えない傷に血を流している薬指をそっと指先で撫でる。

　五年間追い続けたこの薬指にしっかり触れたのは初めてだ。

　冷たかった指が、私の手の中で温かくなっていく。

　触れ合うということは癒しなのだとサク君に教えてもらった。

　課長の傷が少しは癒えていますようにと願い、私は彼の薬指から手を離す。

「児島課長、やっぱり私、宍戸君が好きです。もし許されるなら、彼が自分の弱さや情けなさを見せてくれるようなパートナーになりたい……児島課長も情けない自分を曝け出せる女性を見つけて下さい。幸せになって下さい」

「……花園、お前……」

私から数歩後退しながら、児島課長は真っ赤になっていく。そうして左手の指をグニグニとおかしな風に動かすと、その手で顔を覆(おお)った。

「四十路(よそじ)前のオッサンを惑(まど)わすなよ。ああ、マジ……いい女になった……花園のこと、完璧な女だと思ってたけど、どこかプラスチックの作り物みたいに感じる時もあった。だけど……今のお前は柔らかくて、つい触りたくなるような極上の女だ。やっぱりお前には踏み込めない……オッサンには眩(まぶ)しすぎる」

真っ赤になった顔を隠しながら呟(つぶや)く児島課長があまりにおかしくて、私はしばらく見物してしまう。

児島課長が幸せになりますように。

心の中でもう一度そう願い、かつて大事にしていた片想いに、私は改めてさよならを告げた。

◇

人事異動が決定してから私は毎日引き継ぎ業務に追われ、正直サク君のことを深く考える余裕もないほどに忙しかった。そうして長年お世話になった営業部に無事別れを告げた私は、気が付けば彼が隣にいるという状況。

同じフロア、同じ部署、同じチーム。そしてデスクは隣。部署異動の一日目でいきなり距離が近くなったものだから、嬉しさよりも居心地の悪さを感じてしまう。

着任の挨拶を一通り終えた私は、サク君から仕事を教えてもらう間、資料から顔を上げられなかった。営業部では部下だった彼は、ここでは私より少し先輩で、私にマーケティングの基礎を指導してくれることになっている。

「花園さんの〝寝ている間に艶めきグロス〟企画なんですが、研究所からは今月中に第一回目のサンプルが届く予定です。それまでに自分が譲れないという部分を纏めておいた方がいいかもしれません。どうしてもたくさんサンプルを手に取ると、最初のイメージとブレてくるので」

私の企画書を元に作られた資料を手に、サク君は淡々と説明していく。

その様子を見ていると、児島課長の言った〝未練〟なんて幻じゃないだろうかとも思ったが、ペンを落ち着かないように振る彼の指先、目が合いそうになると慌てて逸らされる視線から考えるに、結構彼も動揺しているのかもしれない。

「容器やパッケージの方もデザイン会社と詰めていきますので、イメージを伝える必要があります。他ブランドでボツになった容器のサンプルなんかも参考になるかもしれません」

「容器は企画書の方にも書いてあるんだけど、鏡を見なくても手軽に塗れるようなものにしたいんだよね。ほら、薬用リップって一日に何回つけても面倒くさく感じないでしょ。あれは鏡を出さなくていいからっていうのもあると思うの。透明グロスならこういう感じで……唇の中心に載せて、クニクニって唇で広げるような使い方でいいと……」

そう言って唇を指し、上唇と下唇を擦り合わせる仕草をしていると、サク君の大きな黒目の中に尖らせた自分の唇を見た気がした。バチンッと発火するような感覚をおぼえ、私達は慌てて視線を逸らす。

う～……やりにくい。元彼と仕事ってやりにくい。

これは私の企画だ。私の企画が商品になるのだ。しっかり仕事をせねばと自分に活を入れる。サク君もまた、冷静な顔を作り直したようだ。

「花園さん。えっと、あの……容器のサンプルが第二資料室にあるので案内します」

「あ、うん。ありがとう」

私を促して立ち上がった彼からは、ふわりとタバコの匂いがした。

今さらながら人に染み付いたタバコの匂いって分かりやすいことに気が付く。サク君が私の上着に染み付いたタバコの匂いに気が付いたのも無理はない。

甘みと渋みが交じり合った煙の匂い……私はサク君がタバコを吸っているのを今まで

に一回だけ見たことがある。あの時、確か彼はタバコを吸う理由を、気分を鎮めたいからだと語った……最近のサク君は気分が鎮まらないのだろうか？

オフィスを出ていくサク君の背中を追いながら、わずかに鼻腔をくすぐるその匂いに、彼の孤独を感じる。

「サ……宍戸君は……タバコ吸うようになったんだね」

彼の背中に向かって呟くと、その肩越しに言葉が返ってくる。

「ああ、はい……タバコの匂い、ダメじゃないですよね？」

「ダメじゃないけど、別に好きってわけじゃないよ」

「それなら止めます」

「え!?」

私の頬に、一気に血が上ってくる。

ええと……うん。サク君、冷静なんかじゃないな。

未練とかそういうささやかなものではなくて、気持ちがダダ漏れと言った方が近いのかもしれない。私としてはそんな彼の感情をどう受け止めたらいいか分からない。

以前は感情を見せない冷徹キャラだと思っていたのに、それが崩壊しかけてきている。

「第一資料室は書類関係、第二資料室は小物です。ここにはそれほど古いものは置いていないので、古いものが必要であれば地下倉庫に行く必要があります」

サク君は私を第二資料室に招き入れると、サンプルの場所を説明していった。

整理整頓されたマーケティング部の資料室は、営業部の倉庫とは大違いだ。

狭い倉庫に二人でいると、こんな風にサク君と倉庫で二人になった記憶がふっと蘇(よみがえ)ってくる。

あれは確か……そうだ。備品倉庫にいたら彼が入ってきて……私の誕生日の出来事だった。叩いたことを謝罪するために一緒に食事に行ったっけ。その後、彼の部屋に初めて行ったことで私達の関係が始まったのだ。

「花園さんが〝鏡を使わなくても手軽に塗れるような〟と言ったので思い出したのですが……確か片面を鏡にした容器があったような……ああ、これだ」

そう言って、彼は棚から取り出した口紅のサンプル容器を私に手渡す。ミラー加工が施(ほどこ)された小さな筒状の容器がキラリと光ったかと思うと、彼の指先が私の手のひらに触れる。

その途端、容器が転がり、乾いた音を立てて床に落ちた。

けれどサク君の五本の指は、私の手のひらの上にそっと置かれたままだった。

蛍光灯の明かりに照らされるサク君の唇がかすかに震えている。

「空……花園、さん」

二人の間に長い沈黙が落ちた。ドアを一枚隔てた廊下からざわめきが聞こえてくる。

数人が行き交いながら「何、食べようか」と話している。いつの間にかランチタイムに入っていたようだ。

「ええっと……こういう鏡が一体型になっているケースもいいと思うんだけど、今回のリップグロスは寝る前にちゃちゃっと塗れる感じにしたいから、もっと手軽なのがいいんだよね。薬用リップとかハンドクリームぐらいの感覚で……」

私は腰を屈め、床に落ちたサンプル容器を拾いながら、彼の切なげな視線から逃げた。触れられた手が発火しそうなほど熱い。手を握ってその火照りを誤魔化すが、痛いほどに鳴る鼓動はどうすればいいのか分からなかった。

私はフられた側なのだ。フられた者がどう振る舞うべきかさっぱり分からない。

赤くなっているはずの顔を彼に見られたくなくて、私は屈んだままなかなか体を起こすことができなかった。

その時、下の棚に大量に置かれていた小さな容器が私の視界に入ってきた。涙型のそれは可愛いけれど見たことのないもので、何の容器か分からない。一つ取り出して蓋を開けると、中は意外なことにロールオンボトルになっていた。

「確かそれ、肌に塗るグリッタージェルですよ。商品化近くまでこぎつけたけれど、結局グリッターが詰まるとかで企画が流れたはず……あの、花園さん……よかったら昼飯でも……」

「ロールオンっていいよね！」

サク君と私の声が重なり、私達は顔を見合わせて沈黙する。

彼が何か話そうとしてか、もう一度口を開きかける。その時ドアがノックされて、私達はぎくりとそちらに視線を移した。

「あ、花園さん！　やっぱりここにいたんだ。よかったらプチ親睦会も兼ねてランチ一緒にどう？」

そう言って資料室に顔を出したのは、マーケティング部の女性社員達だった。

声をかけてもらったのが嬉しくて、つい「はい！」と勢いよく返事をしたものの、次の瞬間ハッとする。そういえば今さっき、サク君は「よかったら昼飯でも」って誘ってくれていたんじゃないだろうか？

私もサク君と一緒にランチしたい！

口をパクパクさせて言えるはずもない言葉を伝えようと彼を見上げてみるのだが、彼はもう私と目を合わせようとしなかった。

それどころか「じゃ、僕も休憩行ってきます」と小さく一言残して私の横を通りすぎていく。

拗ねた？　拗ねちゃったの？　みんなで一緒にランチすればいいじゃん！

妙に人間臭くなったサク君に戸惑いながら、私は新しい仕事仲間と共に昼食に向かったのだった。

◇

マーケティング部の女性陣は既婚者が多いためか大体落ち着いていて、それほど噂好きという感じがしない。休憩時間でも集まれば仕事の話をしていることが多かった。

それでも、異動してきて一週間も経つと、聞かれるようになってしまった。

「花園さんと宍戸君って付き合ってるの？」

「いえ、とんでもないです」

きちんと否定するのだが、数日経てばまた誰かが聞いてくる。

ソーションは社内恋愛禁止ではないし、それどころか夫婦でここに勤める人もいたりする。なので悪意とか心配から質問されているわけじゃなく、単にみんなの興味を引いてしまっているだけだろう。

一週間ほど前から女性陣とランチをとってオフィスに戻ると、大抵、私のデスクの上にはキャラメルシロップ追加のカプチーノ、トールサイズが置かれているようになっていた。私がこれを好んで飲んでいることを知るサク君が、自分のを買う時に一緒に買ってきてくれるのだ。

代金を払おうとしても受け取ってくれない。たいした金額ではないのだが、毎日のようにこれでは何だか申し訳なかった。断る口実にキャラメルシロップの入ったコーヒーを毎日飲むと太ってしまうと言ってみたのだが、そしたら次の日からキャラメルシロップなしの低脂肪乳カプチーノが置かれるようになった。

サク君はそれ以外にも色々と私を気にかけてくれている。

マーケティング部ではまだ新人の私を精一杯サポートし、咳の一つでもしようものなら体調を聞かれ、私に話しかけてくる他の男性社員を番犬のように睨みつけている。

彼の言動は、私と付き合ってるからだと思われても仕方がない。

でも、私達は付き合ってはいない。

これだけアプローチしながら、彼は全然、微塵も、一歩たりとも男女の会話に踏み込んでこない。

三日に一度は掛かってくる電話で交わすのは、まるで中学生のような会話である。時にはアスパラガスが安かっただの、土鍋で米を炊いてみただの、主婦同士の会話になったりもする。

「お休み、また会社で」と挨拶をしてもなかなか電話を切らないサク君に、私はもどかしさのあまり足をバタバタさせたくなる。

こんな関係、生殺しにされているようで苦しい。

好き、ずっとサク君だけが好き、彼の顔を見る度に叫んでしまいたくなる。

だけど一度フられてしまっている私には、そんなことを言える勇気も資格もない。ただため息で言葉を詰まらせているしかなかった。

「社内報見たよ！　サ……宍戸君、またギター始めたんだ」

『ああ、うん。完全に趣味だけど』

この日、会社から帰った私は、思わず自らサク君に電話をかけていた。

仕事帰りに何気なく手に取った社内報。そこに〝ソーション・ジャズサークル　メンバー募集〟の記事が小さく載っていたのだ。

〝ソーション・ジャズサークル　メンバー募集

現メンバー　宍戸洋太郎（フルート）　宍戸朔次郎（ギター）　仁科（にしな）みどり（ピアノ）

その他にダブルベース、サックス、ドラム、ヴォーカルなど、音楽に興味のあるソーション社員を募集しています。社内サークルですが会社内での立場関係なく、純粋に音楽を楽しめるグループにしていきたいと考えています。

詳細は宍戸朔次郎　マーケティング部　商品企画一課　まで〟

小さな記事なのだが、宍戸兄弟の名前が揃って載っていることに驚いた社員は多いだろう。

サク君が昔プロのギタリストだったことは大分知られるようになっていたが、常務まで本格的に楽器をやっていたというのは、私も含め初耳の人が多かったようだ。

宍戸兄弟は見た目も揃ってかっこいいのに、揃って楽器なんて持っちゃったら、女性社員が大騒ぎするんじゃないだろうか。

サク君は電話の向こうで少し恥ずかしそうに語った。

『正月にギターを触る機会があったんだ。それで……やっぱり好きだなって。好きなのに、手放してしまったこと、すごく後悔した。また、やり直したいんだ』

「うん。私、宍戸君がギターを弾くところ、前からずっと見てみたかったの。実はソウルスカイのライブＤＶＤとか見てて……ギターやってる宍戸君、キラキラして素敵だったから……」

『今はまだ人前でやれるほど勘を取り戻せてないけど、いつかライブとかもやりたい。その時は……観に来てほしい』

「うん、もちろん！　行きたい」

『〝手放してしまったもの〟を……上手く取り戻せるか自信はないけど』

「好きなんだったら大丈夫だよ。今からライブ楽しみにしてるね」

『……ま、頑張りマス』

電話口の向こうから、はぁ、と小さく息を吐き出す音が聞こえたかと思うと、彼は「お休み、また会社で」といつものように挨拶をして電話を切った。

通話の切れたスマホを見ながら、私まで釣られて、はぁ、と息を吐く。サク君とこうやって電話で話していると嬉しい。自分が彼にとって少しは特別な存在のような気がしてくる。

でも女って欲張りだ。少しの〝特別〟をもらえたら、もっと、もっと、と次を求めてしまう。

そうやって手を伸ばしても、差し出される彼の手にはなぜか届かなくて……こんな宙ぶらりんな状態は正直しんどくなってきていた。

でもどんなに悩んでも諦められないのだから、たとえ永遠であっても私は片想いを続けるしかないのだ。

〝薬用オーバーナイトリップグロス〟の第一回目のサンプルが出来上がってきたのは、その翌日のことだった。商品化までには何度も何度もサンプルでの精査を重ねる必要があるので、今日は最初の第一歩といったところだが、自分のアイディアが形となって現れたのは嬉しい。

商品の開発を行っていた研究所から送られてきたサンプルは、全部で十種類。

この企画に関わっているチーム五人で会議室に籠り、その一つ一つを試していった。

「花園さんが提案していたロールオンボトルだと、101と104は粘着性が高すぎて向きませんね。103、107くらい緩いものだと向くと思いますが、花園さんのイメージと合いますか？」

サク君は手の上にサンプルをいくつか載せながら、私に訊ねる。私がロールオンボトルを気に入っていたのを覚えていて、それをこの場で発言してくれたのは嬉しかった。

より手軽に使用できるようにするためにはロールオンボトルがいいのでは、という私の提案は、他のチームメンバーにもおおむね好評のようだ。その様子に背中を押されるように、私は昨晩思い浮かんだアイディアを口にする。

「女の子って欲張りなんですよね。付けて寝るということを想定して無色にしていますが、やっぱり色付きでデイタイムも使用したいっていう要望は出てくると思うんです。そこで両サイドボトルにして、片方は透明、もう片方は色付きっていう欲張りなデザインもありかなと……」

私がそう言うと、企画リーダーが「面白いわね」と賛同してくれた。

「ロールオンで両サイドボトルのグロスっていうのは見たことがないから、それだけで一度使ってみようという層はあるかもしれませんね」

「でもそうなってくると一色あたりの容量が少なくなるので、一日を通して気軽に使うには量が少なすぎるかも」

「色付きに関してはモニターテストで意見を抽出していって……」

みんなそれぞれに気に入ったサンプルを試しながら、意見を出し合っていく。私もいくつかサンプルを抜き出して、その内の一つを小指ですくって唇にのせてみた。

上下の唇を擦り合わせて使用感を確かめていたら、隣からビシビシと視線を感じる。

サク君、見すぎ……私の唇、凝視しすぎだから。

唇にのせた時の艶感なんかも確認する必要があるし、私は半ばやけくそ気味に「どうですか?」と彼に向かって唇を突き出してみせた。誘っているように見られるかもしれないけれど、ここ最近のサク君の曖昧な態度にはモヤモヤさせられていたのだ。

彼は目を逸らすのかと思いきや、どんどん顔を近付けてくる。

十センチ、八センチ、五センチ……ちょ、ちょっと！　顔が近い！

サク君の瞳が獣のようにギラリと光ったのを見た瞬間、私は悟った。

キスされる。

彼の顔がわずかに傾き、形のいい唇が薄く開く。その直後、私は反射的に叫んでいた。

「す、すみません！　ちょっと気分、悪いので……トイレ！」

どうすればいいのか分からず、咄嗟に立ち上がる。

「花園さん、大丈夫？」という企画リーダーの声を背中で聞きながら、私は会議室から走り出る。とりあえず廊下で乱れる鼓動を整えていると、背後で会議室のドアが開いた。

「……大丈夫ですか？　お腹でも壊したんですか？」

そう言いながら私に近付いてくるサク君の目には、まだ獣のような危険な光が宿っていた。挑戦的でギラギラと輝く、悔しいほど綺麗な瞳。

覚えている。初めてサク君にキスされた日も、彼は長い前髪の間からこんな瞳を覗かせていた。そして私は、その瞳から目が離せなかったのだ。

私は本能的に逃げるようにして廊下を歩き出していた。狙われた獲物みたいな気分だ。だが行き先があるわけではない。トイレは単なる口実だし、今は仕事中なのですぐにミーティングに戻らなくてはいけない。

廊下の突き当たりにあるエレベーターの前まで来て、私は背後を振り返る。

そこにいるサク君の傲慢な笑顔を見た瞬間、私は今さらながらに自分の弱点を知った。いつの間にかこの傲慢な笑顔が大好きになっていたのだ。もう彼から視線を離すことなどできはしない。

「花園さん、逃げましたね」

サク君は長い腕を伸ばすと、壁に手をつく。

もしや壁ドンかと思い心臓がどきりと鳴ったが、その直後、後ろで「ピッ」という音がした。どうやらエレベーターのボタンを押しただけらしい。からかわれた気分になって、私は彼を睨む。

「宍戸君……会議室でキス、しようとしたでしょ？」

「あの状況でキスするわけないでしょう。花園さんが誘ってきたから少しからかっただけですよ。悪戯っ子にはお仕置きが必要だ」

「……そんな権利もないくせに」

「権利は、ある」

ポンッと電子音がしてエレベーターの到着を告げられ、扉が開く。

サク君が私の肩を押し、そのまま小さな箱の中に私を押し込めた。

「あなたに関する全ての権利を、俺は持っている」

ああ、やっぱり彼は傲慢だ。そして、この傲慢さは彼の不器用さと弱さ故のものだと知っている私は、それを受け止めることしかできない。

サク君はエレベーターの壁に私を押さえつけると、ゆっくり顔を近付けてくる。そうして今にも唇が触れそうな距離でぴたりと止まると、焦らすように私の目を覗き込んだ。

キスをして。早く。

「ああ……唇がグロスでトロトロだ」

彼の唇が私の唇にそっと触れた。

あまりにも望みすぎていたせいか、この温もりが現実のようには感じられない。

それでも私達は唇を静かに合わせ、お互いの手をおずおずと握り合う。

懐かしい彼の柔らかな唇、骨ばった手。

ゆっくりと染み込んでいく彼の体温は、今起こっていることが現実なのだと教えてくれていた。

キスの隙間にあるお互いの気持ちを探り出すように二人の唇がそろそろと動き始める。

その時、ガゥン、という作動音と共にエレベーターが下降し始めた。階下で誰かがボタンを押したのだ。

唇をゆっくりと離し、私達は二つの吐息を混ぜ合わせる。

「花園さんの心の中には、今、誰かいますか？」

サク君は私の手をもう一度強く握り直してそう言った。

口を開けば涙も一緒に零れ落ちてしまいそうで、私は何も言えない。

サク君の長い腕が背中に回ってきて、私を抱き寄せる。溶け合った二人分の呼吸が、熱い空気となって私達を包んでいった。体温がどんどん上昇していく。

真っ直ぐ一階まで降りていたエレベーターが、再びガゥンと作動音を響かせて停止する。

私達が慌てて左右の壁際に分かれて飛びのいた時、ポンッという電子音と共に扉が開いた。

乗り込んで来たのは営業部の面々五人だった。ネモモや児島課長を含めてみんな知った顔ばかりで、私は赤い顔を伏せながら「お疲れ様です」と会釈をする。

扉が閉まり、エレベーターは再び上昇し始める。

「久しぶり。花園、どう？　マーケティ……」

「花園さんの心の中には、今、誰かいますか？」

児島課長を遮って放たれた声に、私もみんなもぎょっとした。

営業部の面々がサク君を見て、私を見て、またサク君を見て、私を見る。

機械の作動音だけが響く密室に、気まずさと緊張が混じり合った空気が満ちる。

マジですか……サク君。

私はもう呼吸も上手くできなくて倒れてしまいそうなのに、彼は言葉を続ける。

「一人だけ、俺じゃ勝てないのかなと思う男がいて、そいつに奪われるのが怖かった。だけど、好きな気持ちは変わらなくて……かっこ悪くても、好きだったらその気持ちを貫きたい、そう思いました。教えて下さい。花園さんの心の中には、今、誰かいますか？」

息苦しく感じるほどに空気が張り詰めた密室で、私は声を絞り出す。

「……サク君しかいない。いつだって……サク君しかいなかった」

ポンッと電子音がしてエレベーターが四階で停まり、扉が開いた。それなのに営業部の五人は、自分達の行き先を見失ったようにここから動かない。

「おい、オジャマムシは行くぞ！」

児島課長が声をかけたところで、みんながやっとエレベーターから降りていく。

すごく視線を感じるが、恥ずかしくて顔を上げられなかった。「オジャマムシって死語ですよ、課長」というネモモの声を聞きながら、私は閉じていく扉にほっと息を吐き出す。

頭に血が上って倒れそう。それなのにサク君は平気な顔をしている。

「とりあえずミーティングに戻りましょう。みんな花園さんを心配しているはずです。今日は仕事帰りにうちに来て下さい。続きをします」

淡々と言って六階のボタンを押したサク君に、私は少しばかり苛ついてしまう。

「何、続きって？　変なことするつもりだったら行かないからね！　な、なんか勢いでキスしちゃったけど、ちゃんと話し合ってお互いに納得しないと……」

「はい。了解しました。仕事戻りますよ」

すぐにエレベーターの扉が開き、サク君は膨れっ面の私に構わず先に降りてしまう。

やむなく私も続いて降りようとすると、彼は突然振り返って言った。

「グロスついてない？」

そうだ。確かに残っていたら恥ずかしすぎる。
彼の形のいい唇をじっくり確認して、「大丈夫」と言いかけた私は言葉を奪われた。
また、キス、された。
やっぱり不意打ちで、まるで自分にはその権利があるとばかりに。そして私は、また
もやそれから逃げられない。
「吸引力あるな、そのリップグロス。売れるよ」
そう言い残したサク君は今度こそ会議室に戻っていく。
一人残された私は火照った顔を冷ますのに、しばらくエレベーターの側から離れられ
なかった。

その夜の七時半。
懐かしい金属製のドアを前にチャイムを押すと、「いらっしゃい」とまだスーツ姿の
サク君が迎えてくれた。彼はパンプスを脱ぐ私に、「『変なこと』はしませんから、安心
してどうぞ」と言って、余裕の笑みで中へと導く。何だかその顔が憎たらしく見えるの
は気のせいだろうか。
思わず彼を一睨(にら)みして廊下を進んだ私は、息を呑んだ。
温かなオレンジ色の光が、薄暗い部屋の中で揺らめいていた。

キャンドル——部屋のあちこちに瓶入りのキャンドルが置かれ、幻想的な光を生み出している。

その光で照らされた空間は、以前の殺風景な部屋から一変している。よく育った観葉植物の間には、存在感のあるシェルフやレトロなテーブルといった温かみのあるミッドセンチュリーテイストのインテリア。

そして、その素敵なインテリアの中で異彩を放っているのは、コタツの存在。音楽とソファーさえあれば何もいらないサク君だったのに、どういう心境の変化なのだろう。

私の驚く顔を見て、彼はジャケットを脱ぎながら説明してくれた。

「キャンドルはお詫びの印。覚えてるかな？　二人で郊外のショッピングセンターに行った時……」

「私がキャンドル専門店を見たいって言ったのに、サク君がお買い物を打ち切って……」

「そう。あの日、嫉妬で乱暴にしたことを謝りたいとずっと思っていた。ごめん」

「サク君が悪いんじゃない。私は……嘘をついてたんだもん。私こそ謝らないと……」

「あの日以来、このでかい部屋が異様に空っぽに感じた。仕事から帰ってきてがらんとした部屋で一人でいると、もどかしい思いだけが満ちていくような気がした。こうやって家具を置いて居心地いい空間にしてみようと努力したけど、空虚感は変わらなかった」

　ああ、一緒だ。私も家に一人でいるのがしんどかった。だから音楽を聞いていた。

　私は、キャンドルの灯りに照らし出された彼の綺麗な顔を見上げる。

　付き合っていた期間は短かったかもしれないけれど、あの頃、私達はぴったりと寄り添って暮らしていたのだ。

「……コタツ、嫌がってたのに」

「コタツはダサいけど、空美の足を温めるために買った。冬の間にここに招こうと思っていたのに、いざとなったら根性なくて、誘うのに時間がかかってしまったな」

　サク君はそこまで言うと、ふわりと顔を綻(ほころ)ばせて言った。

「もうすぐ春だな」

「そうだね。もうすぐ春……」

　春と呼ぶにはまだまだ寒い時期だったが、私は彼の唇の上に春にも似た新しい温もりを見つける。

　どちらともなく唇を寄せ合い、交わした穏やかなキスは、間違いなく新しくやってくる未来の気配がした。

　サク君はネクタイを外して床に放り投げ、続いて私の髪に指を絡ませる。私の頬に頬ずりをすると、額に唇を押し当てた。唇は水滴が流れるように私の輪郭に沿って落ち、今度は首筋を伝っていく。

「サク君……色々、きちんと話したい。私もサク君も、お互い傷ついたわけで……」

「うん、分かってる。俺にはたくさん反省しないといけない部分があるし……俺も話をしたい」

次々と押し付けられる温かな唇を感じながら、私はこの先に進んでしまいたいという欲望に駆(か)られていた。

彼とこうして寄り添ってみれば、お互いが強力な磁石のように惹き合っているのが分かる。けれど性急に始めた以前の関係が上手くいかなかったのだから、今度はゆっくりと進まなくてはと理性が警告していた。

「サク君にフられたのは自業自得だから、私もすごく反省しているの。でもサク君も、一人で勝手に別れを決めちゃって、言い訳も聞いてくれなくて……付き合っているのに話し合いもさせてもらえないなんて、私達の関係ってとても一方的だったんだって思えて悲しかった。私、あんな関係には戻りたくない。だからゆっくり……」

唇を塞がれて、続きの言葉を奪われる。

ああ、もう、やっぱりずるい。彼の胸を両手で押し返そうとするのに、甘いキスがそれをさせてくれなかった。体の力が抜けていく。

ぬるりと彼の舌が入ってきて、私の口内をゆっくりと探索し始める。背中に回った二本の腕に強く抱き締められながら、私は夢中でキスを受け止め、彼に体重を預けた。

舌と舌を押し付け合い、唾液の中で舐め合って、全身が惹き合うままに任せるしかなかった。

互いの唇の温度が溶け合い、化学反応を起こすように発熱し始めた時、私はぎくりと体を離した。

「ちょ、サ……君」

「ごめ……」

彼の硬くなったモノが私の下腹部に当たっていた。

ついさっき聞いた「『変なこと』はしませんから、安心してどうぞ」は空耳だったのだろうか？

サク君は私から体を離し、決まり悪そうにポツポツと言葉を繋ぐ。

「あ～……マジで今晩はこういうつもりじゃなくて。ご飯でも作って、二人で食べながらコタツで温まって……ゆっくりといい雰囲気を取り戻したいって心の底から思ってたんだけど」

彼はそこまで言って、ハァ、とため息を吐き出す。

「好きすぎて体が勝手に動く。今日のエレベーターでもそうだった。空美が手の届くところにいて、俺を見てくれていて……って思うと嬉しくて理性がぶっ飛ぶ。でも、空美の準備が整うまで待つつもりだから……話もきちんとしよう。飯でも作ろうか？　材料買ってきてあるんだ」

「うん、お腹減ったよね」

そう答えながらも、私は飛びつくようにサク君を抱き締めていた。

Yシャツの下にある彼の引き締まった肌を手のひらで感じつつ、これまでウジウジと考えていたことが全部どこかに行ってしまったことに気付く。まったく我ながら、この単純な思考には呆れるばかりだ。

「サク君。私も体が勝手に動く。ご飯食べたり、話したりは……後でいい。ごめんね。サク君、いっぱい好きで……大好きで……どうしよう」

気が付くと、涙がいくつも頬を伝っていた。彼への愛おしさが溢れてくる。

もうどうしようもない。止まらない。

サク君は変なタイミングで泣いてしまった私を抱き寄せ、指先で涙を拭いながら言った。

「空美が嫌じゃなければこのまま抱いてしまいたい……気持ちが高ぶりすぎて、抑える方法がそれしか考えられない」

私は頷いてそれに同意する。素直になってみると、私だって深く彼と繋がりたいと思う。そうして、別れてからずっと心に空いていた隙間を埋めたくて仕方がなかった。

当初の予定を大幅に変更してしまった自分達に苦笑しながら、私達は服を脱がし合っていた。肌が露出するごとにそこにたくさんのキスを落とし、懐かしい皮膚の感触を味わう。

サク君は手のひら全体で柔らかく胸の膨らみを包み、ゆっくりと揉み始める。優しい、優しい、壊れ物を扱うような愛撫に、私は快感を覚えると同時にリラックスしていった。

彼は最終確認のように聞いてくる。

「空美が、なんていうか、こう、勢いでヤっちゃうみたいなのが嫌なのは分かるよ。俺、酷いことしたし……待てと言われたら、待つつもりはある」

「そんな状態で……待ってなんて言えるわけないじゃない」

ボクサーパンツを押し上げている高ぶりを指先で撫でると、「んっ」とサク君が呻いた。

私は彼の下着を脱がせて欲望の塊を完全に露出させ、そこに軽くキスを落とす。サク君が愛おしくて自然にそうしてしまったのだけれど、彼は腰を引き「ダメだ」と私を制した。

「嬉しいけど今はダメ。空美と別れた時……乱暴にしたあのセックスが最後になったのをすごく後悔した。リベンジさせてほしい……」

そう言ってコタツの上掛けを持ち上げ、「暖かいよ、おいで」と私を促す。

全裸になって腰までコタツに入ると、サク君は私に腕枕をしてくれた。二人で肌を寄せ合って口づけを何度も繰り返し、私は自分でも気付かないまま再び涙を落としていた。

「もう泣くな……泣かせてる気分になる」

「ん、サク君のせいじゃなくて……ほっとしたら勝手に出てきちゃって……」

別に悲しいとか嬉しいとか感情に揺さぶられて泣いているわけではない。ただ〝好き〟という気持ちが溢れて、ついでに涙も一緒に出てきている感じだ。

コタツで横になると、オーディオセットの隣に変わらず飾られているソウルスカイのチケットが目に入ってきた。その隣にはスタンドに立てかけられている真新しいギターもある。この部屋で楽器を見るのは初めてだった。

「サク君がギター弾いてるの見るの、今から楽しみ……」

「うん……空美と別れている間、とにかく気持ちを紛らわしたいのもあって、イズと一緒に飲みに行ったりもしてたんだ。会って話したら残っていたわだかまりが完全に消えていった。全部大切な過去なんだって……音楽を音楽として純粋に見れるようになったんだ。誰かに認めてもらわなくてもいい。好きっていう理由だけで、やっていけたらいいって……当たり前のことなんだけどさ」

私の肌を指でなぞりながら、サク君はゆっくりと言葉を紡ぐ。

私にも半年ぐらい前には、乗り越えるのが大変な過去があった。サク君のおかげでそれは今、本当に過去になり、前に向かって歩き出せるようになったのだ。

過去に未練を残しながらでは、前には進めない。未来に歩き出せるようになった彼の瞳は、以前にも増して澄みわたり、魅力を増していた。

キャンドルの灯りに照らされたサク君の顔をじっと眺めていると、彼は薄い唇から歯を覗かせて少し恥ずかしそうに微笑む。ズキリ、と心臓が痛くなる。愛しすぎてトキメキが痛い。

「でもこれからしばらくはギターを触ってる余裕ないと思う。空美をいっぱい触っていたい」

「んん……」

耳元で囁いていた声が止まると、尖らせた彼の舌が耳殻を辿ってきて、私は首を竦ませる。ゆっくりと移動してきた唇は私の唇を塞ぎ、すぐに喉の奥まで舐めるように舌がやってきた。太腿を撫でていた彼の指が脚の付け根まで上がってきて、私のアンダーヘアーを焦らすように触っている。

「ギターと指の動かし方、似てる……」

「あ……っ」

敏感な突起を秘丘越しに刺激され、私は久々にそこに感じる彼の指に震えた。コタツの中で彼の脚が絡んできて、私の脚を開かせる。長く骨ばった指が秘丘を分けて入ってくると、突起を軽く弾いた。

「んあっ」

「弾いたら鳴るのも一緒……可愛い声、空美……真っ赤で可愛いな」

「……あ、ぁ……」

彼の指は次第に動きを速め、私は休みなくやってくる快感に体を震わせ続けた。体の奥から蜜が溢(あふ)れ出してくるのが分かる。サク君はそれをすくい取ると、硬く膨れてきた芯に塗りつけ、さらにぐちゃぐちゃとかき混ぜる。コタツ布団のせいでその様子はまったく見えない。けれど何だかそれが余計にいやらしく感じる。

「ああ、あ……サ……」

「デスク、隣だとヤバイよな……オフィスで犯したくて堪(たま)らない。空美がデスクで脚広げて俺に挿入されてるところを妄想してる」

「もう、あ、……ぁっそんな、ことっ」

クニッと芯が大きく揺さぶられ、私の言葉はただの喘(あえ)ぎ声になる。すごく久しぶりの行為だからか、心臓が激しく鳴りすぎて息が苦しい。どんどん大きくなる声を抑えようと下唇を噛んだけれど、やっぱりか細い音が漏れてしまう。

サク君は長い指で芯の部分を刺激しながら、膣にも指を差し込んで中を探ってくる。入り口近くの肉を押し広げられると、腰全体に甘い快感が広がった。

サク君にそこを最初に触られた時は圧迫感の方が大きかったのに、今ではあっという間に感じてしまう。付き合っている間、彼はまるで魔法でもかけるように、私の体に感じやすい場所を増やしていったのだ。

内側と外側、両方を執拗にこね回され、体のあちこちで快楽の花が一気に咲き始める。

「あ、ぁぁ……い、いき、そう」

「いいよ、何回でもイかせたい。離れていた時の分も、今晩で取り戻したい」

私はその時が近いのを感じて、彼にしがみつく。小さな部分から甘美な刺激が体全体に広がっていき、私は喘ぎながら快感の波に身を任せた。ザッと音を立てるかのごとく体中が粟立った後、私は一気に上り詰める。

「あっ！　……ん……っく」

その瞬間、サク君に抱き締められながら私は体を跳ねさせる。

強い痙攣の後、体を弛緩させた私に唇を重ねながらも、彼の指はまだそこから離れない。

「もう少し痙攣引いたら、もう一回指でイこっか」

「だ、め……サク君の」

「ん？」

「欲しいから……中で、サク君、感じたい」

「うん」

「大好き」

「うん」

彼はぶっきら棒に返事をすると、唐突に私の手首を掴んだ。私の手はしなやかな皮膚に覆われた彼の胸の間に導かれる。

「ほら……心臓飛び出そうなくらいドキドキしてる。俺、空美に殺されるな」

おどけたようなその言葉に私は思わず微笑した。

彼はコタツから抜け出ると、近くにあった引き出しを開けてコンドームの箱を取り出す。

それを装着する指先が不器用に動き、私は彼が隠している焦りを垣間見る。

焦らないで、私はどこにも行かないから。

私はコタツから少し這い出して、キスを一つ彼の足首に落とす。そのまま猫のように体を屈めて、鋭く飛び出ているアキレス腱に舌を這わせた。すると彼の長い腕が下りてきて私の肩に掛かった髪をかき上げる。そうしてサク君は私と同じように身を屈めると、私の顎を持ち上げてキスをした。

「……空美、寒くない？」

「え、暑いくらい……」

二人で四つん這いになって向かい合う。

お互いの突き出した唇を啄ばむようにキスをしていると、まるで猫のカップルみたいだ。

「ベッド行く？　……あ、もう、やっぱ……もうここでいいや」

サク君は切羽詰まったように言葉を切ると、ひょいと簡単に私を仰向けに押し倒してしまう。

私の脚の間に体を割り込ませる彼の顔には、ギラギラとした雄の瞳が輝いていた。

もう我慢がきかなくなったサク君は性急に腰を押し付けてくる。的確に蜜口に硬い肉塊が当たり、その感触に私は息を呑んだ。

粘膜をかき分け、ゆっくりと体の内部が押し広げられていく。先端の張り詰めた部分が入り口を通る瞬間、ギチッと限界まで広げられる。

「あっっ……ちょっ、イタ……」

「あー……すっごい、いい」

二人の声が重なったものの、その内容が随分違うことにサク君が慌てる。

「あ、悪い！　大丈夫？　全部入ってるけど……」

「……大丈夫、一瞬だけ。久しぶりだったから……もう、大丈夫」

「痛かったら止めるけど」

「止めないで……奥の方は……ジンジンして……気持ちいいの」

「……奥、擦られるの好きだったよな、空美」

サク君の楽しげな顔が数センチのところまで近付いてきて、べろりと私の唇を舐めた。

私は誘われるがままに舌を突き出し、それに絡める。

粘着質な水音を口元で奏でながら、サク君は深く挿入したまま、腰を擦り付けるように動かしていた。サク君しか届かない深い部分が押し広げられる。体の内側まで蹂躙される感覚に全身を粟立たせながら、私は思わず熱い感触で満たされるおへその下を押さえた。

「ん……痛い？」

「ぁ、ち、違う、気持ち、いい……お腹まで来てる……」

「子宮の入り口だよ。空美の好きな場所」

ゆっくりと腰を動かしながら、サク君は私を見ていた。

熱く甘ったるい刺激が下半身から背骨を上がっていき、私の肉体を支配していく。

快感の中で彼の視線を全身で感じ、私はそれを絡めるように肢体をくねらせた。

そんな私を煽るようにサク君の左手は胸の膨らみを包み、その頂点にある尖りを弄ぶ。

下半身で繋がりながら、こうやって上半身にも刺激を与えられると、自分の体は隅々まで彼のものなのだと思えた。

「空美が感じてるの分かる。肉が……絡まってくる。取り込まれそうだ」

ジュボ、ジュボ、と音を鳴らしながら彼の動きは次第に速くなっていく。じっと私を見つめ続ける彼の額にはじんわりと汗が滲んできていた。

欲望に捉われるサク君の顔はエロティックでどこか可愛らしい。

「サク君……可愛い」

「あ？　何それ」

「あっゃっつぁぁ……」

思わずぽろりと出た言葉が、雄モードの彼を怒らせてしまったようだ。

彼は私の太腿を持ち上げて折りたたむような体勢を取らせると、さらに奥までズブズブと擦り付けてくる。抽挿のスピードにも手加減がなくなり、私は蜜壁を摩擦される快感で脳まで蕩けていった。

一番奥をグリッと抉られる度に、その部分が熟した果実を潰すように砕け、蜜を迸らせる。

「あ、あ……あ、やっっ……くる」

「可愛いのは、俺じゃなくて、お前だろっ……」

「さく、ん……ぁあ……どう、しよ……」

私はもう壊れたように喉の奥から淫らな嬌声を上げ続けていた。サク君の息遣いが大きくなって、汗が落ちてくる。彼も限界が近いのだと感じながら、私はもうどうしようもないほどに高まっていた。

「さっ……わた、し……ごめ、ん、もう……」

「っつ……クる」

その瞬間、私は彼に抱き締められていた。

強く、強く、痛いほどに抱き締め合いながら、二人同時に体を強く痙攣させて、全てを解き放つ。

それから少しの間、まっさらな世界に二人で漂い、どちらのものかも分からない鼓動を聞いていた。

静寂の中で肌と肌の間にある幸福を体に染み込ませながら、私は新しくやってくる二人の関係に思いを馳せる。体の奥からやってくる温かさが、失っていたものを取り戻したのだと教えてくれていた。

「空美……愛してる。やり直したい」

彼が静かに言った。そうしてゆるゆると絡み合わせていた手をしっかり握り直す。

「うん。最初から、二人でやり直しだね」

私もぐっと手を握り返しながら答えた。

「二度目は失敗しない」

「失敗してもまたやり直したらいいよ」

私達は顔を見合わせて、穏やかに笑った。そして目を閉じて、もう一度互いの肌の温かさを感じる。

色々話したいことがあったはずなのに、結局一番大切なのは素直になることだったらしい。

サク君と別れていた間、たくさんのことを考えた。思っていたよりもずっと簡単に切り捨てられた自分の存在や、彼の生き方。

一人になって何となく分かってきたのは、サク君も私も、付き合っていながらもお互いを失うのを恐れていたということだ。恐れるあまりに素直になれず、話すべきことも話せないいますれ違ってしまった。

一度別れてこうしてまた抱き合ってみると、不思議ともう大丈夫だと思える。私も彼もまだまだ未成熟な大人だけれど、傷つけ合って学んだことは大きい。

素直でいよう。

「……飯、作ろうか。腹減ったよな」

サク君は下半身に絡みついた体液をティッシュで拭うと、部屋着に袖を通して立ち上がった。私も彼のパーカーを借りて、キッチンに向かう背中を追いかける。

「ポトフをさ、空美のために作ってみようと思って……」

冷蔵庫を覗くサク君から野菜を受け取りながら、私は棚の上に置いてある新しい鍋の存在に気付き、思わず大きな声を上げた。

「圧力鍋！　買ったの？　ホームセンターで見てたのと同じやつ！」

「そうそう、買った。空美をまた捕まえようと決めた時に、コタツと一緒に。家に呼んで、ご飯作ってって何度もシミュレーションしてさ……まさか全部ぶっ飛ばして最初にヤってしまうとは自分でも思ってなかったけど。自制心なさすぎだよな」

ちょっと照れくさそうに笑うサク君が愛おしくって、私は黙って彼の脇から抱きついておいた。

一方サク君は私にへばり付かれながらもてきぱきと作業を進めていく。

「圧力鍋買ってすぐに牛すじ煮込み作ったんだ。でもあれ、やっぱ時間かけて作らないとイマイチなんだよな。ポトフの方が簡単だった……空美、圧力鍋っていいよ、余熱で料理してくれるからさ……」

彼は私を見ると含み笑いをした。

「ひと通り料理が終わったらもう一回抱きたいから、早く、野菜切るの手伝って」

「えっ、あ……はい」

私が素直に返事してしまったのは、左腕で抱き寄せられたついでに腰に硬いモノをグリッと押し当てられたからだ。

ついさっき終わったばかりなのに、既に準備万端なその存在に、私は言葉もなく人参の皮を剥き始めた。

旬の根菜類を詰め込んだ圧力鍋は、美味しそうな香りを漂わせながら火の消えたコンロの上でじっと圧が抜けていくのを待っている。

トロトロに煮込まれた料理同様、サク君にトロトロにされてしまった私は、ダイニングテーブルの足元に崩れ落ちた。

私の中から出ていったサク君は、本日二つ目の避妊具を外すと私を助け起こしてくれる。

先ほど料理が済んだと同時に、私はダイニングテーブルの上に押し倒され、お料理より先に彼に美味しくいただかれてしまったのだ。

「俺、早かったな……蓋開けるまでにもう少し時間あるし、あと十分ぐらい……」

そう言って彼は私をお姫様抱っこでソファーに運ぶと、「十分あったらイけるかな?」と言って私の脚を広げた。

「ぁっ……んぁ、あ……やっ」

ついさっきまで奥の方を何度も突かれて絶頂を迎えたばかりなのに、またこうして執拗に舌で肉芽を弄ばれると私は淫らに啼いてしまう。二度の情事の後なので恥ずかしいほど濡れているし、その部分がどうしようもなく敏感になっているのが自分でもよく分かった。

硬く膨れた芯を、サク君は舌でヌチャ、ヌチャ、と音を立てながら刺激する。そうしながらも彼は時々楽しそうに私を見上げていた。余裕を取り戻したようなその顔が憎たらしい。

「だめ、も……見ない、で」

「……ん……見せて。もっと……空美が俺のせいで乱れてるの、見たい」

舌で花芯を押しながら、彼の長い指が二本、私のナカに入ってくる。サク君は指と舌で私を滅茶苦茶に乱していく。

「ぁあ、っつ、さくっ……」

「……俺さ、正直、まだあのオッサンには、嫉妬してるんだよな」

「えっ……あぁ、あ……ちょっ」

「ここ気持ちいい？　Gスポットだと思うけど……」

「いい……けど、あ、ぁ」

「離婚、したらしいじゃん。空美は……いいのか？　俺を選んじゃって」

「ちょっ……あぁっ、も」

両手の指でナカを攻め、時々唇でちゅうっと敏感な部分を吸い上げ、私を会話すらできない状態にしておいて、そういうことを訊ねてくるサク君はずるい。訳が分からないほど気持ちいいのに、無性に腹立たしくなってくる。

「好きなの！　サク君がっ、サク君だけ！」

喘ぎついでに叫んでしまい、一瞬淫らな空気が吹き飛ぶ。

ふと見下ろすと、顔を上気させたサク君が私の太腿の間にいて、ふんわりと微笑していた。

「ごめん。俺は児島課長に嫉妬し続けるのかもしれない……どっかで譲ってもらったっていう引け目みたいなのもあって……」

「そんな、やめてよ……私、自分の意思でサク君の部屋に来てるのに……課長にはサク君にフられたらおいでって誘われたけど、何も感じなかった」

「ふぅーん……」

「あ、妬い……ひゃっ、あ！　ぁぁ」

突然、敏感な部分をサク君の親指でグニグニと押されて、私は言葉を紡げない。

私が課長と食事に行ったのは恋愛感情というより〝同情〟と〝共感〟だ。

サク君を好きになってから、課長に対して恋心を感じたことはない。それなのに「譲ってもらった」とか言い出すので苛めたくなったのだが、今度は私が苛められる側になる。

「サッ、ごめん！　あの、あぁぁ……っぃ」

「オッサン……何が〝俺じゃ慰められない〟だ。ちゃっかり口説いてるじゃねーか」

「え？　何そ、ぁあ、かきまぜ……う、あぁっ、そこ、おかしく、なる……」

差し入れた二本の指で私の内側を擦りながら、サク君は一気に自分のボクサーパンツを下げる。劣情の印はいつの間にかまた勃ち上がっていた。

サク君は振り返って、コタツの上に散らばっているゴムに手を伸ばす。

私は袋を破り装着しようとする彼を制すると、熱塊にそっと唇を当て、キスをした。大きく口を開けて咥えこむと、苦みを舌の上で感じた。だけどすぐに私の唾液と混じって二人の味になった。

唇をすぼめて往復するごとに、それがさらに硬く屹立していくのを感じる。浮き上がる血管と張り詰めた肉の硬さを口の中で確認する間、私はそれが愛おしくて堪らなかった。

サク君の上気した顔が、私の心を満たしていく。

嫉妬しても嫉妬されても、愛し合いながら乗り越えていったらいい。

不満を話して、素直に謝って、謝罪に耳を傾け、愛し合って……そうして絆を強くしていこう。

「空美……あっ、ちょ……気持ちいいけど……口で出したくないから」

「いいよ、出しても」

私の動きを制する彼にそう言ったけれど、サク君は腰を引き、ゴムを手早く付けて私の中に入ってきた。

体を重ねながら私達は同じような吐息を零す。三度目のそれはゆったりとしたものだった。繋がっていることを楽しみたくて、私達は終幕を急がない。

「空美さ……」

「んん……」

「一緒に住まない？」

「……え……ぇえ？」

またそういう大事なことをドサクサに紛れて言う。

こんな風にナカを擦り続けられている私には、思考力なんて残っていないというのに。

でもそうなったら素敵だろうなと、私は息を乱しながら夢想した。

コタツもある。圧力鍋もある。素敵な音楽もある。何よりサク君がいる。

「いいの？　……職場も一緒で……私に飽きちゃうかも」

「飽きる？　そういうのを通り越した関係になりたいんだ」

「ぁあっ……そこっ……」

「気持ちいい？　知ってる。空美の全部は、俺が開発したから」

奥を揺さぶっていた彼のモノが、今度はやや浅い場所を探ってくる。

さっき指でたくさん触られて快感が溜まっていたところだ。

「……ぁ、あ……」

「クリもヒクヒクしてる」

「あっ、だめ。一緒に触っちゃ……」

「な、一緒に住もう」

「あぁ……っ、サク……」

「空美……」

私の脚を両腕で抱えて、彼はガツガツと攻め立てる。

肉を押し広げ、貫かれるほどに溜まっていく快感で、私は返事もできない。

この返事ができたのは、圧力鍋の余熱でトロトロに煮込んだポトフを二人で食べている時だった。煮込みすぎたポトフと同じく、私達も体の芯まで煮込まれた気分だ。食べるのも億劫なほど疲れているけど、強い空腹感が箸を進めてくれていた。

この気だるい雰囲気に甘さを加えてくれているのは、伸びのある男性ボーカルの歌声だ。

サク君の選曲にしては珍しく、洋楽ではない。日本語で愛を語り続けるバラードは、澄んだ心に滑らかに入り込んできた。ソウルスカイのCDを何度も聞いた私には、この歌声が誰のものであるか分かっていた。

「リビングの壁にさ、大きめのアートを飾ろうと思うんだ。今度二人で探しに行こう」

原型のなくなったジャガイモらしきものを口に運びながらサク君が言う。

確かにこの部屋はその面積に相応しく天井も高いので、壁に何か欲しい気がする。

「アートもいいけど飽きちゃうんじゃない？　飾り棚とか付けて小さな小物並べても可愛いかも」

「可愛い……女ってそういう細々したの好きだよな。飾り棚の掃除とか面倒くさいだろ。それにある程度ボリュームのあるものじゃないと、この部屋には合わないと思うけど」

「一緒に住むんだったら私の意見も反映してよ」

「そのつもりだけど……飾り棚はな……コタツといい熊のぬいぐるみといい、空美の部屋の趣味は……」

自分から一緒に住もうなんて誘っておきながらあれこれ言い出すサク君を、私は軽く睨みつけた。確かにサク君の趣味でコーディネートされたこの部屋はお洒落だけれど、やっぱり男の人の部屋だ。私が住むなら柔らかさとか可愛さとか、そういうのも欲しい。

「じゃむじゃむも来るからね」

「うわぁ」

ちょっとずつ年を取っていく二人を眺められたら……」

「飾り棚にはね、二人の写真を飾るの。一つ一つ大切な瞬間を写真に収めて、遠い将来、

「はいはい。じゃむじゃむも一緒においで。もうこうなったら飾り棚も付けようか」

「何？　じゃむじゃむが来れないなら私も来ないから」


そこまで言って、私は口を噤んだ。

語りすぎた。遠い将来の話までしたら、結婚をねだっているみたいで引かれるんじゃないか。


そう思ったけれど、揺れるキャンドルの灯りに照らし出されたサク君の顔は、煮すぎたポトフのようにふにゃりと溶けていた。

こういう顔、彼は滅多に見せないので、思わず口を開けて見蕩れてしまう。

「いいな、それ。飾り棚決定」

コタツで向かい合って座っていたサク君が、私の隣に移動してきた。肩がぴったりと触れ合うほど近くに来ると、彼の指は私の髪の毛をくるり、くるりと巻き取り始める。

それからぐっと私を引き寄せた。

彼の唇が私の唇を塞ぐ。同じポトフの味のするキスを受け止めながら、私はふっと、今日した数え切れないほどの口づけに思いを馳せた。

「ねえサク君、唇どんな感じ？」

「え？　……空美の？　柔らかくて艶々で……」

「違う、サク君の唇。私ここに来る前、サンプルの107を塗ってきたんだよね。サク君に大分付いちゃったと思うんだけど、嫌な感触じゃなかった？　107って少しオイリーかなって気になってて……」

私の言葉に彼は目を丸くすると、楽しそうに笑った。

「このタイミングで仕事の話か……オイリーだとは感じなかったな。ねっちょりしてなくて俺は好きだけど……そうだな、キスの潤滑油みたいだ」

「キスの潤滑油……」

私がぼんやりしている間に、サク君はもう一度唇を重ねてきた。

食事を終えた彼の口は、まだ空腹だと言いたげに私の唇や舌を食べようとする。そうして熱の篭っていくキスの合間に、「発情期来てる」と唇の上で囁いた。もう三回もしているのに……サク君は本当に、今晩で離れていた時期の分も一気に取り戻すつもりなのかもしれない。

「ね、サク君。キスの潤滑油っていいアイディアだと思わない？」

「え？」

私は押し倒され、着ている服の中で蠢き始める指を感じながら言う。

「これからPR会社と〝薬用オーバーナイトリップグロス〟のプロモーションも打ち合

わせしていくでしょ。キスの潤滑油って響きがキャッチコピーとしていいんじゃないかなって……」

「……キスの潤滑油か。エッチな感じがしてインパクトはあるかな……ってかさ、まだ仕事の話すんの？　一緒に暮らす話して、押し倒されて、俺は欲しくて堪らなくなってるのに、空美は仕事の話か」

「……だって」

苦笑に欲情を混ぜ合わせた表情で、サク君はグチュ、とわざと音を鳴らしながら私の下肢を探る。下着を着けていないので彼の指を阻止するものは一つもない。

「ここには潤滑油、必要ないな」

二本の指で粘膜をかき混ぜ、エッチな音を私に聞かせようとする彼は、すっかり意地悪モードだ。

私は呼吸を乱しながら、そういえば、以前デートで化粧品売り場に行った時も呆れられたなぁ、と思い出す。

サク君に捨てられた時に私を助けてくれていたのも仕事だった。

「……俺にとっての一番のライバルが何か分かった気がした」

サク君はちょっと拗ねたように私の首筋を甘噛みし、嫉妬の焼印を残す。

彼を焦がす嫉妬の熱は強すぎると二人を焼いてしまうけれど、程よく燻っているのは悪くない。

私はいつだって、そんな風に独占欲を見せる、ちょっと傲慢で強気な彼に惹かれているのだ。

「俺も空美に負けないように仕事頑張って、親を利用してでも何でも、上がれる場所まで上がる。仕事で惚れさせるぐらい実力をつけて、ソーションをいい会社にしていくよ……でも今は取り戻したばかりの恋人を堪能したい……俺だけを感じて」

サク君のキスは私の仕事脳をあっという間に溶かしていく。

彼の長い指が私の肌を爪弾き、私から発せられる甘い音色がイズの歌うラブソングに溶けていった。

◇

やがて優しい春がやってきて、情熱的な夏が過ぎていこうとする頃、私は恋人から一枚の封筒を渡された。

「去年よりはマシな誕生日プレゼントを贈りたい」

その封筒から出てきたのは一枚のライブチケット。

九月二十六日。チケットに記された日付が自分の誕生日であることに気付いて、私は驚きと嬉しさで小さな悲鳴をあげた。

サク君が、自身がリーダーを務めるソーションの社内ジャズバンド、〝エステルズ〟の初ライブに向けて練習に熱を入れていたのは知っていたが、まさかライブと私の誕生日の日付を合わせてくれるなんて考えてもいなかった。私は思わず子供のようにはしゃいでしまう。

エステルズは結成以来次々とメンバーを集め、サックスはもちろん、トランペットやハーモニカまで揃う大所帯のバンドとなっていた。もちろんメンバーはみんな素人だし、仕事の合間に集まる趣味のサークルだ。

それでも、音楽が好きな人は一度始めると熱中するタイプが多いのだろうか。たまに練習スタジオを覗かせてもらうと、そこには仲間しか入れない独特の音楽熱がいつも満ちていた。

ハーモニカは定年間際の総務部部長、ピアノは秘書課の美女、ドラムは営業一課のルーキー。年齢や会社の上下関係など飛び越えて一つの音楽を作っていく様は、正直妬けてしまうほどに熱い。

最近デートの代わりにギターを背負って出ていくことが多くなったサク君に拗ねて見せたこともある。

すると「一緒に住んで、職場も一緒なのに、まだ一緒にいたい？」とからかわれたりするのだが、職場には職場のサク君がいて、家には家のサク君がいて、デート中はデート中のサク君がいるのだ。それを全部を独占したいのだから仕方がない。

だけどそんなつまらない嫉妬は、来たる誕生日に吹っ飛ばされることになる。

九月二十六日。夏の終わりと秋の始まりが混ざり合った夕暮れ。

ジャズクラブを貸し切って行われたエステルズの初ライブ。六十席用意された座席は全て埋まり、立ち見も出る盛況となった。

会場に早めに入っていた私は席を取ることができたのだが、演奏が始まると気持ちが湧き立って座っていられなくなり、すぐに立ち見席となっているバーテーブルに移動した。

ソーションの社内バンドなので観客もソーション関係者がほとんどなのだが、中にはお父さんの晴れ姿を見ようとやってきた子供達までいて、会場は和やかな雰囲気に包まれている。

ステージで演奏をしている面々はみんなキラキラとしていた。ビッグバンドとまではいかないが、それなりの楽器が揃っているので演奏にも迫力がある。音楽の良し悪しなんて、ずぶの素人である私には分からないけれど、ステージに立つみんなが心を一つにして一生懸命一つの音色を追いかけている様には感動せずにはいられなかった。演奏される楽曲も、ジャズに馴染みのない観客にも楽しめるようにと、よく知られているものが選ばれている。

宍戸洋太郎常務の柔らかいフルートの音色が響き出すと、「宍戸常務かっこいい〜」とどこからか女性の声が聞こえてきた。私も思わず頷いてしまう。

黒シャツに身を包み、フルートを奏でる宍戸兄の色気はヤバい。でも私の愛する宍戸弟だって、白シャツにベストを合わせたコーディネートで、超素敵なのだ。自分の彼氏ながら、ゆったりと微笑みを浮かべてギターを弾く姿はかっこよすぎて、私は一人カウンターの隅で悶（もだ）えてしまう。

「花園さ、自分の彼氏見ながら鼻の下伸ばしてると、美人が台無しだよ」

突然耳元で声がしたかと思ったら、児島課長だった。

今日はスーツではないので一瞬誰だか分からなかったが、トレードマークの緩（ゆる）い垂れ目はいつも通り。ただ目の下にクマを作って不健康に痩せていた彼は、もうそこにはいなかった。

児島課長はここ数ヶ月で、すっかり以前のイケメンぶりを取り戻している。

「児島課長、私との距離が近いです。仁科さんが演奏間違っちゃいますよ」

「仕方ないだろ。耳の横で話さないと声が届かないんだから」

そう言った児島課長が視線を向けた先は、ピアノ奏者である仁科みどりさんだ。

児島課長はどうやらこの秘書課の美女を捕まえたらしいのだが、それがサク君の紹介だというから驚く。課長に嫉妬心を燃やし続けたサク君の取った策は、実に巧妙だと言わざるを得ない。

「そうだ。コンペ大賞の企画商品、大ヒットおめでとう」

そう言った課長の言葉に、私は頭を下げて返礼した。

「営業の皆さんに売っていただいたおかげです。ありがとうございます」

私の企画した薬用オーバーナイトリップグロスは、保湿系商品が伸び悩む夏に発売されたのにもかかわらず、ヒット商品となっていた。新発売限定商品として採用された両サイドボトルは、売り切れる店舗が続出したほどだ。

現在は単色の通常ボトルでの販売となっているが、透明色を中心に色付きの商品も展開し、いずれもよく売れていた。この冬には透明色と冬限定色を組み合わせた両サイドボトルを発売する予定で、現在私達のチームはそれ絡みの仕事で忙しい。

私と課長がそれぞれ愛おしいパートナーの晴れ姿に目を細めていると、曲がピアノのドラマティックな演奏でクライマックスを迎えた。

大きな拍手の中、ピアノ演奏をしていた仁科さんが立ち上がってピアノから離れていく。そして舞台端に立つと、拍手をしながらある人物を招き入れた。会場からどよめきが起こる。

シンガーソングライターの和泉拓斗こと、イズだ。

彼とサク君との間に親交が戻っていたのはもちろん知っていたが、彼が今日来るなんて全然知らされていなかった。思ってもいないサプライズに、座って観ていた人達も立ち上がって拍手を送る。

彼はピアノの前に座りマイクを調節すると、「こんばんは」とよく響く、けれどちょっと恥ずかしそうな声で言った。

「えー……エステルズを率いるサク君とは古い友人でして……彼に頼まれて一曲だけ歌いに来ました。僕の曲でバースデーソングがあるのですが、その曲を本日誕生日の女性に捧げます」

「うわぁ」

思わず喉の奥で変な唸り声を上げてしまった。

私がうろたえているのに目もくれず、サク君はイズがゆっくりと奏で始めたピアノに合わせてギターの演奏を始める。ＣＭでも流れている曲なので、イズのアルバムを持っていない人でも聴き覚えのある曲だ。小気味いいラブソングを今日はジャズ風にアレンジして、イズはゆったりと歌い上げる。

甘く伸びやかな歌声。澄んだ高音なのに、低音部になると力強く響く圧倒的な歌唱力。

サク君は覚えているだろうか？　二人で行ったデート先でこの曲が流れていたのを。

天井のスピーカーを見上げ、私達はイズの優しい歌声に聴き入ったのだ。

あれから私達の間にあった別れや再会を思い起こすと、涙が出そうになる。だけど泣かない。こんなに幸せなのに、涙なんて流せない。

舞い落ちる花弁のようなピアノの音の中、イズがリフレインを繰り返す。

「ハッピーバースデー」

そうメッセージをくれて歌い終えたイズに、私はありったけの拍手を送り、ギターを弾きながら私を見守ってくれていたサク君に、ありがとうと視線を送った。

「ありがとう」と実際に口に出して伝えたいのに、私はなかなかそのチャンスを得られなかった。

たくさんの拍手と何回かのアンコールで幕を閉じたライブの後、リーダーであるサク君はイズと共に多くの人達に囲まれて賞賛を受け続けている。私の順番が回ってくるまでには、もう少し時間が必要なようだ。

そんな彼を遠巻きに見ながら思う。

一年前は、彼女どころか友達さえもいりませんという、色んな意味で近寄りがたい雰囲気だったサク君だったのに、いつの間にこんなに求心力を持つようになったのだろう。

ここ最近は仕事でも音楽でも、それ以外でも、いつも誰かが彼を必要としていて、気が付けばサク君はいつも人々の中心にいるという状態だった。

きっと元々人を惹きつけるパワーを持っていて、今になってやっとそれが発揮され始めたということなのかもしれない。

一緒に住んで、いっぱい愛されているのに、今のサク君はどんどん輝きを増していて、何だか不安になる。自分の彼氏なのに、眩しすぎてドキドキしっぱなしだ。

「空美」

しばらくして人垣をかき分けるようにして近付いてきたサク君は、まだライブの余韻が冷めやらないのか、頬を上気させていた。

「サク君、素敵なお誕生日プレゼントありがとう。イズにバースデーソング歌ってもらえるなんて……」

「あ、いや……あれ、実は……失敗した」

「え？」

「今、イズにめっちゃ怒られた」

「え？　何？　何で？」

完璧に素敵なバースデーソングを贈ってもらったのに、サク君ときたら意味の分からないことを言う。おまけにサク君は息苦しそうにYシャツの襟口を引っ張っているが、元々ネクタイはしていないし、第一ボタンは外れて首が露出している。それでも暑いのか、彼の顔は紅潮していた。

「ちょっとここ騒がしいから、外の空気吸いに行こう」

「え？　でも打ち上げ始まるよ。サク君は今日の主役の一人なんだから……」

「いや、いいから……」

何だか彼らしくない歯切れの悪さを訝っている間に、私は手を引かれてジャズクラブから連れ出されていた。

建物の外に出ると、秋の訪れを感じさせる冷たい夜風が私達の間を通り抜ける。

何気なく空を見上げた私はそこに欠けた月を見つけ、こうして二人、月夜の下にいた一年前を思い出していた。月光の落ちるバルコニーで、私達はそれぞれに引きずっていた思いを断ち切る決意をした。だけどあの瞬間に、私達は繋がったのだ。

「空美……」

夜空を見上げる私の手に、サク君の手が重なる。熱い手だ。

「空美……実は、イズと打ち合わせしていたんだ」

「ん？　何を？」

「あいつが歌っている間に俺は舞台を降りて……大切な人に大切な言葉を伝えに行こうって……でも、急に自信がなくなって足が竦んだ……計画が台無しだ。俺っていつも肝心な時に、思うように動けなくなる……でもやっぱり言わせてほしい」

私を見つめる大きな瞳が揺れていた。

突然激しく鳴り出した自分の鼓動がうるさく感じられて仕方がない。

サク君は一つ大きく息を吸い込んで、ふぅ、と音を立てて息を吐き出す。そして言った。

「空美、お誕生日おめでとう。結婚して下さい」

そっと私の手の上に置かれたのは、黒いジュエリーケース。サク君がそれを開くと月光に反射して輝く指輪があった。

星々を閉じ込めたような煌き(きらめ)を見ながら、私は何も考えられずにいた。ただぼんやりと、何でそんなことを訊ねるのだろうと不思議に思う。だって彼は私の答えを知っているはずだ。

何も答えられないままただ立ち尽くしていると、彼は私の左手を取りながら耳元で囁(ささや)いた。

「空美が知らない秘密を教えてあげる。ソーションに入社して、綺麗な上司が俺に自己紹介をした瞬間から運命を感じていたんだ。空美が俺に音楽を連れ戻してくれた」

「え？」

「二人の名前が重なると音階になることに気が付かなかった？　運命なんだ。だから空美の答えはイエスしか許されない」

ああ、やっぱり傲慢(ごうまん)だ。そんなサク君が大好きで堪(たま)らない。

長く骨ばった指が指輪をそっと摘むと、私の薬指にゆっくりとそれを嵌めていく。

月に照らされた指輪には六つのダイヤモンドが輝いていた。

少し幅のあるプラチナに彫金された五線譜。そしてその上に埋め込まれた六つのダイヤモンド。それを辿っていくと運命の音階となった。

シ・シ・ド・ソ・ラ・ミ
二人の間で奏で続けられるメロディーは永遠に止まらない。

書き下ろし番外編

ハニートラップ

ハチが嫌いだ。

俺に限らず、あの黄色と黒の警告色を好きだという人間は少ないだろう。

「あ、ハチ」

それなのに、目の前に現れたハチを見た瞬間、思わず頬が緩んだ。

「ミツバチに見えるかな?」

「ミツバチというより……女王バチだな」

寝室に閉じ篭って何やらガサガサやっていると思ったら、空美がハチのコスプレをして現れた。

唇を濡らす程度に飲んでいたウイスキーをゴクリと飲み、喉がカッと熱くなると同時に心臓も騒ぎ出す。

俺の鼓動を高鳴らせたのは高いアルコール度数ではない。目の前にいる可愛いハチだ。

空美の上半身を被う黄色と黒のボーダーはぴったりと肌に張りつく素材でできている

上に、肩も袖もないベアトップ。ハチの尻をイメージさせるスカート部分はふんわりとしていて、かなり丈が短い。そのスカートから伸びる真っ直ぐの脚は黒い網タイツに被われていた。

何とも艶（なま）めかしいハチの登場に、俺は〝ハニートラップ〟という言葉を思い出す。

「……スカート短すぎるだろ」

「そ、そうだよね！　私もネモモにこれは無理って言ったんだけど……」

俺の意地悪な言葉を真に受けて、空美は居心地悪そうに脚をくの字に曲げ、スカートを軽く下に引っ張った。

俺達の働く『株式会社ソーション』は、昨年からフェイスペイント用の絵の具を取り扱っている。

スポーツイベントや音楽イベントでフェイスペイントやボディーペイントを楽しむ人口が増えるに伴い、肌荒れのトラブルも増えてきた。そこでスキンケアのノウハウを持ったソーションが発色、使い心地、肌への負担軽減などに考慮したフェイスペイント用絵の具を発売したのだ。

この肌用絵の具が品切れになるほど売れたのは、十月――ハロウィン向けのイベントが各地で催された時期だった。そこで今年はソーションがハロウィンイベントを企業協賛することになったのである。

イベント当日には、営業部や企画部から商品PRやマーケティングのために社員が派遣される。〝イベント当日は仮装推薦〟と参加社員に言い渡されたのも当然だろう。有名DJを招くクラブパーティーに、スーツで参加する方が悪目立ちする。

このパーティーに仕事で参加する空美の説明によると、仲の良い女性陣四人でお揃いのコスプレをすることになったらしく、ここ最近は衣装選びのことで連絡を取り合っていたのは知っていた。それにしても……

（これはナンパして下さいって言ってるようなもんだよな……）

スカートから伸びた彼女の長い脚を視線で舐めながら、俺はため息を押し殺す。どうやら美人の婚約者を持つと苦労が絶えないらしい。

「サク君は？　仮装何にするか決めた？」

「三週間も先だろ。まだ何も考えてないよ」

実は俺も参加するのだが、こういうパーティーの主役は女性だ。男の俺はそれっぽい被り物で適当にすればいいだろうと凝ったことは考えていなかった。

空美は俺の返事に不満だったようで、「いい衣装は早めに売り切れちゃうよ」と言いながらソファーにやってきて隣に腰を下ろした。

仕事ではいつもストッキングを着用している空美の脚――伝線させないように慎重にストッキングを脱がすのが楽しみだったりするのだが、網タイツも趣が異なっていいものだと思う。まるで甘い蜜で誘う蜘蛛の巣のようだ。

「あ、そうだ。サク君もミツバチのコスプレしたら？　男性でも着られるタイプもあったと思う」

「雄のミツバチか……知ってる？　ミツバチの雄は極端に少ないんだよ。俺達が目にする働きバチは全部雌。ミツバチの雄は全体の一割もいないんだ」

「えっ！　そうなの!?」

「巣の中でたいして働きもせず、働きバチが持ってくる餌を食べて、女王バチと交尾できるその日をただ待っている」

空美を眺めながらウイスキーを飲むと、なぜかいつもより甘く感じた。

どうやら俺のミツバチがこっそり蜜を混ぜ込んだようだ。アルコールに溶け込んだ彼女の魅力は俺の劣情を加速させる。

いつもそうやっているように空美の肩をそっと抱くと、彼女は口元に笑みを浮かべて俺に重心を寄せた。

「ミツバチの雄ってずいぶん怠け者なのね」

「そうだな。だから雌に嫌われていて、交尾のチャンスがなかった雄は巣を追い出されて死んでしまう。でも交尾ができた雄も悲惨なんだ。女王バチにペニスをぶっ刺した勢いで破裂して死んでしまう」

げている。

「ええっ！！」

雄バチの悲劇的な交尾によっぽど驚いたらしく、空美は口をパクパクさせて俺を見上げている。

あまりに可愛い仕草をするものだから、ウイスキーを口に含んだままキスをした。

舌から舌へと伝う酒を空美は上手く受け止める。

官能とアルコールに身を任せたい夜、俺達は時々こうやって美酒を酌み交わす。俺の愛おしいミツバチは慣れた様子で首を傾け、唇をぴったりと重ね合わせると一滴も零さず酒を飲み干した。

「アルコール……強い。酔っ払っちゃう……」

「酔っていいよ……ああ、網タイツの間から見える素肌が赤くなってる」

彼女の脚を撫でる俺は、指先に得る感触を不思議に思う。網の隙間から感じる皮膚の生々しさは今まで経験のないものだった。

織りの細かいストッキングだと手のひらに人工皮膚のような感触があるが、網タイツは編み目の向こうに生の皮膚を直接感じるせいか、何とも歯痒い。もっと触れたい――それなのに無粋な檻が恋人達の邪魔をしているようだ。

俺に脚を撫でられるのがくすぐったいのだろう。空美は軽く脚をくねらせて目を細めながら言う。

「ミツバチの雄って可哀想だね……交尾が命と引き換えだなんて」

「ん〜……俺は可哀想とは思わないな。子孫を残すのは生物学上、究極の生きる意味なんだよ。交尾を果たしたミツバチはそれが生きてきた意味だし、交尾にたどり着けなかった雄だって競争を発生させてより強い遺伝子を残すために存在している。役割を果たして死を迎えるのは不幸ではないと思うな」

　空美の太腿（ふともも）からさらに指を上に向かって滑らせ、脚の付け根に辿（たど）りつく。その窪（くぼ）みには肌と網の間にわずかな隙間ができていて、妙に征服欲を煽（あお）られた。

「あ！　サク君、ダメだよ。破れちゃう！」

「ミツバチがきちんと蜜を集めているか、確認しないと」

「もう……」

　俺の意図を知った空美は抵抗を止めて体の力を抜いた。

　鼠径部（そけいぶ）の編み目に指を差し込んで、そこを左右に大きく裂く。小さな抵抗の後、美女の肌を閉じ込めていた檻が開いた。

「……ああ、この見た目は……ヤバい」

　大きく穴を開けた黒い網タイツの向こうに見える肌は白く艶（つや）やかで、いかにも男を誘っているようだった。恥ずかしがって脚を閉じようとする空美の膝を片手で押さえ、もう片方の手はさらに網の奥へと進む。

たとえこの網が俺を絡め取る罠であっても、もう止めることなどできなかった。指でショーツのクロッチ部分を撫でると、溜め込まれた蜜が生地の色を濃く変える。

乱れる呼吸を隠すように唇をぎゅっと閉じる空美の様子が愛おしくて、唇をこじ開けるようにキスをした。それと同時にショーツの内側に指を進め、そこの潤いを確認する。

「空美がミツバチならこれは蜂蜜だな。甘くて花の香りがする……」

ズブズブと隠された深部まで指を入れ、ゆっくりと引き抜くと滴るほどに愛液が指を濡らした。俺はその指を舐め、味わい、芳醇な甘露に酔う。

「もう……恥ずかしいから……」

「何が？　こうやって味見されるのが？　それとも網タイツまで濡らしてるのが？」

「意地悪」

拗ねた彼女の可愛い表情を堪能しながら、俺は力任せに網タイツの穴をさらに引き裂く。ショーツを横にずらすとその奥に隠されていた花が咲いた。

「空美は気付いていないかもしれないけど、このコスプレは男に悪戯して下さいって言ってるようなものだよ。ほら……こうすれば簡単に胸も見えちゃうだろ」

黄色と黒の横縞模様になったトップを軽く引っ張ると、形の良い乳房が零れ出る。柔らかな丘の先端を軽く摘んで、俺はじりじりとやってくる嫉妬を紛らわせた。

こんな淫靡なミツバチを他の男には見せたくないという思いと同時に、俺のものだと他の奴らに見せつけたいという思いが交差する。

「心配なら……サク君が見張っていて……」

「ああ、見張っているよ。警察官のコスプレでもしようかな」

「サク君の、警察官姿……見たいかも……っぁあ……」

もう一度指を蜜が溜まっている下肢に沈め、そこを丹念にかき回した。空美は痙攣と共に尻をピクピクと持ち上げ、誘うように腰をくねらせる。

俺達が初めて体を重ねた時、空美は自分の性器が醜いのではないかと心配して小さな明かりさえ嫌がった。もうあんな風に光に怯えることはなくなった彼女だけど、未だに俺の視線を恥ずかしがる。

両方の膝をつけて網の間から露出した秘部を隠そうとした空美の動きを制し、俺は彼女の足元に跪く。綺麗な脚を持ち上げて自分の肩にかけると、今から俺が何をしようとしているのか悟った空美が子供のようにイヤイヤと左右に頭を振った。

「サク君のそれ、感じすぎちゃうから……」

「嫌？　クリトリス、こんなに勃起してるのに、放っておいたら可哀想だよ」

「この前みたいになったら……恥ずかしいし……」

「恥ずかしがることじゃないよ」

頬を染めて〝この前〟の話をした空美を愛おしく見上げ、俺は指先で赤く充血している下肢の花芯を軽く撫でる。喉の奥で嬌声を押し殺し、彼女は網に被われたつま先をピクリと揺らした。

空美のここはとても敏感だ。二日前に愛し合った時、愛撫だけで随分とシーツを濡らしてしまったのでそのことを気にしているらしい。

男は射精をするので快楽と共に体液が漏れるのは何らおかしいことではないのだが、女性にとっては恥ずかしいことなのかもしれない。しかし空美のそんな恥辱が俺に火を点ける。

「……あ、ぁあっ！」

熟れたその小さな突起を唇で挟んでジュッと吸い上げると、堪えきれない細い声が夜の静寂に混じった。

空美は本物のミツバチなのだろう。そして俺は雄のハチだ。甘く芳しい蜜を与えられ、生き長らえる。

舌先を尖らせて花弁の中心を上下に弾き続け、指で壺の内側を擦り、さらに彼女の蜜を誘う。

ビクビクと肌を震わせて快感に翻弄される空美は美しい。口淫に耽りながらも彼女の乱れる様子を視姦せずにはいられない。

「もっ……んんっ！」

差し込んでいた指が強く締めつけられ、俺は彼女がその時を迎えたのだと悟る。

ソファーの上で大きく弓なりになった空美は原始的な嬌声を上げながら散った。

「サク君……サク君……」

「ん？」

まだ終わらないオーガズムに揺れながら彼女は俺の名を呼ぶ。

恥ずかしいのだろう。両手で顔を隠しているが、蜜を滴らせた秘密の部分はまだ開かれたままだった。物欲しそうに入り口をヒクつかせるそこは耐えがたい魅力で俺を惹きつける。

彼女の魅力に当てられ、俺の昂まりは限界まで怒張していた。鼓動を高鳴らせながら避妊具を慌てて装着する自分を、まるで十代のガキみたいだと嗤い、空美と体を重ねる。

「サク君……死なないで」

俺を迎え挿れながら不意に空美がそう呟いた。

雄バチが挿入と共に死んでしまう話をしたのが気になっていたようだ。

幸い人間である俺は射精で死ぬことはないだろうが、切ない声で〝死なないで〟と請われるのは悪くなかった。

恋しくて堪らない恋人を抱き締めながら、俺はこのためなら死んだって構わないのだと心の中で思う。

そういえばフランスの哲学者、ジョルジュ・バタイユはオーガズムを『小さな死』と表現した。確かにこれは大きな幸福の中で生まれる死だ。

だけど俺は蘇(よみがえ)る。恋人を抱きしめるために何度でも再生を繰り返す。

「愛してる。空美……」

彼女の左手の薬指にある指輪にキスを一つ落とし、俺は小さな死に震えた。

本書は、2016年3月当社より単行本として刊行されたものを文庫化したものです。


この作品に対する皆様のご意見・ご感想をお待ちしております。

おハガキ・お手紙は以下の宛先にお送りください。

【宛先】

〒150-6005 東京都渋谷区恵比寿4-20-3 恵比寿ガーデンプレイスタワー5F
（株）アルファポリス　書籍感想係

メールフォームでのご意見・ご感想は右のQRコードから、
あるいは以下のワードで検索をかけてください。

ご感想はこちらから

エタニティ文庫

豹変御曹司のキスは突然に

青井千寿

2019年9月15日初版発行

文庫編集－熊澤菜々子・宮田可南子
編集長－太田鉄平
発行者－梶本雄介
発行所－株式会社アルファポリス
〒150-6005 東京都渋谷区恵比寿4-20-3 恵比寿ガーデンプレイスタワー5F
TEL 03-6277-1601（営業）　03-6277-1602（編集）
URL http://www.alphapolis.co.jp/
発売元－株式会社星雲社
〒112-0005 東京都文京区水道1-3-30
TEL 03-3868-3275
装丁イラスト－水月かな
装丁デザイン－ansyyqdesign
印刷－株式会社暁印刷

価格はカバーに表示されてあります。

落丁乱丁の場合はアルファポリスまでご連絡ください。

送料は小社負担でお取り替えします。


ISBN978-4-434-26438-2 C0193